青藍の峠
幕末疾走録

犬飼六岐

集英社文庫

目次

青藍の峠　幕末疾走録

適塾

一

　大坂市中に入り、船場《せんば》の町なみに差しかかると、道がいっそう混み合ってきた。往来のひとの流れは引きも切らず、梅雨前とは思えない蒸すような熱気が顔を包んでくる。弥吉《やきち》は額に手をやり、手の甲で汗を拭った。

　暑苦しさに頭がぼうっとのぼせるようだが、額ににじんでいるのは冷たい汗だった。顔から血の気が引いていると、自分でもわかる。これほどの雑踏に揉《も》まれるのは、生まれてはじめてだった。まわりを取り巻くすべてが、村の暮らしとはかけ離れている。

　弥吉は顔を動かさず、眼《め》だけをきょろきょろと左右に配った。立ちどまって道をたしかめたいのだが、それができない。人びとの息遣いや話し声、衣擦《きぬず》れや跫音《あしおと》などが、絶えまなく周囲に渦巻き、追い立てられるように足を運んでしまう。

　大丈夫、道に迷ってはいない、と弥吉は思う。行き先はわかっている。北船場の過書《かしょ》町《まち》である。道順もきちんと覚えていて、ここまで間違わずにきたはずだ。

河内錦部《かわちにしごり》の長野《ながの》村から、まず西高野《にしこうや》街道を北西に辿り、岩室《いわむろ》村で下高野街道に折れて、そこからは真北にむかう。高野街道は、京までつづく東高野街道、摂津平野郷《せっつひらののごう》につづく中高野街道など、あわせて四筋あって、西高野街道は堺《さかい》に、下高野街道は大坂の四天王寺《してんのうじ》に通じている。

田植えを控えた農地、芽を出したばかりの綿畑、深緑に光る溜池《ためいけ》、途切れてはあらわれる雑木林、かわり映えのしない景色をやりすごし、大和川を越えて摂津に入る。やがて遠くに四天王寺の五重塔が見えはじめ、そのふもとを囲む七堂伽藍《がらん》に近づくころには、かなたの空に大坂城が泰然とそびえている。

市中に入るには、そのまま道なりに寺町を抜けてもいいが、紀州街道に迂回《うかい》するほうがわかりやすいと教えられた。そこで四天王寺の石鳥居のまえからいったん西にむかい、今宮《いまみや》村の戎《えびす》神社の手前であらためて道を北に取る。この道が紀州街道で、市中では堺筋と名を変える。紀州への途上、まず堺に通じているからだ。

船場の道は碁盤の目に敷かれ、南北を筋、東西を通と呼ぶという。堺筋を南船場から北船場へと進んで、北浜一丁目で梶木町通を西に折れ、難波橋《なにわばし》筋、中橋《なかはし》筋、栴檀木橋《せんだんのき》筋と三度筋を横切れば、めざす過書町である。

「なるほど、よくわかりました。紀州街道に入ってしまえば、あとはまっすぐいって、左に曲がるだけですね」

　と弥吉は地図を指さしながら笑ってみせたのだ。

　だが吉井儀三《よしいぎぞう》は真顔でたしなめた。

「心構えしておけよ。はじめて大坂にいくと、遠目に眺める御城に腰を抜かさなくても、町屋の賑わいには足が竦《すく》むぞ」

　儀三は医者で、数年前まで大坂で修業していた。街道筋や大坂の地図をならべなおして、もう一度道順を説明しようとしたが、弥吉はまた笑って大丈夫とこたえた。四天王寺から今宮村にかけてがちょっとややこしいけれど、あとはわけもないと思っていた。

　ところが、たいへんなのは紀州街道に入ってからだった。まず市中の玄関口となる長町から日本橋《にっぽんばし》にかけて、それだけで歩き疲れるほど宿場町が延々とつづく。そしてようやく行き着いた道頓堀川《どうとんぼりがわ》のむこうには、見渡すかぎり町屋がひろがっている。

　弥吉はしばらく瞬《まばた》きもできず、橋のたもとに立ちつくした。地図を見ながら思い浮かべていたのは、しょせん村の景色の描《か》きかえにすぎなかった。見慣れた山間の家なみに、せいぜい近くの寺内町や宿場町を重ねたぐらいである。

　だが実際の景色は、そんなものではなかった。幾町歩の田畑が拓《ひら》けるともしれない広大な平地を大小の家屋敷が埋めつくし、無数の道が整然と交差している。理屈ではそういうものだとわかったつもりでいたが、本当はなにひとつ理解していなかったのだ。

弥吉はにわかに足元がおぼつかなく感じられた。どうにか気持ちを奮い立たせて橋を渡ったが、周囲の人混みがぐいぐいと胸に迫ってくる。これだけのひとがどこからきて、どこにいくのだろう。だれもが忙しげに見えて、こちらまで足を急《せ》かしてしまう。

長堀を越えると、大坂城下の中心地、いよいよ船場である。あとはまっすぐいって、左に曲がるだけ、と口中で呟《つぶや》いたが、おぼつかなさは一歩ごとに増すばかりだった。

ひょっとして、どこかで道を取り違えたのではないか。たとえこの道で合っているとしても、混雑に押し流されてどれだけ歩いたかわからない。そのうえ数え切れないほど辻《つじ》があって、どこを曲がればいいか見当もつかないのだ。

「迷ったときは、見栄を張らず、ひとに訊《き》けよ。当てずっぽうに歩いて、どうにかなるような町ではないからな」

儀三には、そうもいわれていた。

だが弥吉はそのときも助言を真剣に受けとめず、子供あつかいしないでください、そりゃ道に迷えば、だれかに訊きますよ、とこたえたのである。いま思えば、生意気な口をきいたものだ。儀三も内心では顔をしかめていただろう。

正直いえば、弥吉はいま迷子に成り果てた気分だった。見栄など張るつもりはないが、道にも道端にもひとが溢《あふ》れていて、だれに訊くか決められない。このひとにと思っても、声をかけそびれてしまう。そんなはずはないのに、呼びとめると怒りだしそうな気がするのだ。

いいさ、訊かなくても。べつに迷ったわけじゃない、と弥吉は唇を嚙《か》んで、懐に手を入れた。儀三にもらった地図に、目印になる店の名が書きこまれていたのを思い出している。

往来で地図をひろげるなど、田舎者を丸出しにするようでみっともないけれど、背に腹はかえられない。こうしているあいだにも、めざす場所から離れているかもしれず、げんにそんな気がしてならないのだ。

とにかく一度足をとめて、地図をたしかめよう。みんなこれだけ急いでいれば、こちらには眼もくれないだろう。そう思いつつ、なおも流れに押されて歩きつづけ、ようやく踏ん切りがついたのは、それからまた辻をふたつ通りすぎたあとだった。

弥吉は立ちどまり、懐から紙の束を出した。書状や書付のあいだから地図を抜いて、開こうとしたとたん、うしろから怒鳴りつけられた。

「こら、田吾作！　いきなり立ちどまりくさって、なんのつもりや。ここは道の真ん中、かぼちゃ畑やないで」

道具箱を担いだ職人風の男だった。言葉つきからして弥吉とおなじ河内の産らしいが、村人とは口のまわる速さがちがう。男は罵声を浴びせて弥吉を追い越すと、振りむきもせず足早に歩き去っていく。

弥吉は怒りと恥ずかしさに顔から火が噴いた。開きかけた地図を握りつぶすようにたたみ、顔を伏せて道端に寄ろうとすると、こんどはまえからきた痩《や》せぎすの男と肩がぶつかり、

「おい、どこ見て歩いとんじゃ。これが大八車なら、おまえはとっくにあの世やぞ！」

「す、すみません……」

弥吉が顔を起こしたときには、男は舌打ちの音を残して通りすぎている。振り返って男の背中を見ていると、風呂敷包みを背負った行商人が足をとめて、

「にいさん、えらい呑気《のんき》に見物してるけど、懐のもんは大丈夫か」

「えっ？」

弥吉は一瞬なんのことかわからず、行商人の顔を見た。はっと気づいて懐に手をやると、さっきは指先に当たった紙入れがなかった。

二

「チボ（掏摸《すり》）や、チボ。そっちにいったで！」

行商人が声を張りあげた。

弥吉はまだなにが起きたのか、わかっているようでわかっていない。そっちにいった

という声にうながされて、ようやく道に眼を走らせたが、痩せぎすの男を見つけたやさき、そのうしろ姿が雑踏にまぎれこんだ。

「にいさん、気前がええな。あのまま盗人《ぬすっと》を逃がしてやるんか」

と行商人がこちらの顔を眺める。

「………」

弥吉は見返して、ぶるっと首を振るなり走りだした。紙入れのほかに、書状の束も失《な》くなっている。どれも大切なものばかりなのだ。それだけが手に残った地図を懐に捩《ね》じこんで、人混みをかきわける。

「おい、チボを追いかけてるから、そのにいさんを通したってくれ！」

うしろで行商人が叫んでいるが、だれも避《よ》けてくれない。ただ弥吉がぶつかっても迷惑そうにするだけで、怒鳴りつけてはこなかった。哀れむような眼で見るか、そうでなければ無駄だといいたげな顔をしている。

弥吉はかまわず走った。男がどこに逃げたのか、見渡しても手がかりがない。通行人がざわつくのは弥吉のまわりだけで、ほかに目立つ動きがないのだ。

男はいきかう人びとに肩も触れず、たくみに走り抜けているらしい。そのことからも弥吉とぶつかったのはわざとだとわかるが、それはまた男が容易に捕まらないだろうことをしめしていた。

「ここは道の真ん中、かぼちゃ畑やないで」

いましがたの罵声《ばせい》が耳によみがえる。口惜しいが、そのとおりだった。ここが村で相手が畑盗人なら、弥吉はとうに男を捕まえているだろう。だが実際には、まっすぐ走ることもままならず、男の影も踏めないのだ。

大粒の汗が噴きだし、眉間やこめかみを伝う。汗は口に流れこむと、にがい焦りの味がする。ふいに右手のほうで、通行人がざわめいた。気づかないあいだに、辻まできていたのだ。なにか険しい声がして、もう一度往来がざわめく。

弥吉はそちらを見やりつつ、ひとの流れに押されてまえに進んだ。すると、声がしたあたりから、流れを裂いて人影が近づいてきた。

何者だろう。掏摸は人混みの隙間を抜けていったが、こんどは人混みが道を開いている。まるで怖いものが通るみたいだ、と思うあいだに、その男は眼のまえにきていた。

「おい、どこいくんや。チボはあっちに逃げたで」

男が弥吉の肩に手をかけて、自分のきたほうに顎をしゃくった。鋭い眼をした男だった。中背だが、肩幅が広く、がっしりと固太りに見える。

弥吉は男の手を振りほどいて、じりじりと後退《あとずさ》った。掏摸とはもちろん別人だが、咄《とっ》嗟《さ》に他人を疑う気持ちが生じている。

「まあ、いまさら追いかけても、どうにもならんがな」

男がいいながら、値踏みするように弥吉を眺めまわした。そして、なるほどという表情をすると、懐から紙入れと書状の束を出して、

「これを掏《す》られたんやろ？」

「あっ」

弥吉は息を呑んで、大きくうなずいた。

「そう、それです！」

「紙入れと、この書付で、全部かいな？」

「はい、ありがとうございます」

助かりました、と手を伸ばす弥吉に、男は首を振った。

「いや、礼をいわれても、すぐに渡してやるわけにはいかんのや」

と紙入れと書状の束を懐にしまいなおす。その胸元に十手《じって》の柄《つか》がちらりと覗《のぞ》いた。

弥吉は思わず顔を強張《こわば》らせた。

男がそれに気づいて衿元《えりもと》をととのえ、

「見てのとおりや。役目柄、面倒でもたしかめねばならんことがある。というても、ここでは話もできんから、ちょっと付《つ》き合《お》うてもらおうか」

と手振りでうながして、さきに立って歩きだした。

弥吉は二の足を踏んだが、ついていくしかなかった。ここで逃げれば、うしろ暗いこ

とがあるのかと疑われるだろう。そうでなくても、あの紙入れや書状を失くせば、いったん村に引き返すしかなく、それではみなに半人前とみなされて、この役目をべつの仲間にまわされかねない。村では一度のしくじりが、一生の面目を左右することもある。

男は慣れたようすで雑踏を縫っていく。弥吉はひとを避けては立ちどまり、引き離されては小走りになり、四苦八苦しながら追いかけた。

やがて男が足をとめて、こちらを振りむいたのは、町会所のまえだった。町ごとにおかれる小さな役所のようなもので、町年寄や町代、物書、番人などが詰めて、町政の事務を執るほかに、番所の役目も果たしている。

「ここや。まあ、気がねせんと入り」

男が手招きして、会所に入った。「往来安全」と書いた軒行燈《のきあんどん》がかかり、なかの壁に突棒《つくぼう》や刺股《さすまた》、捕縄《とりなわ》などが見える。弥吉が戸口でためらっていると、男の声が聞こえてきた。

「おじゃまさん。ちょっと土間を借りまっせ」

「ああ、親方さん、ご苦労なこって。土間といわず、どうぞこっちにあがっておくれ」

「いやいや、ここでけっこう」

「暑いなあ。通りは湯気が立ってますやろ」

「ほんに、梅雨前からやりきれん」

「なんぞ御用の筋ですか」

「さよう。というても、かたちばかりで、すぐに片づきまっさ」

どうした、入っといでや、と男が呼びかけてきた。弥吉は御用の筋という言葉にいやな気がしたが、掏られたものを返してもらうまでは、なにをいってもはじまらない。うつむいて戸口をくぐった。

「堅苦しくやるほどでもないさかい、ここですまそか」

と男が手振りで土間をしめした。弥吉はうなずいて、上目遣いに奥を見やった。畳敷きの部屋に初老の男が湯呑を手にして坐り、もうひとり中年の男がかたわらの文机《ふづくえ》で書き物をしている。その二人がこちらを見たので、弥吉は慌てて眼を伏せた。

「あらためて名乗るが、わしはお上の御用を聞いてる、政五郎《まさごろう》というもんや」

房のない十手を懐から半分ほど引き出して、男がいった。

「さて、にいさんの国と名前を聞かしてもらおか」

「河内国錦部郡長野村、弥吉といいます」

「長野か。その恰好《かっこう》からすると、今日出てきたところやな」

と政五郎が足元を見おろした。弥吉は旅装束というほどでもない身軽ないでたちだが、足拵《あしごしら》えだけは草鞋《わらじ》と脚絆《きゃはん》でしっかりと固めている。

「さっきのチボ、このあたりではあんまり見かけんやっちゃ。というのも、腕が悪うて、土地の者《もん》の懐を狙うと、すぐに捕まってしまう。そやさかい、ふだんは天王寺やら今宮戎やらで、遊山にきた田舎者をかもにしてるが、長野からきたんなら道中のどっかで眼ぇつけられたな」

大坂の者は四天王寺を天王寺と略し、地名にもなっている。

「とにかく、わしに追われてると気づいて、間一髪、これを捨てて逃げくさった」

政五郎がそういって、あらためて懐から紙入れと書状の束を出した。

すると、奥から初老の男がこちらに身を乗り出すようにして、

「ほう、掏られたものがもどってくるとはめずらしい。さすが三途《さんず》の親方さんですな」

「なんの、たまたま通り合わせただけで。それより、辰巳屋さん、その呼び方はやめてもらえまへんかいな」

「ああ、これは失敬を」

と初老の男は額に手をやり、おどけた仕草でぽんと叩《たた》いた。

政五郎は苦笑して、こちらにむきなおり、

「さて、間違いないとは思うが、万が一にも他人には渡せんからな。念のため、あんたの持ち物やとたしかめさしてもらうで」

「はい、お願いします」

「まず、紙入れの中身を聞こか」

「こまかいのも合わせて、ざっと二分。それから、べつに二両を包んであります」

「ほう、二両二分か」

政五郎は紙入れの中身をたしかめ、もう一度「ほう」と呟いた。弥吉の身なりからして、意外な金額だったらしい。

「よし、間違いない。二分と、べつに二両」

政五郎がいいながら、にわかに探るような眼の色をした。

「こっちの書き物はいろいろありそうやな」

「はい、それは――」

と弥吉は説明しかけたが、政五郎はそれを待たず、束から書状を抜いて、勝手に開きはじめた。

「これも、お役目や。念のために見せてもらうで」

「……ええ、どうぞ」

弥吉は顎を引いて、上目遣いに政五郎の表情を窺《うかが》った。読まれて困ることを書いたものはないはずだが、かならずと言い切れるほどの自信はない。握ったてのひらに、じんわりと汗がにじんできた。

政五郎は眉間に深い皺を刻んで、書状に読み入っている。ふと眼をあげると、弥吉の顔と書状を見くらべて、いきなり大きな声を出した。

「おい、洪庵《こうあん》先生のところにいくんか！」

「えっ」

弥吉は息を呑んだ。なにかまずいことを知られたかと思ったが、政五郎は笑っていた。

「なんや、それを早《はよ》ういわんかいな。そうか、べつに包んであるのは、入門のための金子やな」

「そうです。束脩《そくしゅう》や、ほかにもいろいろと物入りなので」

束脩とは、いわば入門料である。古来、中国では師となるひとにはじめて会うとき、羊や雉《きじ》などを贈り物にした。これを贄《にえ》といい、束脩もそのひとつで、もともとは干し肉の束のことをさしていた。

「なるほど、それならどっちも大事なもんやないか。失くさんよう気ぃつけなあかんで」

政五郎はていねいに書状をたたんで束にもどすと、弥吉の手を取って紙入れといっしょにてのひらにのせ、うえからぎゅうっと押しつけた。弥吉はひと安心したものの、子供あつかいされているようで居心地が悪い。だが政五郎はどういうわけか、すっかり親身になって世話を焼きつづけた。

「ほら、早う懐にしもうて。そうそう、奥のほうにぐっと突っこんどくんや」

「…………」

「それで、洪庵先生のうちへの行き方はわかってんのかいな」

「はい、わかってます」

弥吉はなかば意地になってこたえた。

「過書町の、適塾《てきじゅく》やで？」

「大丈夫です」

「いや、どうも頼んない顔色に見えるな」

と政五郎が首をひねり、

「ふらふら歩いて、またぞろおかしな連中に眼ぇつけられてはいかん。よっしゃ、わしがそこまで送っていこ」

三

船場は、東西を東横堀と西横堀、南北を長堀と土佐堀川に区切られた縦長の一画で、東に大坂城を仰ぎ、北は中之島を渡って天満《てんま》、南は島之内から道頓堀、西は下船場から茅渟海《ちぬのうみ》（大阪湾）へとつづいている。

政五郎によると、船場の十三ある筋のうちでは堺筋が目抜きになるが、そもそも大坂の道は南北の筋でなく、東西の通が中心になるという。御城と海を結ぶ道である。

北浜一丁目の辻を西に折れると、政五郎は町なみを指さしながら、

「ほら、このとおり、どの店もずらーっと東西の道沿いに表口を構えてるやろ。道幅も筋より通のほうが広いし、町割もたいがいは通を挟んだ両側町や」

いま歩いている道が、めざしていた梶木町通らしい。結果からいえば、弥吉はここまで間違わずにきていたのだ。やっぱり大丈夫だったじゃないか、と弥吉は胸裡《きょうり》で呟いた。地図でたしかめれば、この道にも迷わず入れたにちがいない。

「しかし、洪庵先生のところで修業するとは、ええ思案をしたなあ」

と政五郎が嘆息するようにいった。

「先生ほどの医者は滅多におらんわ。診立てがええ、腕がええ、薬がええ、それにまた人柄がずば抜けてええ」

「…………」

「ほんまに立派な先生や。医者の鑑《かがみ》とは、ああいうひとのことをいうんやろう」

政五郎がこちらを見て、しつこく念を押した。これまではひとりで勝手にしゃべってきたのだが、ここだけは聞き手に相槌《あいづち》を打たせたいらしい。

「はい、そうですか」

と弥吉はうなずいた。政五郎のいうような話は、たしかに耳にしているが、それとはべつな評判もある。そのどちらが本当なのか。あるいは、もっとほかに真実があるのか。

弥吉はこれから、そうした事柄を見きわめるつもりなのだ。

「ふうん……」

政五郎が鼻白んだ顔をした。弥吉の気のない返事が不満らしい。だが思いなおすように首を振ると、

「ま、わしがくどくどいうより、百聞は一見に如《し》かず。先生に会《お》うたら、いやでもどんな御仁かわかるて」

と手をあげて数軒先の家をしめした。

「さあ、あれが適塾や」

「えっ？」

弥吉は思わず眼を瞠《みは》って、政五郎の手のさすほうを見た。そして拍子抜けした。

どんな大私塾かと身構えていたのだ。とくに大坂の想像を超える繁華な町に足を踏み入れてからは、塾の大きさもそれまで思い描いていたものから二倍も三倍も膨らませていた。だがそこにあったのは、間口六間（約十一メートル）ばかりの目立たない町屋だった。商売店ではないから派手さがないのはあたりまえとしても、蘭学という言葉から思い浮かぶ異風なようすも見あたらない。

「これが大坂一、いや、日本一ともいわれる蘭学塾なのか……」

声にならないため息が、口からこぼれるかわりに、身体の内側をするりと通り抜けて

いった。

近づいていくと、ちょうど表口の格子戸が開いて、女中らしい若い娘が手桶《ておけ》を提げて出てきた。

「おう、お糸ちゃん、久しぶりやな」

と政五郎が声をかけた。

「これは、親方さん。お見廻《みまわ》り、ご苦労さまです」

お糸と呼ばれた娘が頭をさげる。

「この暑いなか、水撒《みずま》きか。そっちこそ、ご苦労はんなこっちゃ」

「こう西日が強いと埃《ほこり》が立ってかなわん、二階まで舞いあがってきて本に積もると、みなさんがうるさくおっしゃって。けど、こんなに人通りがたくさんやと、軒下にちょろちょろとしか撒けやしません」

「それでのうても暑い部屋にこもって勉強して、みんなかっかきてるんやろ。その水、道に撒くより、二階にあがって、連中の頭に撒いてやるとええわ」

「まあ、親方さん、無茶をいうて」

「さて、洪庵先生はいらっしゃるかな」

「あいにくと、先生はお留守です」

「往診か？　いつごろ帰ってきなさる」

「ちがいます。往診やのうて、先生はご旅行にいっておいでなんです」

「旅行？」

と政五郎が眼を丸くした。

「遠くにか」

「備中足守《びっちゅうあしもり》のご実家と、それから四国のほうもまわられると聞いてます」

「なんと、それは長旅やな。こら厄介なことになった。このとおり客人を案内してきたのやが、里帰りやと奥方さんもいきはったんやろうな」

「はい、ごいっしょに」

とお糸が困り顔をする。政五郎が腕組みして、お糸と弥吉を見くらべた。お糸も弥吉に会釈したあと、ちらちらと何度か眼を配ってくる。

弥吉は眉をひそめた。師匠が不在で入門できるのか。自分がくることはあらかじめ伝えてあったはずだが、そのあたりの事情はどうなっているのだろう。

「若先生は？」

と政五郎が訊いた。

「あっ、若先生ならいらっしゃいますけど。それこそ、いまは先生の代診で町に出てはります」

「そうか……」

と首をひねった政五郎が、腕組みをといて、ぽんと手を打った。

「よし、それならとりあえず、塾頭に挨拶するか」

「はい、塾頭さんなら、いまも二階にいてはります」

お糸が格子戸をくぐり、どうぞこちらにと二人を招き入れた。いったん右奥の土間にいって井戸のわきに手桶をおくと、こちらにもどってきて、玄関の上がり口とは反対側にある納戸かと思われる戸を開き、うえをむいて呼びかけた。

「柏原《かしわばら》さぁん、柏原さぁん」

戸のなかは狭い板ノ間で、梯子《はしご》のように急な階段があった。

「柏原さぁん!」

お糸がひときわ声を高めて呼ぶと、ふいにその急階段からなにか大きな塊が降ってきた。どおんと破裂するような音が響いて、床がみしみしと軋《きし》み揺れる。弥吉が首を竦めて見やると、背の高い男が立っていた。首に手拭いをかけ、あとは褌《ふんどし》をつけただけの裸である。

「どうかしましたか?」

適塾の塾頭、柏原学介《がくすけ》は涼しい顔でいった。

四

備中足守は岡山城に程近い土地で、外様《とざま》大名木下氏が領している。石高は二万五千石。木下といえば藤吉郎という名がすぐに思い浮かぶが、足守の木下氏はまさしく豊臣秀吉の義兄、すなわち北政所《きたのまんどころ》の兄の血筋を引いている。外様のなかでも、いわば筋金入りになる。

洪庵はこの小藩で三十三俵四人扶持《ぶち》を取る藩士の三男に生まれて、医学をこころざした。それ自体は突飛なことではないが、洪庵がふつうでないのは、御典医をめざさなかったところである。御陣屋にあがって殿様の脈を取るかわりに、巷《ちまた》におりて万民の病を癒《いや》したいと考えた。

武士から町医師になるのは、とうてい出世とはいいがたい。案の定、父は息子の願いを喜ばなかった。三男だから前途がすんなりと開けているわけではないが、それでも武士として身を立てることを望んでいたのである。

だが洪庵の決意は固かった。許可を得られそうにないとわかると、父の机に手紙を置いて、家を飛び出した。身体が弱くて侍にはむかないから、というような理由を書いていたが、もちろんほかにも秘めた思いがあったろう。大坂に出て、中天游《なかてんゆう》という蘭方医の門を叩いた。

洪庵は手紙のなかで、しきりに親不孝を悔やんでもいた。だが大坂の蔵屋敷に赴任してきた父が、事後ながら学業を認めてくれた。それからは大坂での四年間を皮切りに、江戸、長崎と研鑽《けんさん》を重ね、足かけ十三年の修業を経て、天保九年（一八三八年）、ついに大坂で医家を開業した。と同時に、門戸を開いて後進の育成をはじめた。

これが「適塾」である。塾名は洪庵の号「適々斎」によるもので、正式には適々斎塾、また緒方塾とも呼ばれる。

学塾では蘭学、漢学を問わず、たいていは塾頭をおく。洪庵も江戸での修業時代には、蘭学者坪井信道《つぼいしんどう》の門下で塾頭をつとめたし、適塾においても俊英ぞろいの塾生のうちから人材を選んで塾頭に任じた。

弥吉と同郷の吉井儀三は、残念ながら塾頭の経験はない。修業時代を省みながら、自分はそこまで力が及ばなかったと正直に話していた。実際、儀三のひと月後に入ってきた男がなみはずれた秀才で、あっというまに先輩を追い越して塾頭まで登りつめたらしい。たしか、福沢諭吉《ふくざわゆきち》という男である。

儀三は塾を辞したあと、郷里に帰って医業に励み、いまや村人の信頼もすこぶる厚い。庄屋の吉年米蔵《よどしよねぞう》は別格として、儀三の言質《げんち》は村役なみに重んじられていたし、とくに若者からは慕い頼られている。

一方、福沢は修業のあと江戸に出て、あちこちに顔を売りまわり、はては幕府の軍艦に乗りこんで、亜米利加《アメリカ》まで渡ったという。秀才は秀才なのだろうが、廉直な人柄の儀三にくらべると、なにやら山師めいた男にも思える。

ともあれ、弥吉は儀三が書いてくれた紹介状をいまの塾頭柏原に手渡すと、落ち着かない気分で返答を待った。

「なんだ、来客なら来客といってもらわなくちゃ。こんな恰好で飛び降りてきてしまったじゃないか」

柏原はお糸のほうを見てそういったが、さして困ったふうでもなかった。

「勘弁してください。二階では、これでないと頭がのぼせて、学問にならんのです」

そう言い訳して、褌姿のまま紹介状に眼をとおした。

弥吉が落ち着かなかったのは、返答がどうなるか気が揉めたからだが、柏原の恰好のせいでもあった。面喰《めんく》らってもいたし、少なからず腹を立ててもいた。

裸で出てきたのは、なにかの間違いだとしても、どうして二階にもどって、浴衣のひとつも引っかけてこないのか。田舎者相手とばかにしているのではないか、と思う。

だが柏原は態度に屈託がなく、「学問」という言い訳のほかに、なにか含むところがあるとも見えなかった。

実際、女中のお糸はもちろん、御用聞きの政五郎にしても、柏原が裸で応対していることに驚きもしなければ、気を悪くするふうもない。当然とはいわないまでも、仕方がないこととみなしているようだ。

だからといって、裸の男をまえにした居心地の悪さや腹立たしさが消えるわけではないが、弥吉にしても自分だけが目くじらを立てるわけにはいかない気がした。そして、そういうまとまりのつかない状況が、よけいに気分を落ち着かなくさせていた。

「ふうん、これは……」

柏原が首をかしげ、その首筋にかけた手拭いを取って額の汗を押さえた。

「糸さん、ちょっと尋ねるけれど」

とお糸のほうを見やり、もう一度紹介状にちらと眼を落としてから、

「先生や奥さんから、入門者の話は聞いていますか」

「いいえ、とくには」

思い返すまでもないというようすで、お糸がすぐにこたえた。

「それじゃ、拙斎《せっさい》先生からは？」

「いいえ、若先生からも、そういう話は聞いてません」

「そうか、うん。ところで、参造さんのかわりのひとの話は聞いているかな」

「はい、それなら何度か耳にしています」

とお糸がはじめて首を縦に振り、

「つい先日も粂吉《くめきち》さんが、まだ決まった話とちがうけれど、いいひとが見つかりそうやと噂《うわさ》してましたし」

「そう、その話ならわたしも聞いてはいるのだが……」

と柏原は思案顔で呟いて、弥吉のほうにむきなおった。

「紹介状を見ると、ここには入門をこころざしてこられたようですが、間違いありませんか」

「はい、そのとおりです。間違いありません」

弥吉は用心深い口調でいった。柏原のようすを見て、ことのなりゆきに懸念を覚えはじめている。

柏原はそれを察したらしく、紹介状を見おろしながら気遣わしげに、

「たしかなことはいえませんが、どうやら吉井さんとのあいだでなにか行き違いがあったようです。というのは、吉井さんが寄越《よこ》してくれるのは下働きをする男のひとだと聞いていますから」

「下働きとは、つまり下男ですか」

「ええ、まあ……」

と柏原はまた額の汗を拭いて、事情を説明した。

塾には参造と粂吉という、二人の下働きがいる。粂吉は若いが、参造は洪庵がはじめ

瓦町《かわらまち》に開業したときからの使用人で、二十年以上も働き、齢《とし》も七十に近い。近頃は病気や怪我《けが》が多く、二月《ふたつき》ほどまえにも腰を痛めて、いまは自宅で養生している。

「打ち割っていうと、腰のほうは大事ないのですが、齢が齢ですから、当人はもう仕事を辞めたがっているのです」

と柏原はいった。

「ふつうの町医者ならともかく、塾で働くのはきついと。たしかに無理もない話なので、いまかわりのひとを探しているわけですが」

「待ってください、それがわたしだというんですか」

弥吉は顔色を変えた。

「わたしに塾生ではなく、下男をしろと？」

「いやいや、そういうわけじゃない」

と柏原が急いで手を振り、

「ただ吉井さんは塾生のころに参造さんと知り合って、おなじ河内出身ということで親しくしていたそうです。それでかわりのひとを探すのに、吉井さんにも声をかけたと聞いていたので、なにか行き違いがあったかと」

ふいに玄関のほうから、どやどやと階段を踏み鳴らす音がして、若い男が三人連なって出てきた。塾生だろう。柏原とおなじく、いずれも褌一丁で首に手拭いをかけている。

三人は弥吉のわきを通り抜けると、奥の土間にいき、井戸を囲んで、頭から水を浴びはじめた。ばしゃばしゃと飛沫《しぶき》を撒き散らしながら、ときおり大声で言葉をぶつけ合っているが、なにをいっているかは聞き取れない。もしかすると蘭語なのかもしれない。

水浴びを終えると、三人はずぶ濡《ぬ》れの褌をはずしてぐいぐいと絞り、これも絞った手拭いで乱暴に身体を拭いたあと、湿ったままの褌をつけなおした。いつものことなのか、お糸は知らん顔でそっぽをむき、政五郎は顎をさすりながら面白そうに眺めている。

三人がまた慌しく玄関口にもどってくると、柏原が厳しく呼びとめて、

「こら、ちゃんと足を拭いてあがれよ」

「はい！」

三人は意外なほど素直に返事をして、手拭いで入念に足の裏を拭いた。と思うと、その手拭いをまた首筋にかけて、勢いよく上がり口に跳びあがり、奥の階段をどやどやと登っていく。

弥吉はそのさまを呆気《あっけ》に取られて眺めていた。柏原は三人を見送ると、苦笑を浮かべてこちらに眼をもどした。そして弥吉と眼が合うと、気まずげに表情を引き締めたが、いましがたより声が明るかった。

「いや、どうも余計なことをいったようです。どれもこれも耳にした話や憶測ばかりで、たしかなことはひとつもない。留守を預かっている拙斎先生がもどられたら、俄然《がぜん》、事

情がはっきりするでしょう」

「事情なら、とうにはっきりしています。わたしはこの塾に入門するためにきました。下男をするためではありません」

弥吉はきっぱりといった。

「なるほど、それはたしかだ。紹介状を読むかぎり、吉井さんもそのつもりで送り出されたのでしょう」

「当然です」

「どうやら、あやふやなのは、わたしのいうことばかりのようだ」

と柏原はいって、ふと気の毒そうな顔をした。

「しかし、わたしにもたしかなことがあります。あなたには朗報といえないけれど、二階にある塾生の大部屋、あそこはいま畳一枚分の空きもない」

五

「塾頭さん、悪いがちょっと口を挟ませてもらうで」

それまで黙ってなりゆきを見ていた政五郎が声をかけてきた。

「いやなに、道案内できた者がどうこういう筋合いでないとはわかってるんやが、知らんふりもしづろうなってな。塾頭さんに訊くけど、だれを弟子に取るか取らんかは、洪庵先生のお決めになることとちがうかな」

「もちろん、そうです。わたしもいまここで入門について云々《うんぬん》するつもりはありません」

「しかし、そのつもりがのうても、塾生の部屋に畳一枚の空きもないというたら、入門を云々するどころか、まるで門前払いや。少なくとも、いわれたほうにはそう聞こえるで」

なあ、にいさん、と政五郎がこちらを振りむいた。

「………」

弥吉は言葉には出さなかったが、そのとおりという顔色をしていたにちがいない。

政五郎は柏原に眼をもどすと、二階のほうを手振りでしめしながら、

「そやさかい、畳どうこうをいうまえに、塾生の部屋というのがどんなもんか、このひとに見せてやったらどうかな。そうすりゃ、塾頭さんのいう意味もようわかるやろ」

「やあ、それはいい」

と柏原は言下にうなずいた。

「親分さんのいうことはもっともだし、適塾がどんなところか知ってもらえば、このあと拙斎先生と話をするときにも役立つでしょう。弥吉さんさえよければ、是非ともそう

してください」

もとより弥吉に異存はない。適塾の学風や塾生の気風を知ることも、ここにきた目的のひとつなのだ。

「お願いします」

と声に力をこめた。下男あつかいや門前払いなどさせないと、あらためて気を張っている。

「じゃあ、こちらです」

柏原は納戸もどきの板ノ間にあがると、二人に手招きして、急階段を登っていった。弥吉は政五郎にうながされて、柏原のあとにつづき、政五郎はお糸となにか話したあと、弥吉のうしろについてきた。

階段を登ると、十畳ほどの広さの部屋だった。机が六つあり、空いているのは、柏原のものだろう。ほかの机には、それぞれ裸の男が張りついていた。褌姿や裸のうえに絽《ろ》の羽織だけを引っかけた者もいて、静かなのにぴりぴりと空気が肌を刺してくる。

「ここが塾頭と最上級生の部屋で、清所《せいしょ》といいます。名ばかりで、見てのとおりさほど清潔でもありませんが、それでも大部屋にくらべればましということでしょう」

柏原がいいながら、むこう側の襖のほうに近づいていく。塾生たちは机上に没頭して、こちらを見むきもしない。

「さあ、どうぞこっちに」

襖の手前で、柏原がまた手招きした。なにやら、いたずらっぽい眼の色をしている。

弥吉が近づくと、襖に手をかけて、

「これが、塾生の大部屋です」

というなり、さっと開いて見せた。

とたんに、猛烈な熱気が押し寄せてきた。ただ熱いだけでなく、湯気のように湿っている。そして、酷《ひど》いにおいがした。ひといきれや汗や垢、革や紙、墨、油や蠟燭《ろうそく》、なぜか食べ物らしきにおいまでが、濁流のように渾然一体《こんぜんいったい》となってうごめいている。

弥吉は思わず息を詰めて、眼をしばたたいた。

大部屋の広さは四十畳ぐらいだろう。そこに四十人ぐらいの男たちがいる。たしかに一畳分の隙間もなかった。どうやら大部屋の塾生は畳一枚を割り当てられ、そこに机や身のまわりの物を置いて寝起きしているらしい。

立ち歩いている塾生のなかには、褌もつけない真っ裸の男もいた。いや、そういう塾生が少なくない。逆に、まともな恰好をしている者はひとりもいない。

「通いの塾生はべつにして、入門するとまずこの大部屋に放りこまれて、日当たりも風通しも悪い末等の場所に追いやられます。そこから望みの場所に移れるかどうかは、当人の実力しだい。成績がよければよい畳に移り、悪ければもとの畳に舞いもどる。自慢するようですが、この敷居を越えて清所に入ってくるには、相当の努力が必要です」

と柏原は足元を見おろしていった。

「おい、学介、そこを閉めてくれ。暑苦しいうえに、臭くてかなわん」

と清所にいる塾生のひとりがいった。

「おう、すまん。もうちょっと我慢してくれ」

と柏原が振りむいてこたえる。

学塾の塾頭は、剣術道場でいえば師範代のようなものだろう。それにしてはぞんざいな口をきくものだ、と弥吉は驚いた。

もっとも、師範代が師範の代理とすれば、塾頭は塾生の筆頭。そこにはおのずと気分のちがいがあるのかもしれない。それとも、こういう気風は適塾だけのものだろうか。

「それじゃ、そろそろいいですか」

と柏原がこちらをむいて襖に手をかけた。その瞬間、大部屋の塾生がいっせいに柏原のほうを見た。

弥吉はぎょっとした。塾生たちの眼がぎらぎらと光っている。飢えた獣のようだ、と思ったとき、すっと襖が閉まった。

塾　生

一

船場の北、土佐堀川を渡ると中之島になる。

中之島は淀川の下流にできた中洲で、南北は広いところでも三町（約三百メートル）ほどの幅しかないが、東西にはおよそ三十町（約三キロメートル）の長さがある。洲といっても無人の砂地ではなく、島として城下町の一角をなしている。

川の流れに沿って見ていくと、まず京都からくだりくる淀川が大坂に入って大川と呼び名を変え、中之島にぶつかって土佐堀川と堂島川にわかれ、それがまた合流して安治《あじ》川となり、河口の新田を抜けて海にそそぐ。

茅渟海は摂津と和泉、対岸の淡路島に囲まれた、なみはずれて大きく穏やかな内海である。西は明石海峡を経て瀬戸内海、南は紀淡海峡を経て紀伊水道に通じ、本州や四国、九州はもちろん蝦夷《えぞ》地からの船も往来する。

この水利を求めて、中之島には諸藩の蔵屋敷が集まっていた。蔵屋敷とは大名が領地の年貢米や特産品を売るために大坂などの商都においた、いわば蔵付の役所である。ほとんどの藩では船で物資を運んでいたから、蔵屋敷の立地には水運の利便が欠かせなかった。

弥吉はその中之島と船場のあいだにかかる淀屋橋の欄干にもたれて、蔵屋敷の荷揚げのようすを眺めていた。

船荷は湾に停泊する本船から、小型の上荷船《うわにぶね》に積み替えられて川をのぼり、それぞれの蔵屋敷の船着場で荷揚げされる。そのようすがちょうど橋のうえから見えるのだ。

荷揚げする男たちのことを仲衆《なかし》といい、大力ぞろいだと話には聞いていた。だが実際に眺めてみると、仲衆の働きぶりは大力というより、もはや曲芸だった。岸に積まれた米俵をひょいひょいと二つずつ担ぎあげて、蔵に運びこんでいく。

長野村にも力自慢の男はいて、米俵の二つぐらいなら苦もなく持ちあげるが、仲衆のなかには四俵、五俵と担ぐ者がいる。それも軽々とやる。腕力の強さもたいしたものだが、なにかその力の使い方にこつがあるらしい。

「へたな見世物より面白いな……」

呟きながら、弥吉は欄干を離れた。中之島からもうひとつ北にむけて大江橋を渡り、堂島に使いにいってきた帰りである。いきたくもなかったが、帰りたくもなかった。それで橋の途中で立ちどまり、どうでもいいような川沿いの景色に眼を凝らしていたのだ。

　なにをしているのか、と胸裡にため息がこぼれる。

　大坂に出てきて、四日目になる。緊張の糸がぷつんと切れて、そのあとなんとか結びなおしたが、もとの張りはなかった。こころのどこかが弛《ゆる》んで、だらんと糸が垂れている。ただときおり思い出したように、やり場のない怒りや焦りがきりきりと糸の端を引いた。

　橋を渡りきると、船場の通りはあいかわらずの雑踏だった。弥吉は往来の勢いに押し流されないよう気をつけながら、過書町の適塾にもどった。もちろん懐のものを掠《かす》め取《と》られないよう用心も忘れない。

　格子戸を入ると、玄関にはいかず、右奥の土間から中戸を入って、台所をそくさと抜ける。この通り庭と呼ばれる台所の土間を出ると、裏庭と塀で仕切られた通路になり、突き当たりに納屋がある。

　弥吉はうつむいて通路を渡り、粗末な板戸に手をかけた。納屋は間口が三間（約五・五メートル）ほどあって、なかが半分に仕切られ、片側はひとが住まえるよう設《しつら》えてある。戸を開くと、粂吉が板ノ間に胡坐《あぐら》をかいて、飯をかきこんでいた。弥吉はごくりと唾を呑んだ。用事をいいつけられたあと、昼飯どころか水も口にしていない。

　なにを食べているのかと、粂吉の膝元を見ると、飯だけでおかずは見あたらなかった。

と思うと、ぽりぽりと嚙む音がしたから、茶碗《ちゃわん》の隅に漬物でものせているらしい。急須はあるが、湯吞はない。そういえば、盆もない。茶碗と急須をわしづかみにして、ここまで運んできたようだ。

「おう、遅かったな」

茶碗から顔を離さず、粂吉がいった。

「使いさきで、すこし手間取りまして」

「そうか、わしもさっき帰ってきたところで、喰《く》いそこねた飯をいま喰ってるんや。おまえもまだなら、早《はよ》う台所にいっといで。急がんと、腹をすかせた塾生に飯櫃《めしびつ》を空にされてしまうで」

「はい……」

弥吉はうなずいたが、そのまま板ノ間の端に腰をおろした。粂吉に背をむけて、ふっと息をついた。

「どうした、えらいくたびれてんな」

粂吉がいって、ずずっと音を立てた。急須のお茶か白湯《さゆ》を飯茶碗に汲《く》んですすっているのだ。

この数日見たかぎりでも、粂吉は食事の終わりにかならず茶碗に湯茶をそそぎ、飯粒をこそげ落として食べている。大坂の奉公人のしきたりかどうかはしれないが、弥吉はなんとなくみじめったらしい気がしていた。

「べつに……。ただ、まだちょっと町にも人混みにも慣れないので」

「それならええがな。放っといても、そんなもんはじきに慣れるさかい」

「はい」

「けど、その他人行儀な口の利き方は、ひと足先にやめてもらえんかな。しゃべるたびに、肩が凝ってしゃあないわ」

「すみません」

「齢も近いことやし、われかおれかでかまわんやろう。『親しき仲にも、礼儀あり』というけど、ここはひとつ『親しもないけど、礼儀もない』ってなあんばいでいこやないか」

弥吉は十九。粂吉は齢を訊いてはいないが、二、三歳上に見える。

「なあ、弥吉さんよ、こっちをむいたらどうや」

と粂吉が声音を太めた。弥吉は草履《ぞうり》を脱ぐと、粂吉のほうに膝をまわして坐りなおした。そんなつもりはなかったが、また口をついてため息がこぼれた。

粂吉がさすがに眉をひそめて、ぱんと膝を払った。

「事情は聞いてるさかい、気持ちはわかるで。そらまあ、気落ちせんほうがおかしいわ。けど、ここに残ったんは、だれに無理強いされたわけでもない、自分で決めたことやろ。

下男でええからおいてくれと、若先生に手をついて頼んだそうやないか」

「………」

弥吉は黙ってうなずいた。手をついたというのは大袈裟《おおげさ》だが、あとは粂吉のいうとおりなのだ。

あの日、緒方拙斎が往診から帰ったあと、弥吉はあらためて紹介状を渡して入門を申しこんだ。洪庵の養子である拙斎の名は吉井儀三からも聞いていて、事情がはっきりすれば納得できるこたえが返ってくるものと思っていた。

だが拙斎は期待どおり事情を明らかにしたものの、その話にはまったく失望させられた。

適塾の女中や下男にかかわることは、洪庵の妻女八重《やえ》が差配しており、参造にかかわる働き手については、拙斎が相談を受けて手配していた。拙斎は河内の儀三にもよい人手はないかと問い合わせ、いったん心当たりがない旨の返答を得ていたが、しばらくして同郷の若者を紹介したいという申し入れを受けた。

儀三はこの件をさきの働き手のこととはべつに考えていたわけだが、拙斎はこの二件を一連のやりとりと受け取った。ここに行き違いが生じたのである。拙斎は若者を寄越すよう、儀三に伝えた。そして入門志願者ではなく、新たな働き手がくるのを待っていた。

「気の毒なことをしました。謝ります」

と拙斎は頭をさげた。

「むろん、あなたを働き手とみなすつもりはありません。塾頭と話が喰い違っただけでも、たいそう不愉快な思いをされたでしょう。それにまた、入門を志願されることについても、とやかくいうつもりはありません」

「では、入門できるのですか」

と弥吉は身を乗り出したが、拙斎は苦しげに首を横に振った。

「いや、それを決めるのは、わたしではなく、洪庵です。本当に気の毒だけれど、当塾に入門を望まれるなら、いったん郷里に帰り、洪庵の帰坂を待って、あらためて訪ねてもらうほかありません」

そういわれて、一瞬、弥吉は眼のまえが真っ暗になった。そして、その暗闇の奥からさまざまな思いが押し寄せてきて、しばらくは拙斎の声も耳に入らなかった。

「わかるで、若先生に手をついて頼んだ気持ち」

と粂吉が腕組みしていった。

「日本一の蘭学塾に入るというて、村を出てきたんやろ。ところが、いざいってみたら、むこうは下男を待ってました、出なおしてこいといわれましたと、いまさら帰っていえるわけがあらへん。そんな大恥さらすぐらいなら、ここで下男しながら洪庵先生の帰りを待ったほうがましやと、そう考えたわけや。な、図星やろ？」

「ええ、まあ」

弥吉は力のない笑いを浮かべた。たしかに粂吉のいうとおりのことを考えたのだ。もちろんほかにも重大な理由があるが、それは粂吉に話すことではない。

「ほらな、おまえの気持ちはようわかるんや。けど、下男でええからというのは、げんにここで下男をしてるもんにとっては、けたくその悪い言い草とちがうか」

「いや、そんなつもりは」

「ないっちゅうんか？　ほな、なんで気落ちしてるんや。下男をばかにしてるからやろ。参造爺《じい》さんが聞いたら、さぞ怒るやろな」

「すみません」

弥吉はうなだれた。すると、粂吉が手を打って笑いだした。

「あはは、すまん、すまん。いや、参造爺さんは怒るやろうけど、わしは怒ってへんねん。というのも、わしもおんなじくち。下男でええからおいてくれと、洪庵先生に頼んで、塾にもぐりこんださかいな」

弥吉は顔を起こして、粂吉を見なおした。

「とにかく、どんないきさつにせよ、いまはこうして下男仲間や。肥溜《こえだ》めにはまったような顔をせんと、気ぃ取りなおして、せいぜい仲ようやろやないか」

「……はい」

「洪庵先生にしても、帰ってきて話を聞いたら――」

と粂吉がいいかけたとき、

「粂さん、粂さん」

と呼ぶ声がした。お菊という年輩の女中の声である。勝手口から顔を出して叫んでいるらしい。粂吉が茶碗と急須を手に取り、すっと立ちあがった。まあ、そういうこっちゃ、と勝手に話をまとめて、土間に降りると、くるっと振りむいた。

「ひとつ教えといたるわ。塾生であろうと下男であろうと、奥さんと女中連中に嫌われたら、ここにはおられへんで」

二

腰を据えて働きだしてみると、適塾の下男の仕事はかなりの重労働だった。はじめのうちはともかく、割り振られる役目が増えてくると、弥吉でさえ夜にはぐったりと床に伸びてしまうほどだから、さきにいた参造という老人が音をあげるのもうなずけた。

適塾は縦長の二階屋で、大雑把にいうと、一階の表側が玄関と教場、その奥が塾主洪庵と家族の住まい、二階が塾舎になっている。

洪庵夫婦は子沢山で男女合わせて九人の子供がおり、いま長崎に遊学しているという息子二人を除いても、親子で九人。さらに洪庵の高弟から養子になり、若先生と呼ばれている緒方拙斎がいる。

それから塾生のほうは、内塾生と呼ばれる寄宿生が、清所と大部屋を合わせて五十人ばかり。さらに、通いの塾生が夜昼かまわず頻繁に出入りして、好き勝手に寝泊まりや飲み喰いをしていく。

弥吉たちは、下男二人と女中三人の総勢五人で、これだけの人数の面倒を見なければならないのだ。

これがたとえば商家なら、こうまで骨が折れないだろう、と弥吉は思う。家族や奉公人が何十人いても、みなの生活の足並みがそろっている。商売繁盛という目標にむかって、それぞれが力に応じた役割を受け持ち、そのうえで一丸となって働き暮らしているのだ。

だが適塾はちがう。まず塾主の洪庵からして、医者と教師という、いわば二足の草鞋を履いている。医者のほうはともかく、教師としてどれほどの力量があるのか、いまは不在で実情はわからないが、留守を預かる拙斎が塾生そっちのけで往診にまわっているさまを見れば、洪庵の姿も推して知るべしだろう。

家族にしても、留守番をしている子供たちのようすに、どこか締まりがない。商家の子供なら、息子は商売を見習い、娘は内証の差配を学ぶものだが、医家で蘭学塾でもある家の子供はいったいなにをして育つのか。弥吉には見当もつかないが、当人たちもいまひとつわかっていないように見える。

末っ子はまだ五つだから、厳しいことをいってもはじまらないけれど、四人いる娘たちの態度がいささかだらしない。遊んで暮らせる身分でもあるまいに、まるで家事を怠けるために学問するふりをしているみたいなのだ。このようすでは、長崎にいる息子二人もなにをしているかわかったものではない。

そして塾生たちだが、これはさすがにまとまっているのかと思えば、むしろ一番にてんでんばらばらだった。

なにせそれぞれが一家をなすつもりで、大坂まで出てきて修業しているのだ。たとえ目標に重なるところがあっても、みだりに助け合ったりはしない。あくまで独立独歩、おれはおれ、おまえはおまえの立場を貫いている。

こういう連中が五十人もいるのだから、二階の面倒を見るのは、一階に輪をかけて大仕事だった。

たとえば食事にしても、こしらえる量が半端ではないのはもちろん、塾生たちの食べる姿が凄《すさ》まじい。いってはなんだが、飢えた獣に餌をやっているような気がしてくる。

今日の昼も、こんな具合だった。食事の支度ができたと二階に声をかけると、なにか雄叫《おたけ》びのようなものが聞こえてきた。と思うと、いっせいに立ちあがる物音がして、二階の降り口から吐き出されるように、塾生たちがどやどやとおりてくる。

清所にいる塾頭たちは表口側の階段から、大部屋の塾生は玄関奥の階段からおりてくるが、いきつく場所はおなじ、台所の板ノ間である。

板ノ間にはすでに、飯櫃、薩摩芋《さつまいも》と葱《ねぎ》の難波煮の大鉢、刻んだ漬物の皿がならべてある。そこに塾生たちがなだれこむのだが、五十人が坐る広さはないから、みなが立ったまま飯やおかずをよそい、立ったまま喰いはじめる。

飯をかきこんでいるあいだ、おかずの椀《わん》を足に挟んで踏ん張っている者もいれば、あれもこれも飯茶碗に山のように盛って、真上からかぶりつく者もいる。

なかには一方の椀を頭のうえにちょこんとのせる軽業《かるわざ》まがいの者もいるし、首からぶらさげる盆のようなものを工夫して、そこに飯、おかず、漬物をならべて、妙に落ち着き払って食べている者もいる。

そしてときおり、立喰いの頭越しに、

「おい、こっちにまわせ！」

と声が飛ぶと、塾生たちの足元を丸い物がすーっと走り抜ける。これもだれか塾生の工夫したことで、飯櫃の底に車輪がついているのだ。

とにかく、慌しい。そして、汚らしい。それはそうで、こんな食べ方をして、こぼさないはずがない。飯粒や薩摩芋の欠片《かけら》が、たちまち板ノ間に散乱する。

それをまた五十人が踏みしだくから、ずるずるねちゃねちゃと粘り気を帯びて、床はまるでどぶ川の底のようになる。げんに古株の塾生のなかには、足が汚れるのを嫌って、上草履を履いて食事におりてくる者もいる。

後片づけがどれほどたいへんかは、一度やってみなければわからないだろう。

粂吉の話によると、塾生を何組かにわけて順番に食べさせようとしたことがあり、福沢塾頭のときにも試してみたそうだが、うまくいかなかったらしい。

「参造爺さんがいうてたが、みなが順番を守ったんは、最初の一ぺんか二へん。あとは調べ物のきりがついたとか、今日はさっさと喰ってさっさと寝たいとかいうて、好き勝手なときに食べだしてな」

と粂吉は顔をしかめた。

「で、そうなると用意しといた飯やおかずが足るとか足らんとか、よけいに段取りがややこしなるし、坐って喰うてるところに、順番を守らんやつが押しかけて、立てとか立たんとか、気の短い連中がどつきあいまではじめよる。結句、これならまだいっぺんに立喰いさしといたほうがましやろと、このやり方にもどしたそうや」

たしかに、いまの塾生たちのようすを見ても、そういう事態は容易に想像できた。とにかく、学問が優先。身なりにかまわないのもそうだが、学問以外のことはすべて付けたりみたいに考えているふうなのだ。

「まあ、手間のかかる連中やけど、おもろいところもあるわ。おまえも働いてるうちに、おいおいわかるやろ」

と粂吉は黄色い歯を剝《む》いて笑った。だが弥吉とすれば、塾生たちに面白味があろうとなかろうと知ったことではなかった。本来ならその一員であるはずの自分が食事の支度や床の掃除をしていることに、口惜しさを噛み締めるばかりだった。

「きみが、弥吉くんか」

と声をかけられたのは、そんなおおわらわの昼食のあと、台所の板ノ間にうずくまって、糊《のり》のようにこびりついた飯粒を、篦《へら》と雑巾を使ってこそげ取っていたときだった。

手をとめて振り返ると、教場に通じる廊下に塾生が立っていた。小肥《こぶと》りで、齢は三十前後に見える。塾生としては年輩の部類に入るが、清所では見ない顔だから、大部屋のほうにいるのだろう。

「そうですが、なにか?」

弥吉は憮然《ぶぜん》とこたえた。いまのいま、この男が踏んだ飯粒の掃除もしていたわけだ。そう思うと、いやがうえにも苛立《いらだ》ちがこみあげる。

「いや、挨拶にきたのだ。遅くなったが、今日はじめて話を聞いたものだから。いや、それだけだが……」

と塾生が板ノ間に一歩入って、小さく手招きした。

弥吉はしかたなく立って、塾生に歩み寄った。粂吉もさっきまで台所にいたのだが、なにか荷物を出し入れするからと、裏の土蔵のほうにいってまだもどっていない。土間の竈《かまど》のまえでは、女中三人が片づけや明日の支度に忙しく立ち働いている。塾生はちらちらとそちらに眼を配りながら、小声で早口に名乗った。

「甲田大吾《こうだだいご》。美濃《みの》、大垣《おおがき》の出だ」

弥吉はそういう態度にも、なんとなく苛立ちを覚えた。下男と話しているのをひとに見られたくないのか、と疑いたくなる。

「なにをあらためてと思うやもしれんが、うむ、ほかに挨拶にきた者もおるまいしな」

と甲田が太い眉をひそめて、弥吉のほうに顔を近づけ、

「しかし、あれだ、きみがここで働くことになったいきさつを聞くと、たとえ妙に思われても、ひと声かけずにはおられぬ気がしてな。いや、気の毒だった。じつに理不尽な話だ。まったくもって、同情と怒りを禁じえん」

「はあ、それは……」

塾生からこんな言葉を聞くとは意外だった。弥吉はにわかに毒気を抜かれた気分で、あいまいに会釈した。

「とはいえ、洪庵先生がご帰坂なされば、理不尽はただちに正されよう」

と甲田がうなずいて見せた。いちだんと声を落として、親身な口調でいった。

「そこで、どうだろう、今後の付き合いをかためるために、一献酌みかわしたいと思うのだが。きみも入門をこころざしてきて、話し相手が粂吉や女中ばかりでは、さぞや退屈しておろうしな」

三

「難波橋なら、すぐそこや」

と粂吉がいった。

「このうちを出て、まず右にいく。ひとつ目の辻を左に折れたら、すぐに突き当たるのが、梅檀木橋。中之島のさきっぽのほうにかかってる。これを渡らんと右をむいたら、そっちに見えるのが難波橋や。あとは辻ふたつ分を歩くやさかい、ケンケンでいっても四半刻（約三十分）とかからんわ」

「それじゃ、すみませんが、あとを頼みます」

と弥吉は頭をさげた。夕食の片づけがまだ半分しかすんでいないが、粂吉が残りを引き受けてくれたのだ。

正直、こうすんなりいくとは思わなかった。隠してもいずれ知れることだと思い、塾生に誘われたと、ありのままに話した。嫌味のひとつもいわれるものと覚悟していたが、粂吉はこうして仕事を助けたうえに、訊きもしない道順まで教えてくれた。

「ま、おたがいさまや。わしも男やから、このさき夜遊びすることもあるやろ。二人いっぺんに抜けられんさかい、いっしょに呑めんのがさみしいけどな」

そういわれて、弥吉はちくりと胸が痛んだ。話し相手が粂吉たちでは退屈だろうと甲田がいったことに、胸裡でうなずいていたからだ。親切にしてくれる相手に、陰で舌を出しているような恰好だった。

だがいくらうしろめたくても、やはり自分はこちら側ではなく、むこう側にいるべき人間だという思いが、弥吉には強かった。ひとりよがりではない。げんに塾生の甲田も、そう思っているから声をかけてきたのだ。

「悪いけど、こころざしがちがうんだ」

弥吉は呟いて、おもての格子戸をうしろ手に閉めた。

六ツ半（午後七時）を過ぎたころだった。通りのさきを眺めやって、弥吉ははっと息を呑んだ。夜の大坂の町は昼とはちがう、まばゆい賑《にぎ》わいに満ちていた。左右の家なみにともる軒行燈《のきあんどん》や提灯《ちょうちん》、窓から洩《も》れる灯の色が遥《はる》かむこうまで連なり、行き交う人びとをこうこうと照らしている。

そして、その灯の色合いの加減だろう、人びとは顔色から着物の色柄までほんのりと金色がかり、なにかこの大都に暮らす豊かさのあらわれのように見えた。ひとの営みのそういう部分は、昼よりも夜のほうが際立つのかもしれない。

地上のまばゆさのためか、夜空には月影が淡く、星もまばらに感じられた。だがそんなことを気にしているのは、弥吉だけらしかった。村の暮らしとことなり、だれも月明かりをたよりに歩いていないのだ。

弥吉は早くも酔ったような気分になりながら、ひとの流れに呑まれて歩いた。

梅檀木橋のたもとで右に折れて、川沿いに東にむかう。粂吉がいったとおり、二町ほどさきにまた橋が見えた。長い橋だった。中之島より上流で、二筋にわかれるまえの大川にかかっている。その橋のうえにも、金色がかった人影がしきりに往来していた。

考えてみれば、夜の町を眺めるのは、これがはじめてだ。これまでも日が暮れてから通りに出たことはあったが、いつもうつむいて、そそくさと用事をすましていた。いまは塾生に仲間あつかいされたことが、弥吉にしぜんと顔を起こさせた。

甲田は難波橋の南詰に立っていた。弥吉がすぐに近づかなかったのは、甲田が褌裸ではなく、着物を着ていたからだ。咄嗟に見わけがつかなかった。むこうが手をあげて呼んだので、ようやくそれとわかったが、弥吉は近づきながらまた眉をひそめた。

甲田の身なりが夜目にもみすぼらしく見えた。実際、まえに立つと、甲田の小袖は衿まわりがぐるりと擦り切れていた。じろじろ見まわすわけにはいかないが、袴も色褪《あ》せ

て綻《ほころ》びだらけのようだ。けれども、そんなことにはいっさい頓着するようすがなく、

「やあ、きたな。どうだ、夜道に懐中物を掏られたりはしなかったか」

もはや朋輩のような口ぶりで、弥吉の胸元に顎をしゃくったい。どうやら知らなくていいような話まで、甲田は聞き知っているらし。

「大丈夫です。おなじ失敗はしません」

「そりゃ、けっこうだ」

と甲田がいいながら歩きだして、

「参造爺さんとおなじ、南河内からきたらしいな。きみはどこの出だ？」

「長野という土地です」

「ああ、そうだった。吉井と同郷になるわけだ」

口ぶりからすると、甲田は儀三がいたころからの古株らしい。

「長野というのは、山手かな、海手かな？」

「山手です。金剛や葛城の山なみが間近になります」

「それなら猪《いのしし》は喰ったことがあるだろう。牛はどうだ？」

「いいえ」

と弥吉は首を振った。

「そうか。ちとくせはあるが、慣れれば美味《うま》いものだぞ」

甲田はそういって、一軒の店のまえに立った。間口の狭い店だった。煤《すす》けた提灯がかかり、「牛鍋」の字が見える。戸口の腰障子も煤けて、ひどく黄ばんでいた。

「さあさあ」

と甲田が腰障子を開き、弥吉はつづいてなかに入った。とたんに、ねっとりとした空気が顔を覆った。獣の脂のにおいだった。

店は片側に細い土間が通り、片側がいれこみの座敷になっていた。客が二組いて、手前が三人、奥のほうが二人。それぞれ胡坐をかき、首を伸ばすようにして、鍋を覗きこんでいる。

甲田は慣れたようすで座敷にあがり、二組のちょうどあいだあたりに腰を落ち着けた。弥吉は手前の客のわきを通るとき、かれらの胸元や袖口から彫物が見えて、どきっとした。それとなく横眼で窺うと、三人ともに面構えが険しく、明らかに堅気ではない。

どんな店にきたのか、と胸裡でこぼしつつ、弥吉は座敷にあがり、居心地悪く胡坐をかいた。

「いつものを二人前」

注文を取りにきた女に、甲田が笑顔でいった。女はそっけなくうなずいて奥の板場にもどっていく。だが甲田は気にするふうもなく、

「ここの常連といえば、適塾の門下生と、あとはまあ、あのての連中だ」

とほかの客のほうに目配せする。さすがに声をひそめているが、口ぶりは楽しげだった。

「ここの親爺は商売に似ず、気の弱い男でな。豚など仕入れても、殺生《せっしょう》ができぬ。それで適塾生に殺してくれと頼んでくるのだが、むろんわれらは望むところだ。まずきっちりと息の根をとめて、それから頭なんぞを切り落として礼金代わりにもらう」

「………」

「ははっ、豚の頭をもらって、べつに飾っておくわけではないぞ。解剖して、脳やら眼球やらを調べるわけだ。そして締め括《くく》りに、煮て喰らう。きみは豚を喰ったことはあるか？　あれは猪よりも身が柔らかくて、味も淡白だ。美味いぞ」

「はあ……」

食事のまえに、よくこんな話ができるものだ。蘭学生というのは、どういう神経をしているのか。弥吉はうつむいて顔をしかめた。

さっきの女が奥の客に酒を持っていき、つぎにこちらに七輪を運んできて、そのうえに鍋を据えた。どうぞ、ともいわず板場にもどっていく。鍋はもうぐつぐつ煮えていて、砂糖と醬油《しょうゆ》の甘辛い香りと、やはり獣の脂のきついにおいがした。

甲田が揉み手をしながら、

「さあさあ」

と亀《かめ》のように首を伸ばして、鍋を覗きこむ。そして、さっそく箸を手に取りかけたが、

「いや、酒がまだか」

とひとりごちて、ぽんぽんと手を打ち、また揉み手をした。

甲田は夕食を抜いてきたのかもしれない。そういえば、台所の板ノ間で姿を見なかったようだ。あの人数だから、かならずとはいえないが、弥吉も甲田のことが気になって、ちょっと眼で探したりしていたのだ。そう、まず間違いないだろう。

弥吉も休みなく働いて、急いで出てきたから、腹具合はおなじはずだが、食欲よりも吐き気を感じはじめていた。

甲田がまた手を打ち、わさわさと膝を揺らした。板場から女が出てきた。盆に銚子と盃《さかずき》を載せている。騒ぎ立てなくてもほしいものはわかっている、といわんばかりの態度で運んできて、七輪のわきに銚子と盃をならべるなり、くるりと背をむけた。

甲田はその背中に、おおきに、おおきに、と機嫌よく声をかけている。ほんとに蘭学生の神経はよくわからない。

「さあ、一献酌もう」

と甲田が銚子をつかみ、盃を取るよう弥吉にうながした。

四

牛肉は臭くて硬かった。弥吉はひと切れ食べて、こっそり懐紙に吐き出し、それからは葱ばかり食べていた。

一方、甲田の食べっぷりは怖いような勢いだった。それも肉ばかりに箸を伸ばす。弥吉と二人あわせてちょうどといえばそうなのだが、なにかさもしい感じがした。

「適塾生は八等級にわかれておる。これはひとえに学力の上下にかかっていて、身分や年齢はいっさい関わりない。おれはそのうちの三級にいたことがある。どうだ、わかるか。三級だぞ。あと一歩で二級、もう一歩で清所に足を踏み入れるところだった」

と甲田が胸を反らした。酔って地金が出てきたのか、言葉つきがぞんざいになってきている。甲田は猛然と肉を貪《むさぼ》り喰いながら、酒を呑むのも忘れなかった。

「ところが、巡り合わせの悪いことに、ちょうどそのころ、むやみに優秀なやつらが入ってきた。福沢や長与、柏原といった連中だ。こいつらはすいすいとおれを追い越して、塾頭にまでなりおった」

長与というのは、福沢諭吉のあとに塾頭になった長与専斎のことだろう。儀三から話を聞いて、弥吉も名前だけは知っている。

甲田は憤然といって、ぐいと酒を呷《あお》ると、空の銚子を弥吉のほうに押し出して、

「板場を覗いて、酒と肉のかわりを頼んでくれ。あの小女は一度酒を出すと、あとはめったに顔を見せんのだ」

弥吉は立って、いわれたとおり板場に声をかけた。甲田は運ばれてきた酒を手酌で呷ると、ついでのように弥吉の盃にも酌をして、それから追加の肉をいっぺんに鍋にぶちこみ、箸でぐるぐるとかきまわした。

「喰えよ、弥吉くん、遠慮するな」

赤い生肉が輪をかいて引きずりまわされるようすに、弥吉はまた胸が悪くなり、甲田の箸まで不潔に思えた。

「とにかくだ、きみが入門を許されたら、まず大部屋の階段わきの薄暗い場所を割り当てられる。そのあたりが一番の場末で、初級者がたむろしておる。そこではじめに『ガランマチカ』という蘭語の文法書を学び、つぎに『セインタキス』という文章論を学ぶ。ここまでは塾頭や上級生が懇切に教えてくれるから、まあ苦労はしても、寺子屋に毛が生えたようなものだ」

「………」

「たいへんなのは、ここからだぞ。さきのふたつを終えると、つぎは会読に入る。会読というのは、おなじ級の者が集まって、順番に原書を和訳していき、その出来不出来を

競うわけだが、これがはじまると、もうだれも教えてくれん。一字一句、自分の力で解釈せねばならん。これはいうは易《やす》いが、やってみるとたいへんだぞ。初級から会読に入りたてのころには、子供のように知恵熱を出してぶっ倒れるやつもいる」

甲田はそこまでしゃべって、ごっそりと肉を取り、がつがつと喰って、大きなげっぷをした。脂臭い息のかたまりがぶつかってきて、弥吉は思わず顔を伏せた。一生、牛の肉は食べるまいと思う。

「おい、また凄まじい音がしたなあ。こっちの鍋までひっくり返りそうになったで」

と三人組の客のほうから声がしたが、怒ってはいなかった。笑っているのだ。甲田の食欲とおなじぐらいに、それも信じがたい。

「弥吉くん、はっはっ、愉快だな」

甲田が身体を前後左右に揺らしながら笑った。

「会読の成績だが、これは塾頭や上級生が会頭になって判定する。で、きちんと解釈できていれば三角印、質問者と討論になって勝てば白丸、負ければ黒丸がつく。これを五日に一度、つまり月に六度やって、三ヵ月首席を占めた者が、ひとつ上級にあがれるわけだ。おれはこういうなかで、めきめきと力を伸ばして、それこそ昇竜の勢いで、三級まで駆けあがったのだが、そこにちょうどむやみに優秀なやつらが——」

「すみません。訊きたいのですが」

と弥吉は口を挟んだ。

「ふん、なんだ？」

「会読というのは、塾生どうしで原書を訳して、質問しあうわけですか」

「そうだ」

「それで、塾頭や上級生が、出来不出来を判定すると？」

「そのとおり」

「では、洪庵先生はなにをしているのですか。塾生はなにひとつ教えてもらっていないように思いますが」

と弥吉はいった。これまで洪庵の教授がないのは、不在のためとばかり思っていたが、どうやらそうでもないらしい。

「いや、違うぞ。ちがう、ちがう！」

甲田がいきなり真顔になって、大きく首を振りまわした。

「洪庵先生は講義をなされる」

「講義？」

「そうだ。ただし、これを聴けるのは、清所にいる連中だけだ。おれはまだ聴いたことがない。が、とてつもない卓説だそうだ。あの福沢や長与が、先生の講義を聴くと、とみに無学になった気がするといっていたほどだ。おれはそれを一度でも聴くまでは、塾をやめられんと思っておるのだ」

ほとんど喚《わめ》くように甲田が捲《まく》し立てたとき、出入口の腰障子が開いて、

「おう、なにやら聞いたような声がするぞ。それもえらく呂律《ろれつ》があやしい。ずいぶん派手にやっているらしい」

いいながら、若者が入ってきた。三人連れで、どの顔も見かけたことがあるから、適塾生にちがいない。

「おおっ、茹蛸《ゆでだこ》と見紛《みまご》うばかりだが、やっぱり甲田さんだ」

と先頭の小柄な若者が、笑いまじりに近づいてきた。

「なんだ、安西《あんざい》か」

甲田は不機嫌そうにいって、うしろの二人にも眼をむけたが、すぐにこちらに話をもどした。

「だからな、弥吉くん、きみも適塾で修業するなら、とにかく清所をめざすべきだ。そうすれば洪庵先生の講義を聴けるし、緒方門下の塾頭、高弟ともなれば、諸藩が辞を低くして迎えにくるぞ。おれなどは国に帰ればただの厄介者、箸にも棒にもかからぬ貧乏藩士の三男坊だが、ここで踏ん張りさえすれば、二百石取り三百石取りも夢ではないのだ」

だが安西と呼ばれた若者は、遠慮なく甲田の話に割って入ってきた。

「ほほう、塾生の心得を指南ですか。甲田さんはこのところ会読のときにも、蚊の鳴くような声でぶつぶつぼそぼそいうばかりだけれど、今日はやたらと声が大きくて口数も多い。油ならぬ酒を差すと、舌の動きがよくなりますか」

「ふん、おまえこそ先輩に会読の説教か。半年一年のことならともかく、五年十年と難波煮や蜆《しじみ》汁ばかり喰いつづけてきては、ときに腹に力がこもらん日もあるわ」

と甲田が鼻息を吐いた。

「なるほど。で、いまはたらふく牛肉を喰って、この勢いなわけですな」

安西が揶揄《やゆ》するようにいうと、うしろの若者も鼻を突っこんできて、

「甲田さんは日ごろ焼芋を買う小遣いもないとぼやいているのに、今日はまたどうした風の吹きまわしです？」

適塾の食事は質素で、献立もたとえば三と八のつく日が蜆汁、五と十が豆腐汁というふうに種類がかぎられている。こういうあたりは、商家の奉公人がさんざんひじきや油揚げの厄介になるのと、さして変わらない。

塾生たちはそのおさだまりの食事だけでは物足りず、買い喰いをしたり、こうして呑み屋や飯屋にきたり、それから自炊する者もいる。

自炊といえば、階下の台所で火を借りそうなものだが、そういう塾生は少ない。裏庭で魚やスルメを焼くなどは、すこぶる行儀のいいほうで、二階の大部屋で机のわきに七

輪を据えて、煮炊きしている連中がいる。

このまえなどは、三、四人で箸を手にして洗濯用の金盥《かなだらい》を囲んでいるから、なにをしているのかと思えば、山のような素麺《そうめん》を盥で冷やして食べているのだった。

味噌《みそ》もくそも一緒という言い回しがあるけれど、あの連中は褌と素麺を一緒くたにして平気なわけである。蘭学生というのは、汚いということを知らないのだろうか、と弥吉は首をひねらずにはいられない。塾生たちの振る舞いを見るかぎり、まさに蛮学と呼ぶのがふさわしかった。

正直いって、塾生よりも下男のほうが、よほど清潔な場所に寝起きしているし、食事も質素なことに変わりはないが、ゆっくりと坐って食べられる。そういう意味では、塾生の暮らしぶりにうらやましいところはなにひとつない、ともいえた。

「焼芋も買えないひとが、牛鍋屋で派手に喰い散らかして、まさか喰い逃げする気じゃないでしょうね」

うしろの若者がにやつきながらいった。

「それとも、他人の懐を当てにしているとか？」

もうひとりの若者がいう。

「やっ、こやつら、なにを失敬な！」

甲田の酔いに火照った顔が輪をかけて赤くなっていく。安西はそれをにやにやしながら眺めていたが、ふと真顔になって、弥吉のほうを見なおした。

「もしや、きみはこのまえから塾で働いている、えっと……」

「弥吉です」

「そうそう、弥吉くんだ。たしか吉井さんの知り合いだとか」

「ええ、同郷です」

「本当は入門するつもりできたという。うん、そうか」

安西はひとりうなずき、甲田に眼をむけた。真っ赤に上気した顔と、ぐつぐつと煮立つ牛鍋を見くらべて、厳しい口調でいった。

「甲田さん、このかかりはきちんと払えるんでしょうね。弥吉くんにたかるつもりで呑みに誘ったのなら、いくら先輩でも黙っていませんよ」

「なんだ、黙っていないというのは？　おい、町医者の倅《せがれ》が、武士に喧嘩《けんか》を売るつもりか」

甲田がにわかに肩を怒らせて、小柄な安西を睨《にら》み据えた。

だが安西は冷ややかな眼で見返して、

「なるほど、喧嘩を売るのが畏《おそ》れ多いなら、かわりに塾頭に話しましょう。甲田さんが新参の弥吉くんにたかって、たらふく呑み喰いしていると」

「やや っ、学介には関わりがないことだ。そうだ、あやつにはなんの関わりもないぞ。

おれがだれといっしょに呑み喰いしようが、学介にもおまえたちにも、とやかくいわれる筋合いはない」

「それなら、先生に報告します。きみたちはどこでなにをしているのかと、わたしまで叱《しか》られそうで怖いけれど」

「や、やっ……」

甲田が言葉だけでなく息まで詰まらせて、額から大粒の汗を流した。

弥吉はそのようすを見ながら、ようやく察しがついた。入門するはずの適塾で下働きをはじめたせいで、用意してきた束脩や塾費などの金子《きんす》が手つかずで残っている。どうやら甲田はそこに眼をつけて、弥吉を呑みに誘ったらしい。

「いや、待て、ちがうぞ。おれは、たかるつもりなどない。まこと、毛筋ほどもない。おまえたちのほうこそ、先生に偽りを申しあげるなど、もってのほかだ」

甲田が泡を喰ったさまで両手を振る。そして、てのひらにも冷や汗をかいたらしく、皺だらけの袴の膝でごしごしと拭う。

「そうですか。じゃあ、ここのかかりは甲田さんが払うんですね」

と安西が先輩の眼を覗きこんで、きっちりと念を押した。

「払う。が、いまは無理だ。さよう、財布を塾に忘れてきた」

「それなら、わたしが取りにいってきましょう。どこにしまってあるんです、財布は？」

「い、いや、財布は失くしたのだ」

「失くした？　いつですか」

「さあ、十日ほどまえだったか……」

と甲田が汗だくの顔を伏せる。

「おれが払いますよ」

弥吉は声を高めて、二人のあいだに割って入った。

「今日の勘定はおれが持ちます。どちらが誘ったにせよ、ここには納得してきたんだし、二人で呑み喰いしたぶんを、年上がかならず払うという決まりもないでしょう。だから、今日はおれが払っときます」

「いや、それは困る。これは適塾生としての倫理と品性の問題だ。甲田さんの行状が問われているんであって、弥吉くんが払えばすむというものじゃない」

と安西が首を横に振る。

「それは、そっちの事情でしょう。倫理だとか品性だとかにおれは口出ししませんから、呑み代の払いにそっちも口出ししないでもらえますか」

弥吉はいいおいて立ちあがると、甲田にひょいと頭をさげた。

「それじゃ、おさきに失礼します。ここまでの払いはすましていきますから、まだ呑みたりなければ、あとはべつのかもを見つけてください」

「や、ややっ……」

甲田は赤鬼のように睨んできたが、その眼の奥に安堵《あんど》の色がにじむのを隠しきれていなかった。

五

濡羽《ぬれば》色の空に、細い月が光っていた。

弥吉は空から道、道から家なみ、家なみからまた空へと眼を泳がせながら、土佐堀川沿いの通りを歩いた。

牛鍋屋を出たあと、通りがかりの店に入った。魚を喰わせる店だった。店のなかは隅々まで煤けていたが、魚を焼く煙はどれだけ眼にしみても、牛肉の脂のように臭くはなかった。その店で看板になるまで呑んだ。

道には川風が吹いていた。夜更けた町はさすがにがらんとして、どこからか響いてくる酔漢のはしゃぎ声だけが耳鳴りのように聞こえる。

弥吉も酔っていた。酒で怒りを洗い流そうとしたのだ。

甲田にたいする怒りではない。甲田のようなけちくさい男に誘われて、塾生あつかいされたと喜んでいた自分に無性に腹が立った。だがいくら呑んでも、怒りは流れ落ちなかった。むしろ酒を吸って、どんどん膨らんでいった。

弥吉は自分に腹が立ち、やはり甲田にも腹が立った。知ったような口をきいていた安西という塾生にも、こちらを見世物のように眺めていたべつの塾生にも腹が立つ。牛鍋にも、牛鍋屋にも腹が立ち、適塾にも、大坂という町にも腹が立った。

「いまに見ていろ」

あの傲慢《ごうまん》で卑劣なやつらに、吠《ほ》え面をかかせてやる。

「そう遠くないうちに」

弥吉はしきりに眼を泳がせ、身体をふらつかせながら、それでも気分だけは醒《さ》めたまま、適塾に引き返した。

おもての格子戸は夜も閉め切られていない。塾生の不規則な生活のせいでもあるが、それよりも急患がきたときのためらしい。弥吉は戸に手を伸ばすと、そのままもたれかかるように開いて、なかに入った。

甲田たちに出くわしたときのことを考えて、ふいに凶暴な気分になったが、玄関に人影はなかった。階下はもう灯を落としてひっそりとし、ただ二階で動いているひとの気配ばかりが、昼間よりも鮮明に感じられた。

二階の塾舎には清所と大部屋のほかに、ヅーフ部屋と呼ばれる一室がある。『ヅーフ・ハルマ』という蘭日辞書を備えた部屋である。

蘭学生にとって命綱ともいえるこの辞書は、長崎出島の阿蘭陀《オランダ》商館長ヘンドリック・ヅーフの手により、フランソワ・ハルマの蘭仏辞書を土台にしてつくられた。ヅーフは故国と仏蘭西《フランス》との紛争のために長期の日本滞在を余儀なくされ、その間に身につけた日本語の力を辞書作成に傾けたのだ。

ハルマの蘭仏辞書は、さきに大槻玄沢《おおつきげんたく》の弟子の稲村三伯《いなむらさんぱく》により『波留麻和解《はるまわげ》』として翻訳されたが、内容は『ヅーフ・ハルマ』のほうがはるかに充実していた。たちまち蘭学者の必需品となった。ただし流布しているのは筆写本で、このためにたいへんな貴重品だった。

適塾にも『ヅーフ・ハルマ』は一組しかなく、これを置くために専用の部屋を確保して、室外への持ち出しを禁じていた。塾生は辞書を引くとき、このヅーフ部屋にいちいち足を運ぶわけだが、ふだんから五人、十人とたむろしているのはもちろん、みなが眼の色を変えて原書の翻訳に取りかかる会読のまえなどは、夜通し塾生が詰めかけて前後左右から辞書を奪い合った。

もっとも、今夜はまだつぎの会読までには余裕があった。だから甲田や安西たちも牛鍋屋でひと騒ぎしようと考えたのだろうし、二階の気配にも張り詰めた感じはない。

弥吉はまたもたれるように中戸を開いて、ふらふらと台所を抜け、納屋につづく通路に出た。右側は外塀、左側は裏庭との仕切りの塀で、途中にくぐり戸がついている。

「ちょっと呑みすぎたな……」

いまさらのようにぼやいて、納屋のほうに歩いていくと、いきなりくぐり戸が開いて、ひとの頭が突き出た。弥吉は思わず跳びさがり、そのまましろによろけた。外塀にぶつからなければ、尻餅をついていただろう。

咄嗟に盗人かと身構えたが、こちらに顔をむけたのは粂吉だった。

「おう、いま帰りか。はっは、ご機嫌やな。ふわふわと宙に足が浮いてるで」

粂吉は通路に出てくると、ぽんと弥吉の肩を叩いて、納屋にもどっていった。

弥吉は太い息をついた。いまごろ裏庭でなにをしていたのかと気になったが、それ以上は思案がつづかなかった。通路の残りを蹌踉《そうろう》と歩いた。

納屋は半分が下男部屋になっている。弥吉はなかに入ると、板ノ間にあがるなり、崩れるようにへたりこんだ。部屋の奥にいた粂吉が、行李《こうり》の蓋を閉めながら振りむいて、

「茶はないけど、白湯でも飲むか」

「いや、喉は渇いてへん……」

と弥吉は顎を揺らした。

「そういわんと、まあ飲み」

粂吉がいつもの急須から冷めた湯を汲んで、弥吉の膝先に湯呑を置いた。

弥吉はしかたなくひと口飲み、残りをごくごくと飲み干した。

「災難やったそうやないか」

と粂吉がいった。

「威勢のええ三人組が、酔っ払った古狸を小突きまわしながら帰ってきたから、なだめがてらに事情を聞いたら、なんとおまえの話やないか。あの甲田というのは、新入生と見ると親しげに誘いをかけて、ただ喰いただ呑みをしようとする、けち臭い男なんや。おまえを誘ったのがあいつと知ってたら、わしもとめたんやけどな」

「…………」

「とはいえ、たかりとわかって四の五のいわずに、ぱっと勘定をすましてきたのは、たいしたもんや。懐は痛んでも、胸がすーっとするわ」

「……ふう」

「なんや、こっちも古狸に劣らず酔っ払ってるな。居眠りしだすまえにいうとくけど、おまえが出かけてるあいだに客がきたで」

「きゃく？」

「お客さんやがな。若い侍で、旅のなりして、鳥山五郎《とりやまごろう》と名乗ってた」

「鳥山、ふうん……」

「心当たりはないか？　近ごろはいろんな連中が刀を差してるから、恰好だけではあてにならんけど、あれはほんまの侍らしゅう見えたな。ちょっと訛《なまり》があって、西国か四国あたりのひととちがうやろか」

「それで、言伝《ことづて》は？」

「ああ、それそれ。今夜は大坂に泊まるから、明日の朝にもういっぺんくるというてたわ」

同　志

一

「やっぱり、島村《しまむら》さんでしたか」

適塾のまえを離れて通りをしばらくいくと、弥吉は足をとめて振りむいた。

「鳥山という名前を聞いたとき、ひょっとしてと思ったんです」

「そうか、わたしを憶《おぼ》えていてくれたのは嬉《うれ》しいけれど、すぐに本名が浮かぶようじゃ、この変名は使いものにならないな」

若者も立ちどまり、ほがらかにいった。本名を島村省吾《しょうご》といい、齢《とし》は弥吉とおなじ十九。中背の引き締まった体格で、色が浅黒く、切れ長の涼しい眼をしている。

二人は笑って、ならんで歩きだした。ちょうど朝方の用事が一段落するころで、通りは人影が多いわりに慌しさがなかった。栴檀木橋を踏んで中之島に渡り、上流側に歩いていくと、すぐに洲の先端が見えてきた。

「わたしがここにいることは、だれに聞いたんですか。知っているひとは多くないはずですが」

と弥吉は首をかしげた。

「吉年さんから聞いたよ。仲間とずいぶん議論を重ねて決めたことだと。詳しい話はつぎの機会にということだったけど、口ぶりからしてかなり難しい役目に思えた」

と島村がいった。吉年米蔵は長野村の庄屋である。と同時に、吉井儀三や弥吉たち村の有志のまとめ役でもあった。

「ええ、正直、簡単じゃないと思います。まだ準備をはじめたばかりだけど、これからさきはこうすると決まったことより、その場で考えて決めていくことが多いし、いちいち頭を悩ませそうです」

「難しい、が、だからこそやり甲斐《がい》がある？」

「どうかな。たしかに、ほかのひとに代わってほしいとは思わないけど」

と弥吉はいった。島村は役目の詳細を聞いてはいないが、ある程度は中身に察しがついていそうな気がした。

二人は洲崎が見渡せる場所で立ちどまり、しばらく無言で景色を眺めた。といっても、蔵屋敷が先端近くまで建ちならんでいて、砂地は石垣のむこうにほんのすこし残っているだけである。その砂地に鷺《さぎ》らしい鳥が一羽、ぽつんとたたずんでいる。

島村は土佐の出身で、十代なかばに国元を離れ、京や大坂、江戸を遊歴して文武を修めた。またそのかたわら尊王攘夷《そんのうじょうい》のこころざしを抱いて、諸国の志士と時勢を語らい、さらに各地に根づく有志家とひろく交わっていた。

　吉年もそうした在郷の有志の人物のひとりで、半年ほどまえに島村が長野村を訪れたさいには、同志の吉井や弥吉たちを屋敷に呼んで、最新の京の政情や幕府、諸藩の動静を聞き、つづいて盛大な酒宴を催した。弥吉はこのとき島村の豊富な知識や経験、なによりその行動力に感嘆して、同年ながら一目も二目も置くようになったのである。

　ひと昔、あるいは、ふた昔まえなら、吉年のような豪農は文人墨客を招いて、おなじような集まりを開いたものだった。だが時代の切迫した空気が、豪農たちの知識や財力を趣味から政治へとむかわせた。かつて松尾芭蕉や与謝蕪村を地方から支えた力が、いまは志士の勇躍を下支えしていた。

　もちろんあえて政治とは一線を画し、俳諧や和歌、囲碁や将棋をたしなんでよしとするひとたちもいる。だが長野村の近辺だけでも有志家と呼ばれるひとは多く、とくに向《こう》田村《だ》庄屋の水郡善之祐《にごりぜんのすけ》はひろく諸国に名を知られた人物だった。水郡の屋敷には、清川《きよかわ》八郎《はちろう》という高名な志士も訪れていた。

　ともあれ、弥吉はいま島村が自分のことを気にかけ、昨夜につづいて二度も訪ねてきてくれたことが嬉しくてならなかった。わざわざ自分に会いにこなくても、島村には訪ねるべき一流の人士が山ほどいる。それを思うと、まるで逢引《あいびき》でもしているように顔が火照った。

「弥吉さん、わたしたちはいまあそこに立っているんだ」

と島村が洲崎の砂地を指さした。

「時勢が右に流れていくか、左に流れていくかの分かれ目。あそこにいる者だけが、流れが洲崎にぶつかり変化していくことがわかる。おなじ洲にいても、うしろのほうに立っていれば、右側にいる者は右の流れしか見えず、左側にいる者は左の流れしか見えない。だから眼のまえの流れが、そこまで一本道できたように思ってしまう。これからも、このさきも、いくつもの分かれ目があるのに、そうとは思いも寄らない」

弥吉は洲崎から上流の大川に眼をやり、そこからまた土佐堀川に眼をもどして、そのまま下流を振り返った。

「しかし、わたしたちには分かれ目が見えている。それも徳川二百数十年の歴史のなかで一度もぶつかったことのない、大きな分かれ目だ。わたしたちはその巨大な洲崎の先端に立って、時勢を正しいほうへと導かなきゃならない。はっしと足を踏ん張り、なにがあっても尊王攘夷を貫きとおすんだ」

「そうです、島村さんのいうとおりです」

と弥吉はうなずいた。これまで自分には河内の山辺の村で腰をかがめて田畑の世話をしながら、時代から取り残されていく不安や焦りを感じることしかできなかった。だがいまは大坂という時勢が流れ動く場所にきて、このとおり自分もまた重大な役目を果たそうとしている。

「やりますよ、島村さん。わたしは迷いも臆しもしません。やるべきことを見きわめて、きっとやりとげます」

弥吉が振りむいて見つめると、島村が強く見返して、

「きみにならできる。えらそうな言い方になるけれど、わたしが太鼓判を押すよ」

二人は洲崎に背をむけ、きた道を引き返しはじめた。島村は八軒家浜から三十石船に乗って京にのぼり、弥吉は塾の下働きにもどるのだ。境遇には天地の開きがあるが、こころはおなじ時勢の洲崎に立っている。そういう自負がいまの弥吉にはあった。熱い血がにわかに身体を巡りだすのが、四肢のいたるところで感じられた。

「おう、弥吉くんやないか」

梅檀木橋のたもとまできたとき、まえから男が呼びかけながら近づいてきた。肩幅が広く、がっちりといかつい体軀《たいく》をしている。御用聞きの政五郎だった。

「どうした、仕事の合間に大坂見物か。洲崎のほうなら、天神祭を見るときには一等地になるけどなあ」

政五郎はにこやかに川上のほうに手振りしたが、ふと鋭い眼になって島村の顔を見なおした。弥吉の連れに見覚えがないと気づいて、持ち前の詮索癖が頭をもたげたらしい。

「えっと、こちらさんは、適塾のひとやったかいな？」

「いえ、そうじゃありません」

弥吉は用心深くこたえた。

「ほう、塾生やない」

「国元にいたときの知り合いです」

「なるほど、これは御見《おみ》それしました」

と政五郎が島村に頭をさげた。島村は武士のいでたちをしている。適塾生でないなら、相応の礼儀が必要と考えたわけだろう。

「いえ、かまいなく」

と島村がいって、弥吉にうなずいた。

「じゃあ、わたしはここで」

短くいいおくと、政五郎のほうにも軽く会釈して、足早に橋を渡っていく。

政五郎は亀のように首を伸ばして、島村を見送った。ぽりぽりと首筋を掻いて、弥吉に眼をもどすと、

「どうも間の悪いときに行き合わせたらしい。じゃましたんなら堪忍やで」

「いいですよ。ちょうど橋を渡って別れるところでしたから」

「いや、すまんすまん。で、国元の知り合いというのは、河内のひととはちがうんや

な」

政五郎はかまをかけるように訊いた。島村のわずかな言葉から土佐の訛を聞き取ったのかもしれない。

「すみません、わたしもそろそろもどらなきゃならないんで」

と弥吉は対岸の過書町を手でしめして、さきに橋を渡りはじめた。

政五郎がすぐに追いかけてきて、弥吉の横にならびかけると、またにこやかにいった。

「どうや、こっちの暮しには慣れたか」

「まあ、すこしは」

実際には、日を経るにつれて、慣れるよりも、むしろ気候やひとの気質のちがいをひしひしと感じはじめていた。そうした差異はたいてい些細《ささい》なものだが、なぜか隙間風のように骨身にしみるのだ。

「そうか、まあぼちぼちやるのが一番や。適塾はあちこちからひとが集まって、それもけったいな連中が多いから、大坂に慣れるまえに、そっちに慣れるのもたいへんやろうがな」

「…………」

「それにしても、よう辛抱したな。あのいきさつからして、適塾で働くなんざ、ちょっとできるもんやないと思うたが。話を聞いて、感心したで」

「べつに、たいしたことじゃありません。おなじ日を待つなら、国元で無為にすごすよりいいと思っただけです」

「いやいや、立派な心がけやで。ひとには見栄も意地もあるから、なかなかそうはいかんものや。その心がけがあれば、洪庵先生が帰ってきたときにも、きっとええことがあるやろう」

政五郎はひとりうなずいて、弥吉の背中をどすんと叩いた。悪気はないのだろうが、やることなすことが煩わしくてしかたない。

もっとも、島村と会った胸の高鳴りはこれしきでは冷めなかった。なおも身体を巡る熱い血を感じながら、弥吉は賑やかな通りをすたすたと歩いた。

二

「尊王攘夷」

弥吉がその言葉をはじめて聞いたのは四年前、十五のときだった。

その年、弥吉は村の若者組に入った。若者入りという。元服したのである。

若者組は毎年出入りがあるものの、おおむね三、四十人の集まりで、弥吉とおなじ年には三人が入った。村の男子はこの若者入りを果たして一人前とされ、結婚するまでのおよそ十年ほどのあいだ、組の仲間と半共同生活を送る。若い衆と呼ばれる時期である。結婚するとこんどは一戸前とみなされて、ひとつうえの中老組に入り、いよいよ正式な大人になった。

若者組は村の役目のなかで、防犯や防災、力仕事などを受け持つほか、祭礼を取りしきる。そうした労働や行事を通じてたがいの絆《きずな》を強めつつ、村のしきたりや礼儀作法を学ぶのである。とはいえ、血気盛んな齢ごろだから、まとめ役である世話人の力量しだいでは、組の内でも外でも揉め事が絶えず、とくに祭りともなれば村役にも手に負えないことがあった。

弥吉はそんな集団の一員となってまもなく、八兵衛《はちべえ》という先輩に呼ばれて、いきなりこういわれた。

「このままやと、日本が滅ぶぞ」

当時、八兵衛は二十歳。ふだんは呑気《のんき》な丸顔に見たこともないような真剣な表情を浮かべていた。

「そやから、わしらは尊王攘夷に命がけで力をつくさなあかんのや」

弥吉は正直、どう相槌を打てばいいかもわからなかった。「そんのーじょーい」という言葉の意味はもちろん、その音にあてはまる字も思いつかない。

そもそも八兵衛に呼ばれたときには、また女のことかと思ったのだ。八兵衛はなにかと面倒見がよく、弥吉はこの先輩の手引きで、はじめて女の肌に触れた。近郷の三日市《みっかいち》の宿場で、大年増《おおどしま》の飯盛女に引き合わされたのだ。

「おい、しっかり聞けよ。尊王というのは、京の天子さまを敬うこと。攘夷というのは、この国にきた夷狄《いてき》を打ち払うことや」

八兵衛はまえのめりになって、ひと言ひと言に力をこめた。

日本が天皇の治める国で、徳川は征夷大将軍に任じられて政務を執っているにすぎないことは、異論の余地ない事実だ。つまり天皇が君であり、徳川は臣。朝廷が主であり、幕府は従になる。ところが、徳川は幕府を開いて以来、君臣の義にそむいて皇室を侮り、朝廷を圧迫しつづけてきた。

たとえば、幕府の直轄領はざっと四百万石だが、皇室の御料は三万石ほどしかない。公家の家領も百三、四十家をまとめて、やっと四万石ばかり。かたや、旗本の知行所はゆうに三百万石を超える。しかも、この御料は皇室がじかに支配するのではなく、幕府が管理している。つまり幕府の匙加減《さじかげん》ひとつで、内裏が干あがってしまうのだ。

「どうや、こんな不埒《ふらち》なことがまかりとおってええわけあるか」

と八兵衛は眉を吊《つ》りあげた。

「いいや、とんでもない。こういう悪逆は一日も早う正さねばならん」

だが弥吉はそういわれてもぴんとこなかった。八兵衛が朝廷を敬い、幕府の横暴に憤慨しているのはわかる。けれども、天子さまのことならわざわざ尊王とかどうとかいわなくてもだれもが敬っているし、それが攘夷とどんなふうに結びつくのか見当もつかない。まして日本が滅ぶといわれても、ちんぷんかんぷんだった。

　結局、八兵衛はそのあと幕府を批判するばかりで、話がさきに進むことはなかった。弥吉の疑問にこたえをくれたのは、途中から話に加わった昇之助《しようのすけ》だった。

　昇之助は造り酒屋の息子で、すでに若者組をはずれているが、先年まで世話人を務めていた。弥吉はあとで知ったのだが、村でも指折りの熱心な尊攘家で、いわば八兵衛の指南役だった。

「弥吉、おまえも黒船のことは知ってるな」

　と昇之助はいった。弥吉もさすがに黒船の話は聞いたことがあった。亜米利加のペリーがきたのが、弥吉が十歳のころ。黒いタールで船体を塗り固めた巨大な蒸気船で乗りつけ、浦賀沖に砲声を轟《とどろ》かせて、幕府に開国を迫った。以来、露西亜《ロシア》、英吉利《イギリス》、仏蘭西などの艦船がつぎつぎに押し寄せているという。

「この黒船がきたときにも、幕府はやっぱり朝廷をないがしろにしよった。勅許を得んと、異国とよしみを通じたんや。これは日本国の祖法を犯す大罪や。天子さまもおおいに悲憤しておられるらしい」

「そうや、神州の土を夷狄に踏ませるなんぞ、もってのほかや」

と八兵衛が口を挟むと、昇之助は頼もしげにうなずいて、

「本来、征夷大将軍というんは、夷狄を征伐するのが役目や。それが異人のいいなりになっては、これはもう話にならん。そこで尊王のこころ篤《あつ》い者が集うて天子さまを守り立て、幕府になりかわって夷狄を打ち払おうとしているわけや」

そういわれて、弥吉のなかではじめて尊王と攘夷が繋《つな》がった。昇之助の話によると、このまま異人のいいなりになりつづけていては、日本はかならず滅ぼされてしまう。げんに隣国の清《しん》は夷狄に蹂躙《じゅうりん》されて、焼け野原のようになっているという。

とはいえ、河内は海のない国だし、まして長野村は山に囲まれた土地柄だから、弥吉は話を聞いても、いまひとつ実感が湧かなかった。異人は下田や箱館などのかぎられた港の近辺をうろつくばかりで、河内の山奥までは入りこんでこない。むかしから長崎出島に阿蘭陀人がいるのと、たいして変わらないように思えた。

八兵衛はそれから暇を見つけては、年少者を集めて、天下を憂い、異人の悪口を聞かせた。天気のいい日には、「箸の持ち方も知らん野蛮人」の案山子《かかし》をこしらえて、竹槍で「えい、やあ」と突く訓練もした。けれど、弥吉にかぎらず、みな話を聞くにも竹槍を握るにも、あまり真剣だったとはいいがたい。

そんな弥吉たちの胸に異国を恐れ憎むこころが宿ったのは、医者の修業を終えて村に帰ってきた吉井儀三から話を聞いたときだった。

「なるほど、実感がないのはわかる。しかし、長崎にいる阿蘭陀人と、下田にいる英吉利人は、おなじにできない」

と儀三は穏やかだが確信に満ちた声でいった。

「たしかにどちらも河内からは見えないし、これまで阿蘭陀人をいないも同然と感じてきたのだから、英吉利人もおなじように思うかもしれない。だが阿蘭陀貿易をはじめたころといまとでは、大きく情勢がちがう」

弥吉はこのときひとりでなく、同年の仲間や古株の先輩といっしょに話を聞いていた。儀三は年下の者に慕われるのはもちろん、世話役からも一目置かれていた。

「情勢を変えたのは、蒸気船だ。これまで英吉利などの国々は、日本にくる労力や危険と、そこから得られるだろう利益を天秤《てんびん》にかけて、二の足を踏んでいた。阿蘭陀と争い、またわが国の鎖国をこじ開けてまで、貿易をする益はないとみていたわけだ」

蘭国にしても、二百年以上ものあいだ小さな窓口ひとつの貿易に満足してきたのは、このためだった。ところが、蒸気船ができて事情が一変した。労力や危険がいっきに軽減され、大量の物資が早く安全に遠くまで運べるようになったのだ。

浦賀に黒船がきたとき、見物人のほとんどは、その威容や砲声に度肝を抜かれたが、見識ある人びとは、その性能に戦慄《せんりつ》した。事実上、日本と異国の距離が縮まり、もはや二度と遠ざかることはないと直感したのである。

「異国人は利にさとい。これからは打ち払っても打ち払っても、つぎつぎに黒船が押し寄せてくるぞ」

「それじゃ、攘夷は無理なんですか」

弥吉は蒼褪《あおざ》めた。

「いや、だからこそ断固として、異国船を打ち払いつづけねばならんのだ。でなければ、清国の轍《てつ》を踏むことになってしまう」

儀三がいったのは、昇之助も話していた、清国と英吉利の戦争のことだった。

清国と英国の貿易は、かねて英国側の赤字に大きく偏っていた。清国から茶や絹、陶磁器が大量に輸入されるのにたいして、英国にはめぼしい輸出品目がなかったのである。

輸入超過に苦しむ英国はこれを打開するために、印度《インド》で栽培する阿片《あへん》を清国に輸出しはじめた。清国では阿片の輸入を禁じていたが、英国は国家を挙げて大がかりな密輸をおこなったのだ。たちまち清国内に阿片患者があふれ、大量の銀が英国に流出した。

清国の道光帝《どうこうてい》はこのありさまを憂い、湖広《ここう》総督として阿片取締りに実績をあげていた林則徐《りんそくじょ》を欽差《きんさ》大臣に任じて、広東に派遣した。広東は阿片の一大密輸港であり、この地の役人は英国商人の賄賂《わいろ》によって腐敗しきっていた。

林則徐は着任すると、英国商人に阿片の密輸をやめる誓約書の提出を求め、さらに密輸すれば死刑に処すとしたうえで、商人たちの所持する阿片を没収した。その数量は二万箱にものぼり、廃棄処分するのに二十日以上かかったという。

英国は買収や脅迫など、あらゆる手段で林則徐を懐柔しようとしたが、それが不可能とわかると、武力での状況打開を決意した。阿片密輸のための戦争には英国内でも反対があったというが、実際には軍艦十六隻をはじめとする大艦隊が派遣された。

「そして清国は負けた。佐藤信淵《のぶひろ》という学者によれば、勇猛をもって鳴る満州兵を要害に配したが、一戦も勝つことができず、一城も守ることができなかったそうだ」

英兵は清国の拠点をつぎつぎに制圧していき、占領された土地では残忍なことがおこなわれた。各都市や郷村で民衆への暴行、略奪が繰り返され、鎮江では婦女の屍《しかばね》が道を満たしたという。清兵と英兵では武器や装備が比べ物にならず、少数の近代兵器を相手に清の大軍は国土も国民も守ることができなかった。

道光帝は戦意を失い、英兵のまえに屈服した。英国は講和の条件として、多額の賠償金や戦費の支払いを清国に課したうえ、香港を割譲させ、さらに広東、上海、寧波《ニンポー》など五港を開港させた。そして最大の目的である阿片貿易についても、明文化こそしなかったが、清国に認めさせたのである。

「英吉利とは、そういう国だ」

と儀三はいった。

「そしてまた、亜米利加や仏蘭西などの国が同類でないとはいえん。むしろ、そのおそれは多分にある。とすれば、十二分に用心して立ちむかうべきだ。油断をして、つけ入られてからでは遅いからな」

弥吉はぞっとした。日本を取り巻いているのは、そういう傲慢《ごうまん》で卑劣な国々なのだ。

「けど、清のような大国が一勝もできない相手に、日本は勝てるんですか」

と同年の仲間が訊いた。儀三は口を引き結んで、じっとそちらを見た。怒っているのかと思ったが、儀三は深くうなずいた。

「たやすくはない。しかし、勝たねばならん。昌平黌《しょうへいこう》の儒学生が、こんなことを書いていた。清国が英国に敗れたのは、あの国が中華を誇って異国を侮り、その進歩に眼もくれなかったからだと。まさに、そのとおりだろう。だからこそ、わたしはたんに医学のみならず、蘭学を身につけるべきと痛感したのだ」

三

山辺の村の若者組でこんなことがしきりに語られていたのも、やはり時勢だろう。とはいえ、それらはすべて本来ならみだりに口にしてはならないことだった。

実際、安政度にはこうした事柄を論じた人びとが、数え切れないほど処罰された。上は御三家の当主から、下は江戸神田の町人まで。処罰も謹慎、遠島、手鎖など多岐にわたったが、無惨に処刑されたひとのなかには、長州の吉田松陰《よしだしょういん》もいた。

松陰は河内まで聞こえた思想家で、富田林の豪農仲村家にしばらく滞在していたことがあり、弥吉もそのときの話は聞いていた。数度面談したという庄屋の吉年などは、松陰の訃報に接したとき、恩師を亡くしたように悲しんでいたのである。

だがこの大弾圧を実行した大老井伊直弼《いいなおすけ》も、桜田門外で斃《たお》れた。水戸脱藩士らの手により、登城中に討ち取られたのだ。

このときから、尊王攘夷がいよいよ世間で声高に叫ばれだした。まるで一度踏みしだかれた草が、ひときわ逞《たくま》しく茎を伸ばし、葉を広げていくようだった。長野村でもいっときはみな首を竦めるようにしていたが、弾圧の嵐が去ったあとは、以前にもまして堂々と意見を語り、激しく論を戦わせるようになっていた。

もともと南河内は朝廷を敬う気風が篤く、長野村の近くには南北朝のころ行在所《あんざいしょ》となった寺がふたつもあり、また忠臣の鑑《かがみ》といわれた楠木正成《くすのきまさしげ》は土地の英雄だった。諸国から志士の活躍が伝えられるたび、とりわけ若者組ではつぎこそわれらがと意気込んでいた。

弥吉と同世代の仲間も集まればかならず、だれが一番に手柄を立てるかという話になった。そして激しく議論を戦わせるのはもちろん、竹刀や竹槍の腕前も競い、ときにはたがいの意地を拳にこめてぶつけ合った。

「おれや、おれ！　手柄を立てるのも、世間に名を売るのも、おれが一番や！」

相手の衿首《えりくび》をつかんでそう怒鳴り合うとき、みなの眸《ひとみ》には国を憂う一途なこころと、それとおなじぐらい混じりけのない功名心がぎらぎらと輝いていた。

もっとも、弥吉の父親はそんな息子の姿にたのもしさより不安を感じたようだった。はじめは弥吉を儀三たちから引き離そうとし、それが無理だとわかると、時勢に疎い兄に嫁を取らせて、早々に若者組を抜けさせたのだ。

父も父だが、兄も兄だと、弥吉は腹立たしさにもまして情けなかった。

「何度もすみません」

適塾に帰ると、納屋の手前にいた粂吉を呼びとめて、弥吉は頭をさげた。昨晩は塾生の甲田、今朝は同志の島村と会うために、立てつづけに仕事をまかせきりにしている。

「気にしなや。こっちも何度もいうけど、こういうのはおたがいさまや。頼むわ、よっしゃ、てなふうに、さくっといこうやないか」

粂吉は迷惑顔をするでもなく、手刀でとんと竹を割るような仕草をした。妙な男だった。こうしていると気のいい男のようだが、粂吉はときおりひどく底冷たい感じがする。かと思えば、親身に世話を焼いてくれたり、恩にも着せずに助けてくれる。

「台所の掃除は、もう終わりですか」

弥吉は訊いた。一日三度の大仕事である。

「ああ、今朝はまたえげつない汚れ方をしてたけど、お糸ちゃんが内緒で湯をわけてくれたから、すいすいときれいになったわ」

「昼の掃除はおれひとりでやります」

「それをいいなって」

　と粂吉が顔をしかめて、

「それから、なんぞあるとすぐに他人行儀な物言いになるけど、もっと気安うに頼むで。ほんまに、それだけがおまえの困ったとこなんやから」

「気をつけます」

「ほら、その言い方がな」

　おっ、すまんな、ぐらいにならんもんかいな、と粂吉はぼやいた。

「まあ、ええわ。わしはこれから一服さしてもらうさかい、薪《まき》割りを頼めるか。そのあといっしょに裏庭の草引きをしようやないか」

「よっしゃ」

　とこたえればよかったのだろうが、弥吉はそういう物言いをするまいとこころがけていた。島村のような志士と呼ばれるひとたちと話すうちに、なんとなく河内弁が気恥ずかしくなり、村を出たら剝《む》き出しの国言葉は使うまいと決めていたのだ。

「わかりました。ゆっくり休んでください」

弥吉は裏庭に出ると、片隅で薪割りをはじめた。町育ちでないだけに、こういう仕事は慣れている。手早く薪割りをすませて、草引きもひとりでやってしまうつもりだった。借りは、なるべく早く返したほうがいい。

「あら、お怠けさんが、いつのまにか帰ってたんや」

ふと女の声がした。頭上から降ってきたようである。

振りむいて見あげると、二階の物干台から女中のお糸がこちらを見おろしていた。お糸は気さくな娘だが、二階から話しかけるのはすこしばかりはしたない。それに手すりにもたれて身を乗り出すようにしているのも、見るからに危なっかしい。

「あの、ちょっと……」

と弥吉は眉をひそめたが、おれからも礼をいいなおして、

「掃除の湯のこと、おれからも礼をいいます」

「ふうん、粂吉さんに聞いたんや。けど、お礼なんて大袈裟《おおげさ》やわ。あれぐらい、どうってことあらへん」

なにがおかしいのか、お糸は笑いまじりにしゃべっている。弥吉の他人行儀な物言いを面白がっているようでもある。

「とにかく礼をいいます。助かりました」

弥吉はすこしむっとして、お糸に背をむけた。

「弥吉さんは、この物干に登ったことある？」

お糸がまた話しかけてきた。

「いいえ」

弥吉はこたえたが、薪を割る鉈《なた》の音と重なって声がかき消された。

だがお糸はかまわず話しつづける。

「うちらはもちろん洗濯物を干しにくるけど、夏の夜はよくここで涼むんよ。二階はどこも塾生さんで暑苦しいけど、ここだけは別天地やわ。弥吉さんもまだなんやったら、こんどいっぺんあがっておいで。粂吉さんも、ここからの眺めは気が晴れるっていうてたし」

「…………」

「そういえば、むかしここにひとりで陣取って酒盛りをする塾生さんがいたそうよ。名前は忘れたけど、塾頭までつとめたたいそう賢いひとで、人柄も人相もえらい変わってたんやて。なんでも、ひょっとこのおでこをぐーっと伸ばしたみたいな顔やったって、お菊さんがいうてはったわ」

お糸がまたけらけらと笑った。と思うと、きゃっと悲鳴がした。弥吉は素早く振りむいた。物干台の手すりが傾いて、お糸の身体が大きくこちらに乗り出している。さいわい倒れ落ちはしなかったが、その半歩手前というありさまだった。

お糸はにわかに蒼い顔をして、そろそろとにじりさがるように手すりを離れた。そして下から見えない場所にへたりこんだのか、ふうっと大きなため息だけが聞こえた。

「おい、大丈夫か」

弥吉は背伸びするようにして声をかけた。

「大丈夫……」

「怪我《けが》はないんだな」

「……えっと、してません」

お糸がようやく立ちあがった。血を抜かれたような顔色で、さすがに手すりのほうには近づこうとしないが、首を傾けて弥吉を見おろすと、

「けど、ほんまに寿命が縮んだわ」

と泣き笑いのような顔をして、もう一度ふうっと息をついた。

「そんなところで油を売ってるからだ」

「ほんまに、そうやわ。ごめんなさい……」

お糸が意外にもすんなり謝り、申しわけなさそうに手すりを指さした。

「これ、なおしてくれる？　それとも、粂吉さんに頼んだほうがええ？」

「おれがやる」

弥吉はぶっきらぼうにいった。

「おおきに、よろしゅうお願いします」

とお糸が頭をさげたとき、階下の台所のほうから甲高い声が響いてきた。

「お糸、一枚や二枚の洗濯物を干すのにいつまでかかってるんや！」

女中頭のお菊だった。

「あかん、また寿命が縮む……」

お糸が、それこそ糸のように細い声でいった。

四

物干台からの眺めは、たしかに悪くなかった。

さほど高くないのだが、見通しがいい。大きな城下町なのに、武家屋敷が少なく、町屋ばかりつづいているからだろう。ところどころに豪邸のこんもりとした庭木や寺院の高い瓦屋根が見えるぐらいで、あとは似たような高さの屋根が凪《なぎ》の海原のようにひろがっている。

この景色にくらべると、村の家なみは池に喩《たと》えるのもはばかられるようだ。むしろ雨あがりにぽつんぽつんとできた水たまり。弥吉の家は、そのなかでも小さいほうの水たまりだった。

「どんな具合、なおりそう？」

背後で声がして、弥吉は物思いから引きもどされた。振りむくと、お糸が物干台の出入口から顔を覗かせている。

「どうしたん、そんな難しい顔して。なおれへん？」

「いや、なんとかなった。これで大丈夫だ」

弥吉は手すりをつかんで揺するまねをしたが、修繕した場所はびくともしなかった。

「ああ、よかった。弥吉さん、おおきに！」

お糸の顔がぱっと明るくなった。小粒な眼も白い歯も日射しを浴びたように輝いている。満面の笑みとは、こんな表情をいうのだろう。

弥吉もつられて頰を弛めたが、すぐに引き締めた。ひとに見られたら、女相手にへらしていると思われてしまう。

「そうや、若先生がお呼びやの。それをいいにきたのに、ほんまにうちはなんでこんなに抜けてるんやろう」

若先生とは、洪庵の留守を預かっている、緒方拙斎のことである。

「急がへんけど、仕事が一段落したら書斎にくるようにって」

「それなら、これを片づけてからいくよ」

と弥吉は足元の道具箱を手振りでしめした。すると、お糸がいきなり口調をあらため

て、

「いいえ、道具はわたしが片づけますから、弥吉さんはどうぞ若先生のところにいってください」

　手すりを修繕してもらったのに感謝して、かしこまってみせているのかと思ったが、どうやら階下でお菊の気配がしたらしい。

「じゃあ、頼もうか」

　弥吉がいうと、お糸は「はい」と行儀よく返事して、ぺろっと舌を出してみせた。

　書斎は一階の教場と家族部屋の境目にある。中庭に張り出すかたちに造作されていて、そちら側は眺めも風通しもいいが、裏手は台所の板ノ間に接しているから、食事時にはやかましくてしかたがないはずだ。

　それでもこの手狭な家のなかでは、やはり一番上等な部屋になるだろう。主人の仕事部屋だから当然といえば当然だが、そもそも適塾は人数にたいして部屋数が圧倒的に少ない。ひとりで一室を持つのは、洪庵だけに許された贅沢《ぜいたく》といえた。

　そして拙斎は洪庵が留守のときだけ、その贅沢をお裾分けしてもらえるわけだった。

　弥吉は台所側から書斎にまわると、襖のまえに膝をついて声をかけた。

「弥吉です。お呼びですか」

「ああ、きたか……」

拙斎はなにやらうわの空な返事をしたが、思いなおしたようによく通る声でいった。

「弥吉くんだね。どうぞ入りなさい」

弥吉が襖を開くと、拙斎は文机に筆をおいて、こちらに振りむくところだった。大柄で、角張った顔に眉が濃く、髭《ひげ》の剃《そ》り跡が青々としている。医者というより、剣術の指南でもしていそうな武骨な見かけだが、眼元がやさしい。

弥吉は敷居をまたいで、部屋の隅に坐りなおした。正直、拙斎にはわだかまりがある。このひとがつまらない責任逃れをせず、洪庵の名代としてきちんと入門の可否を判断していれば、予定どおり塾生になれていたと思うのだ。

ここに残って下働きをすると決めたのは、たしかに弥吉自身だが、そうするしかなくなったのは、拙斎の優柔不断のせいだった。真面目だ温和だといくらいわれても、無責任な男になにができるものかとも思っていた。

拙斎もこころよく思われていないことは、とうに承知しているだろう。だが弥吉に膝をむけると、やさしく笑みを浮かべていった。

「呼びつけるほどのことではないかもしれないが、ほかの者から聞くまえに、わたしから伝えておこうと思ってね」

五

裏庭にもどると、粂吉がもう草引きをはじめていた。はびこりだした雑草の芽をむしり取っているらしく、こちらに背をむけて丸くうずくまっている。

「おっ、弥吉先生のお出ましやな」

跫音《あしおと》に気づいて、粂吉が肩越しに振りむいた。が、そういう仕草をしただけで、弥吉の顔が見えるほどには首をまわさなかった。

「おまえは、そっちをやってくれるか」

と庭の反対側に手振りすると、すぐに姿勢をもどして草をむしりだす。

「ああ、そっちは日陰で土が湿ってるから草は抜きやすいけど、うっかり石なんぞひっくり返すと、ゲジゲジがわんさと出てくるから気をつけや」

弥吉はいわれたほうにいって、粂吉と背をむけあう恰好《かっこう》でうずくまった。

「しかし、雑草っちゅうのは、ほんまに難儀やな。ついこのあいだきれいに抜いたばっかりやのに、もうこのありさまや。手土産でも提げて生えてくるならまだ我慢もするけど、そんな気の利いたペンペン草の話なんぞ聞いたためしがないわ。手ぶらで生えてきて、種だけぎょうさんにばら蒔《ま》きよる」

「…………」

「あれは二年前やったか、参造爺さんが腰の具合がようないとぼやいて、明日やろう明日やろうと日延べするうちに、夜中にざあっと雨が降って、そのあとお日さんがかあっと照りつけて。踝《くるぶし》ぐらいの丈やった草が、あっというまに膝ぐらいまで伸びてな。根は深《ふこ》うなるわ、虫は湧いてくるわ、あっちこっち咬《か》まれながら、汗だくになって抜いたで」

「そうですか……」

粂吉が首をひねり、こんどは弥吉が見えるところまで振り返った。ついと立ちあがり、歩み寄って顔を覗きこむ。

「おい、どないしてん、血相が変わったあるぞ」

「…………」

弥吉は無言で見返した。粂吉のいうことがぴんとこなかった。顔色がどうしたというのだろう。

「しっかりせえよ。若先生に呼ばれたみたいやけど、なんぞあったんか」

「いや、べつに」

「わざわざ呼ばれたんやから、なんもないことはないやろ。それに顔色がただごとやないぞ。若先生になにをいわれたんや」

「なにといわれても。ただ、先生が十日後に帰ってこられると」

「先生？　それは洪庵先生のことか」

「ええ、もちろん」

「よかったやないか！」

　粂吉がふいに大声をあげて、弥吉の背中を叩いた。手加減なしに、思い切り。弥吉は勢いで身体が前後に揺れて、尻餅をつきそうになった。とはいえ、背中に響いた痛みのおかげで、にわかに眼が醒めた。裏庭の片隅の景色が突然に見えてきて、つまんだままの雑草と粂吉の顔を見くらべた。

「洪庵先生から知らせがあったそうです」

　と弥吉はいいなおした。

「ご夫婦ともに達者にしておられるようで、予定どおりに旅程が運べば十日後に帰坂することになると」

「そうか、よかったなあ。これで晴れて適塾に入門できる。なるほど、それで嬉しすぎて、ぼーっとのぼせたみたいな顔をしてたわけやな」

「いや、そんなに喜んでるわけじゃ」

「ふうん、そういうたら、あんまり浮かれた顔色でもないな」

　と粂吉が首をかしげて、あっ、そうか、と手を打った。

「入門のまえに、洪庵先生の試問がある。それを思うて、いまから緊張してるんやな。けど、元の塾生が折紙をつけて寄越《よこ》すぐらいやから心配はいらんやろ。ちょうど明後日《あさって》塾生がひとり出ていって、二階の畳に空きもできるしな。くよくよせんと、楽しみに待ってたらええがな」

「緊張……」

と弥吉は口中で呟いた。たしかに、そうだ。粂吉がいうのとは理由がちがうが、弥吉はいま大坂にはじめて足を踏み入れたときよりも神経が張り詰めていた。

「けど、そうなると、若先生に頼んで、早うつぎの下男を探してもらわなあかんな。この仕事をひとりで引き受けたら、三日と身体がもたんで」

「そのことなら、若先生も気にされていて、足守にいいひとがいないかと、先生に手紙を書かれたそうです」

備中足守は洪庵の故郷である。実家には母が健在で、洪庵の旅行は母の米寿の祝いをすることが主たる目的だった。

「足守なあ。正直いうと、わしはどうも田舎者とは反りが合わんのやが、先生の同郷人にそんなことをいうたらばちがあたるな」

粂吉はぼやいて、二階の塾舎のほうを見あげた。そうか、おまえはあっちにいくんか、とため息まじりにいい、それまでせいぜいこき使《つこ》うたるわ、と笑いながらもとの場所にもどっていった。

弥吉はうずくまりなおして、草引きをはじめた。まだ短い草を指先でつまんで、片端から抜いていく。粂吉のいうとおり、このまえきれいにしたばかりなのに、草はじつにしぶとく芽を出している。

ふと手をとめて、きりと下唇を噛《か》んだ。この手で殺すことになるかもしれない人物が、十日後に帰ってくる。それを思うと、あらためて顔色が変わるのを感じた。

洪　庵

一

蘭学あるいは蘭学者というものをどうとらえるか。

尊王攘夷を唱える者にとって、これは簡単なようで存外に難しい問題だった。

「夷狄の学問など、日本には必要ない。黒船や異人とまとめて、この神州から打ち払ってしまえ」

そういって片づくなら、べつに頭を悩ませはしない。だが現実には、日本の国土を西洋諸国の手から守るためには、ほかならぬ夷狄の学問が必要なのだ。阿片戦争に惨敗した清国の轍を踏むわけにはいかない。そこに攘夷論者の悩みがある。

げんに尊王攘夷の急先鋒《きゅうせんぽう》である長州藩にしても、日本古来の兵法や武器、装備では黒船に対抗できないと判断して、藩政の一角に蘭学者を加えて知識の活用を図っている。西洋の技術がなければ、西洋とは戦えない。いかに不本意でも、これは認めざるを得ない事実だった。

しかし、その一方で、多くの尊攘志士は事実を事実としてみとめつつ、蘭学や蘭学者を嫌悪していた。一部の頑迷な者は、いまだに蛮社と卑しめて、敵意を剝き出しにする。とくに蘭癖家《らんぺきか》と呼ばれる異国の風俗にまでかぶれた連中は、異人にもまして目の敵にされた。

だが蘭学者がすべて異国や異人の信奉者かといえば、少なからずそうでない人物もいた。たとえば同郷の吉井儀三は適塾で蘭学を修めて、いまは村で蘭方医として開業しているが、ゆるぎない攘夷論者だった。

おなじく適塾で学んで、いまは長州藩に仕えている村田蔵六というひとも、やはり攘夷論者で、たいへんな異人嫌いだと聞いている。そういえば、お糸が話していた物干台で酒盛りする変わり者というのは、このひとのことらしい。

とにかく、適塾は幾人もの攘夷家を輩出しているのだが、それだけではないから事情が込み入ってくる。塾生には攘夷論者もいれば、開国論者もいるし、どちらの論にも与《くみ》せず、ひたすら医業に専心する者もいる、と儀三が話していた。

たとえば福井藩に仕えた橋本左内という塾生は生粋の開国論者であったというし、儀三の後輩の福沢諭吉も塾にいたときには開国論を口にしていたようだ。そして、おなじころ塾にいた手塚某というひとは、とくに論を持たず、すんなり医者になったという。

適塾とは、いったいどういう場所なのか。なぜこれほど雑多な人びとが入り乱れるのか。洪庵はなにをめざし、なにを教えているのか。本意を明かせば、弥吉はそれを見きわめるために、ここにきたのである。そして、これが志士として時勢のなかに踏み出す、最初の一歩となるはずだった。

「弥吉さん、先生がお呼びです」

下男部屋の戸を開いて、お糸が小声でいった。控え目なようすなのは、部屋に粂吉がいるからでも、うしろに女中頭のお菊がいるからでもない。

「おお、きたか。やっとやな。この十日は、さぞ長かったろう。さあ、どーんと腹を据えていっといでや」

と粂吉が励ました。

「はい……」

弥吉は立って、土間におりた。緊張していないといえば嘘になるが、それよりも昂《たかぶ》る感覚のほうが強かった。

通路に出て二人になっても、お糸の控え目な態度は変わらなかった。弥吉にたいする気遣いもあるだろう。だがそれだけでなく、昨日までと塾内の空気が変わっていた。正確にいうと、この日の夕刻に一変したのである。

弥吉はそのときちょうど使いに出ていて、変化の瞬間を目の当たりにしたわけではない。だが塾にもどって、すぐにわかった。塾主、緒方洪庵が帰ってきたのだ。これがおなじ家かと思うぐらいに、空気がぴんと張り詰めていた。

けれども、変化はそれだけではなかった。塾生や奉公人の顔も眼を疑わせた。洪庵の留守中とは別人のように引き締まっている。そうしようと意識したのではなく、たぶん自然とそうなったのだろう。

粂吉でさえ、だれの眼もない下男部屋でいつもどおりに胡坐をかかず、なぜかきちんと正坐していた。ともあれ、洪庵はいま書斎で弥吉がくるのを待っているという。台所の板ノ間のほうからいこうとすると、お糸が小さく首を横に振った。

「そっちやのうて、渡り廊下のほうからきてもらうようにと、先生がおっしゃってます」

中庭には回廊式にぐるりと廊下が渡されていて、そちら側からも書斎にいける。奉公人が書斎に用事があるときは台所側から声をかけるが、客はむろん廊下側から案内する。なるほど、と弥吉は胸裡《きょうり》でうなずいた。拙斎はこちらをまるきり下男あつかいしていたが、洪庵はひとまず客として会うつもりらしい。

日はもうとっぷりと暮れていた。闇の帳《とばり》のおりた中庭に、書斎の障子から淡く明かりがこぼれている。弥吉は静かに廊下を渡り、いったん応接間に入った。すると、そこに拙斎と四十前後の小柄な女性がいた。

洪庵の妻、八重だろう。土産物らしい荷物をひろげて、拙斎と二人で仕分けしているようだ。

「ああ、弥吉くんか。よし、まず奥さんにご挨拶を——」

と拙斎が振りむいていいかけたが、八重は手を振ってそれをとめた。

「わたしはいいんですよ。機会はいくらでもありましょうから」

と弥吉に軽く会釈して、どうぞと書斎のほうにうながす。

「では、のちほど」

弥吉が辞儀すると、拙斎がまたこちらを見あげて、

「先生は今回の事情を聞かれて、なにはともあれ会おうとおっしゃられる。長旅でたいそうお疲れにもかかわらずだ。よくお礼を申しあげなさい」

「はい」

弥吉は書斎の襖に歩み寄った。名を告げると、

「どうぞ、お入りなさい」

と低い声がした。たしかに、すこし疲れて聞こえる。弥吉は襖に手をかけて、一瞬、開くのをためらった。果たすべき役目の重みが、にわかに肩に伸《の》しかかってきた。

だがそれは志士として、弥吉が望んだ重みなのだ。すっと襖を開き、書斎に入った。

伏せた顔を起こして、そこに端坐する人物を鋭く見やる。

洪庵は思っていたよりも背の高い男だった。齢は五十過ぎ。猪首《いくび》で肩幅が広いが、全

体に痩せている。総髪をうしろに撫《な》でつけ、額が広く、鼻が高くて、口はやや小さい。そして刃物で彫ったように、切れ長の眼がくっきりとしていた。

まずは人物を見きわめる。さらに、その主義するところを見きわめる。尊王か佐幕か。攘夷か開国か。そこに国を裏切る考えがひそんでいないか。

弥吉は斬りこむように、洪庵の眼を見据えた。さっと腹まで裂いて、中身を見てやるほどの気構えだった。

ところが、その尖《とが》った視線が、洪庵の眸にすうっと吸いこまれた。見つめれば見つめるほど、どんどん吸いこまれていく。洪庵の腹のなかを見きわめるどころか、こちらが腹のなかに隠しているものまで引きずり出され、吸い取られてしまいそうだ。

弥吉は思わず眼をそらし、そのままこうべを垂れた。

二

下男部屋にもどると、粂吉がそれとなくこちらの顔色を窺った。

弥吉はなんとか取り繕おうとしたが、それだけのゆとりがなかった。胸も腹もぎゅっと締めつけられて、顔色はおろか吐く息も蒼褪めているような気がする。

「お疲れさんやったな。今日は眠とうてかなわんさかい、話はまた明日聞かしてもらうわ」

粂吉がいいながら立って部屋の隅に夜具をひろげ、こちらに背をむけてごろりと横になった。弥吉も夜具を出し、油皿の灯を消して、仰むけに寝転んだ。すると、暗闇のなかに洪庵の面影が浮かんできた。寝返りを打って、弥吉は顔を伏せた。

「あなたが、弥吉さんですか」

洪庵はやわらかにいった。

「あらかたの事情は聞いています。折悪《おりあ》しく旅に出ており、たいそう苦労をかけましたな。下働きをしながら待ってもらうとは、申し開きのしようもない。このとおりです」

と膝に手をついて、深々と頭をさげる。

弥吉はうなだれたままだったが、さすがに恐縮して首を振った。

「いえ、わたしがたってと願ったことですから」

「しかし、もとより望んだことではないでしょう。ここには学問のためにこられたのですな」

「はい、そのとおりです」

「医者をこころざしてのことですか」

「まずは西洋の言葉を身につけたいと考えています。それをなにに用いるかは、十分に力をつけたうえで決めたいと。もちろん医業も念頭にはありますが」

弥吉は準備してきたとおりにこたえた。はじめは早口になりすぎて舌を嚙みそうになったが、しだいに落ち着いてきたようだ。

ところが、洪庵がまったく予期せぬことをいった。

「西洋の言葉を身につけるなら、これからは蘭語より、英吉利の言葉、英語を学ぶほうがよいでしょう」

「……………」

「横浜を訪れた弟子に聞きました。西洋の文字で書かれた看板をたくさん見たが、蘭語の力では一枚も読めなかった、すべて英語で書かれていた、と。国の勢いからしても、これから必要とされるのは英語です」

「は、はあ……」

弥吉は啞然《あぜん》とした。蘭学の第一人者といわれる人物の口から出る話とは、とうてい思えない。

「江戸に多少のつてがあり、紹介もしてあげられるが、どうですかな、そちらに遊学してみるつもりはありませんか」

「いえ、わたしはこの適塾で修業したいのです。そのためにこうしてお帰りを待っていました」

と弥吉はまた早口になりながらいった。話の流れがどこにむかうか見当がつかなくなっている。が、とにかく適塾を離れることになっては、元も子もなくなってしまうのだ。

「では、ここで修業するものとして、蘭語の知識はありますか」

「吉井さんのもとで、蘭語の文字は学びました。ですから、言葉はわからなくても、辞書は引けると思います」

「では、漢籍はどれほど読めますか」

と洪庵がまた意外なことをいった。弥吉は言葉に詰まった。こたえを用意していなかった。そして正直いえば、漢籍は苦手だった。

「得意とはいいかねますが、まずひとなみには……」

「そうですか」

洪庵は顎を引いて、ゆっくりとうなずいた。

「では、ひととおり漢学を修めてから、あらためてここにおいでなさい。そのときは入門を許しましょう」

その言葉を聞いたあと、弥吉は自分がなにを考え、洪庵とどんなやりとりをしたか、ほとんど憶えていない。驚きや戸惑い、焦りや怒り、恥ずかしさや口惜しさなど、さまざまな感情が頭にも胸にも渦巻いて、記憶が泥水のように濁ってしまっていた。

ただひとつ鮮明に憶えているのは、洪庵のまえに手をついて、下男でいいからここにおいてほしいと、あらためて頼んだことだけだった。

「くそっ」

弥吉は唸《うな》って寝返りを打ち、仰むけになって手足を大の字にひろげた。粂吉に聞こえただろうが、そうせずにはいられなかった。ひろげた手で床を叩き、身体を起こして、夜具のうえに胡坐をかいた。粂吉は鼾《いびき》もかかなければ、ぴくりとも身体を動かさない。

弥吉はこれを最後と決めて、もう一度太く唸った。

「くそっ！」

洪庵がなぜ入門を拒絶したかはわからない。弥吉は儀三に頼んで蘭語に使う文字を教えてもらった。わずか二十個余りで、漢字はおろか仮名よりも数が少なく、落書きをするみたいにたやすく憶えられた。これなら蘭語そのものも、三月《みつき》もあれば楽に使いこなせるようになるだろうと、高を括《くく》っていたのである。

ところが、洪庵はこちらの力量に眼をむけず、いきなり方角違いのことをいいだした。漢籍が読めなければ、蘭語を教えないというのはどういうことなのか。

「まあいい……」

弥吉は腕組みして首を振った。そうだ、かまうものか、と胸裡に吐き捨てる。

適塾への入門は、弥吉にとってはしょせん方便にすぎない。本当の目的は、洪庵に近づいて、その思想や信条を調べあげることなのだ。とりわけ重要なのは、江戸に出府する気があるかないかだった。

幕府が洪庵の招聘《しょうへい》を画策しているという噂がある。とすれば、その狙いは洪庵の医術のみならず、蘭学の知識であり、さらには適塾の塾主としての影響力だろう。幕府は洪庵を利用して、適塾生の才能を独占するつもりかもしれない。

　適塾の出身者には攘夷論者も開国論者もいるが、塾主である洪庵の立場は存外に明確ではない。だが幕府の膝元で開国論を唱えはじめれば、そのことがおよぼす悪影響は計り知れない。すでに諸国諸藩に散っている門下生たちが、洪庵のひと声でいっせいにおなじ方向をむいて動きはじめるおそれすらあるのだ。

　だからこそ、弥吉は洪庵の真意を探り、結果しだいでは天にかわって誅《ちゅう》する覚悟でいた。そのために河内の長野村から、この大坂の適塾にきたのだ。

「そうだ、この役目を果たすのに、塾生でなければ困るってことはないんだ」

　弥吉はそう考えて、はっと口を引き結んだ。いまの思案が声になって洩《も》れたかと、不安になったのだ。だが粂吉はあいかわらず身じろぎもしないし、こちらの耳にも声の余韻は残っていない。

　ふうと細い息をついて、弥吉は夜具に横たわった。湿気をふくんだ闇がじっとりと身体を包んできた。

三

翌朝、弥吉は眼醒めたあと、しばらく身じろぎができなかった。

今日からまた下男暮らしがはじまる。そう思ったとたん、胃ノ腑《ふ》にずしんと重いものが沈みこんで、身体に力が入らなくなってしまったのだ。

昨日までの境遇は適塾側の手違いにすぎず、洪庵が帰ってくれば当然に入門が許されるものと信じていた。そのことは言葉にこそ出さずにきたものの、態度にはあらわれていただろう。粂吉や女中たちのまえで、いまさらどんな顔をすればいいのか。

瞼《まぶた》を開く踏ん切りがつかず、弥吉は寝転んだまま部屋の気配を窺った。ひとの気配がしない。そっと見やると、粂吉の夜具が部屋の隅に片づいている。寝過ごしたような気分はしないから、むこうが早起きしたらしい。

ため息をついて起きあがり、夜具のうえに胡坐をかいた。背筋も手足もけだるく、まるで血のかわりに泥が体内を流れているようだ。弥吉は両手で顔を覆った。はじめに下働きをすると決めたときより、いっそうみじめな気分がするけれど、そんなことは大義のまえでは瑣事《さじ》にすぎない。

「いまに見ていろ、あっといわせてやる」

低く呟いて、ぴしゃりと頬を打った。下男部屋は納屋に間借りするかたちでつくられている。あらためて自分の住まいを見まわし、下唇を噛んで立ちあがった。

台所にいくと、ちょうど勝手口で粂吉とすれちがった。

「よう、おはようさん。朝のうちに片づけときたい用事があるさかい、悪いけどさきに飯はすましたで」

粂吉はいつもどおりの軽い調子でいうと、ひょいと手を振って納屋のほうにもどっていく。弥吉はその背中を見送ると、なにげない顔をして台所に入った。女中頭のお菊とお常が土間で立ち働いていたが、二人のようすもいつもと変わりなかった。

お常はお糸と同年で、奉公をはじめたのは半年ほどあとになるという。小柄でおとなしそうな顔立ちをしているが、きびきびとよく働く娘だった。

そういえば、お糸のように女中頭の小言に縮みあがっているのを見たことがないな、と思っていると、そのお糸が板ノ間のほうから顔を覗かせた。小粒な眼をぱちくりさせて会釈したが、べつにびっくりしたわけではなく、毎朝そんな仕草をするのだ。

なるほど、と弥吉は合点した。どうやら粂吉が朝一番に事情をたしかめて、女中たちに知らん顔をするよう頼んだらしい。

露骨に顔色を窺われるのも煩わしいが、たがいに事情を知りつつ、なにごともなかったかのように振る舞うのも、それはそれでかなり気づまりだった。なにせ眼が合っても、鼻面を突き合わせても、まったく表情を変えないのだ。

それでもお常はときおり声がうわずったりしていたが、お菊の顔などはあまりに動きがなさすぎて、白粉《おしろい》を塗りたくった能面みたいに見えた。弥吉はそそくさと朝飯の支度をして、そそくさと掻きこんだ。幸か不幸か、それが下男としてはいつもどおりだった。

それからの三日間が、大坂にきてからもっとも長かったかもしれない。

弥吉はぬるま湯で煮られているような気分がした。居るべき理由のない場所に、しつこく居坐っている。こちらの胸裡にどんな決意が秘められているにせよ、傍目《はため》にはそう映るにちがいない。

粂吉や女中たちは、どう思っているのだろう。これまで弥吉は内心で自分を塾生とみなして、いっしょに働く奉公人たちを一段低く見てきた。それは入門できると信じこんでいたのと同様、態度の端々にあらわれていたはずだ。

そんなふうには見えないが、粂吉たちに背をむけるたび、ざまをみろと指さされても、文句はいえない。それよりもありそうなのは、郷里に帰りたくても帰れない哀れな田舎者と同情されていることだが、それは嘲笑《あざわら》われるのにもましてつらかった。

いずれにせよ、あらたにはじまったこれまでどおりの暮らしは、居心地悪くだらだらと流れていった。そんなぬるま湯に変化の細波《さざなみ》が立ったのは、四日目の朝だった。

「今日はきっちり身支度しときや。若先生が往診のお供をしろというてなさる」

と粂吉がいったのだ。

「けど、めずらしいこともあるもんや。わしはここに奉公してかれこれ五年になるけど、往診についていったことなんか二、三回しかないわ」

たしかにそうだ。弥吉の知るかぎりでも、拙斎は往診に出るとき、ひとりでいくか、そうでなければ塾生にお供をさせる。実地で医療を学ばせるためだろう。粂吉がふしぎがるのは無理はないし、どうしておれが、と弥吉も首をひねらざるを得ない。

なにかの埋め合わせのつもりだろうか。それとも大荷物でも運ばせるのか。あれこれ訝《いぶか》りながら指示された時刻に玄関脇で控えていると、やがて薬箱を携えて出てきたのは、拙斎ではなかった。

塾主の洪庵だった。

四

弥吉はさすがに緊張した。洪庵と間近に接するのは、これでまだ二度目。狙いをつけた相手に、かえって不意討ちを喰わされた気がしている。

とはいえ、外出のお供をするのは、人物を値踏みするにはうってつけの機会にちがいない。弥吉は急いで気を引き締めた。これしきでうろたえていては、とうてい大事を成しえない。いついかなる場合も好機を眼にすれば、かならず捕らえて逃さぬ気構えが必要なのだ。

洪庵が切れ長の眼を細めて近づいてきた。そうして立ち歩くと、いっそう痩せて見える。薬箱をこちらにあずけると、軽くうなずきながら、

「さて、いきましょうか、弥吉さん」

洪庵はなぜか下男も女中もさんづけで呼ぶ。あとで知ったことだが、家族も塾生も、それに患者にたいしてもおなじ呼び方をした。

洪庵は通りに出ると、西に歩きはじめた。駕籠《かご》を呼んであるのかと思ったが、そんなようすはない。町医者はおもに歩いて往診にいくから、「徒歩医者」と呼ばれる。幕府や大名の典医は出仕のときはもちろん町方の往診にも乗物で出かけるから、「乗物医者」である。

洪庵はまぎれもない町医者だが、身分は武士だし、これだけ名が売れているのだから、黒塗りの乗物とまではいかなくとも、駕籠ぐらいには送り迎えさせて、羽振りを利かしてみせるもの、と弥吉は思っていた。だがその見込みは、あっさりはずれたようだ。

実際、あらためて眺めてみると、洪庵の身なりはあまり羽振りのいい医者らしくもなかった。というより、かなり質素。着古した十徳《じっとく》などは、見ようによっては粗末とさえいえた。

洪庵はその質素な身なりで、いくぶん猫背気味に歩いていく。どうやら、さほど外見にこだわるたちではないらしい。塾生たちが身なりにかまわないのは、塾主のこういう態度が影響しているのかもしれない。

そういえば、同郷の儀三も、洪庵のことを「威張らぬひとだ」と話していた。塾生にたいしても、日ごろから尊大に命じたり、声を荒らげて叱《しか》ることがないという。

儀三はもともと仲間を適塾に送りこむことに、あまり乗り気ではなかった。だがみなの手前もあってか、あからさまに反対はせず、洪庵について人物評めいたこともほとんど口にしなかった。

ただ弥吉にだけは塾生当時の話をいくつか聞かせたあと、「会えばわかるよ」といった。それはこうした事柄をさしていたのだろうか。

洪庵は梶木町通を歩いて、心斎橋筋で南に折れた。寄せつけない感じがするわけではないが、弥吉は話しかけるのがためらわれた。まだ玄関での緊張が身体に残っているようだ。まあいい、まずは黙って仕事ぶりを観察しよう、と頭を切りかえた。

高麗橋通にさしかかると、洪庵は横手からくる人波に押し流されかけたが、なんとか辻を渡りきって、そのまま南に歩いた。そして伏見町通までくると、また辻で押し流されるかに見えたが、こんどはみずから道を曲がったのだった。

呉服町のとある店先で、洪庵が足をとめた。ならびの店のなかではわりと構えの小さな、文具を商う店だった。

弥吉が訪《おとな》いの声をかけると、すぐに主人夫婦とおぼしき男女が迎えに出てきた。見るからに待ちかねたというようすだった。洪庵は薬箱を受け取ると、弥吉を店に残して、夫婦に急き立てられながら奥に入っていった。

弥吉は板ノ間の隅に腰をおろして、出された茶をすすりながら待った。見るともなく眺めていると、同年ぐらいの手代が、巧みなしゃべりで客に硯《すずり》を売りつけていた。岡目八目というが、傍目には客を騙《だま》しているようにしか見えなくもない。

突然、奥から子供の泣き声が聞こえてきた。わっと火のついたような泣きっぷりだ。だがしばらくすると泣きやんで、店のほうまでしんと静まり返った。そのあとほどなくして、夫婦に礼をいわれながら、洪庵がもどってきた。

「だれかひとり、そばにいてあげなさい。じきに楽になるはずだが、まだいっとき激しく痛むやもしれない」

と腹をさする仕草をして、店を出る。弥吉に薬箱を手渡すと、主人夫婦に見送られながら、洪庵はまた猫背気味に歩きだした。

五

「ご隠居さんのあんばいはいかがかな。拙斎に聞いたところでは、ずいぶんよくなられたそうだが」

「へえ、おかげさんで見違えるように元気になりまして」

「それはよかった。いや、どうもわたしが診るより、拙斎に代わりをたのんだほうが、治りが早いようですな」

「なにをいわはりますか、先生が頼りでっせ」

つぎに訪ねた古道具屋では、洪庵はそんなやりとりをしたあと、乞われて奥に入ったが、すぐに出てきて、にこやかに店をあとにした。

けれども、三軒目の往診先ではすんなりとことが運ばなかった。半刻（一時間）余りもかけてようやく診察を終えたあと、洪庵は通りを歩きながらしきりに首をひねり、ついにはその家に引き返して、薬を処方しなおしたのである。

弥吉が驚いたのは、洪庵がそれからもまた歩きながら首をかしげたり、ふいに立ちどまったり、そうかと思えばうんうんとひとりでうなずいたり、いつまでもさきの患者を気にしていることだった。

名医といわれるようなひとは、診断に絶対の自信を持っているのではないのか。これが高名な医者の姿だろうか、日本一の蘭学者の姿だろうか、と弥吉のほうこそ首をかしげたい気分だった。

だがもっと驚いたのは、亀井町で訪ねた四軒目の家だった。洪庵はそこで主人とおぼしき男に、けんもほろろに追い返されたのだ。

はじめに来意を告げたときには、とくにおかしなようすはなかった。応対した女中は尋常な受けこたえをしたし、取り次ぎをしぶるわけでもなかった。

ところが、女中と入れ違いに出てきた男が、いきなりたいへんな剣幕で喚き立てた。

「これはなんのつもりですか。厚かましいにもほどがある。ただちに引き取ってもらいましょう」

どうやらその家でも幼い子供が病に臥《ふ》せっているようなのだが、洪庵が説得をこころみても、父親であるらしい男は聞く耳をもたなかった。なにをどれだけ熱心にいわれようと、険しく怒鳴り返すばかりだった。

洪庵はついに諦めて、その家を去った。がっくりと肩を落とし、にわかに老けこんで見えた。弥吉は眉根を寄せて、そのうしろ姿を睨んだ。いまなら刃物など使わなくても、痩せた背中をどんと突き飛ばすだけで、あの世送りにできそうだ。

それにしても、と思う。洪庵は学者としては一流かもしれないが、医者としてはやぶなのではないか。でなくて、どこの名医がこんな仕打ちを受けるだろう。むこうは洪庵が帰らなければ、力ずくで叩き出すか、水でも浴びせかねない勢いだった。ほんとに、いまごろ塩ぐらいは撒いているかもしれない。

洪庵はそれから呉服町にもどって、はじめに往診した文具屋のまえに立つと、気を取りなおしたように背筋を伸ばし、店のなかに入っていった。そしてしばらくすると、顔色を明るくして出てきた。こんどはすこし若返ったようだった。

「この家の子は胃腸に汚物がたまって発熱していたから、下剤を用いたのだが、いましかめると、うまく効いていた。これでもう心配はない」

よかった、よかった、と繰り返して、洪庵は帰途についた。

梶木町通にもどったときには、とうに八ツ（午後二時）を過ぎていた。洪庵はそこでようやく昼食をとらずにいたと気づいたらしく、立ちどまって道端にあったうどん屋を手振りでしめし、寄っていこうかといったが、過書町はもうすぐそこだった。

弥吉が遠慮すると、洪庵もこだわらず、では、帰って食べましょう、とまた歩きはじめた。そして適塾につくまでに、二度首をひねり、一度ううんと太く唸った。

六

その夜、下男部屋でひと息つくと、弥吉は腕組みして思案に暮れた。

あれから仕事の合間あいまに、あれこれ考えてみたのだが、どうも釈然としない。洪庵は名医なのか、やぶなのか。町の人びとに頼りにされているのか、いないのか。それにまた、洪庵はみずからの医術にどれだけの自負を抱いているのか。なにを考えても、すぐそこにこたえがありそうで、なぜかうまくつかみ取れない。

歩きぶりも妙におぼつかなかったな、と弥吉は思い返す。繁華な場所にさしかかるたび、洪庵はひとの流れに押されてふらふらしていた。大坂に暮らしはじめて何年になるのかしれないが、いまひとつ都会になじんでいる気がしない。人混みの歩き方など、すでに弥吉のほうが上手なぐらいだった。

だが往診にまわるあの熱意はどうだ、と弥吉はいささか舌を巻いてもいた。

半日ついてまわって感じたことだが、洪庵が黙々と歩いていたのは、無愛想なのでも話し嫌いなのでもなく、早く目的地に着きたいからのようだった。歯を喰い縛って、いっさんに歩いていたのである。年齢や立場に似つかないそのまっすぐな気迫が、弥吉に話しかけるのをためらわせたらしい。

「どうしたんや、えらい腕組みして、なんぞ悩みごとか」

粂吉が用心深く訊いてきた。

「いや、べつに、ちょっと疲れただけです」

「そうか、薬箱を持って歩くぐらいはどうってことないようやけど、慣れんことをすると思ったよりくたびれるからな」

「はじめて歩く道も多かったし」

「ああ、それもくたびれるわ。で、どうやった、先生のお供は面白かったか」

「正直、いくつか驚くようなこともありましたけど……」

と弥吉は追い返された四軒目の往診先の話をした。なにか手がかりになることを聞ければと思ったのだ。

するると、粂吉が心得顔でうなずいて、

「ああ、それやったら、またぞろ医者の押し売りをしたな」

「押し売り？」

「そうや、先生はたまにやらかすんや」

「………」

弥吉のぽかんとする顔を、粂吉は面白そうに眺めながら、

「よその土地のことはわからんけど、大坂の医者は患者に呼ばれんと往診にはいかん、そういうならわしがある。というたら、あたりまえみたいやけど、縁者でも親友でも呼ばれんかぎりいってはならんとされてる。どの家にもかかりつけの医者がいるさかい、その縄張を荒らさんようにしようというわけや」

弥吉ははじめて聞く話だった。なにせ村には縄張もなにも、医者は吉井儀三の家しかない。

「ところが、うちの先生は病人がいると聞くと、呼ばれんでも心配になるたちや。まして、かかりつけの医者では手に負えんらしいてな噂を聞くと、もう居ても立ってもおれんようになる。で、いっぺん診させてくれと押しかけてしまうんや」

「それで、医者の押し売りと」

「そうや、患者のことで頭がいっぱいで、ならわしも縄張もおかまいなしや。おかげで、この近所にも先生のことをぼろかすにいう医者がいるし、押しかけたさきで門前払いを喰わされたり、かかりつけの医者と鉢合わせして追い返されることもある。押し売りちゅうても、損ばっかりしてるわ」

たしかに損得でいえば、損のほうが多いかもしれない。同業者には嫌われる。患者には迷惑がられる。それでもうまく治療できればいいが、万が一、悪化させれば目も当てられない。同業者の罵《ののし》りや患者の恨みを一身に受けることになるだろう。いや、万が一どころか、ほかの医者がお手上げの患者なのだから、洪庵にも治せない可能性は高い。

「なるほど、あの店の主人はほかにかかりつけの医者がいるから怒っていたわけか」

「先生もふだんは医者仲間に気を遣わんわけでもないんやが、患者のことを考えだすと、どうにもじっとしてられんらしいわ。けどな、じっとしてられんからいうて、ほんまに薬箱を提げて押しかけてくのは、やっぱりこれ、なみの医者にできることやないで」

「…………」

「とにかく、いっぺんお供をしただけで、そんなところにかち合うんやから、おまえも運がええのか悪いのかわからんな」

と粂吉は苦笑した。そして顎をひと撫でると、

「ところで、ひとつ訊きにくいことを訊かしてもらうが、なんでおまえは国に帰らんと、ここで働く気になったんや」

「えっ、それは……」

弥吉は咄嗟《とっさ》に言葉が出なかった。

「こんどのことは、ほんまに気の毒やったな。きちんと紹介状も持ってたし、わしもてっきり入門できるもんやと思てたわ。とはいえ、こうなったら適塾に残っててもしゃあない。いっぺん村に帰って仕切りなおしたほうがええんとちゃうか」

「いや、このままじゃみんなに合わせる顔がないし」

「そうはいうけど、ここにいてもどないにもならんで。塾生になれなんだこと、ずっと隠しとおせるもんでもなし。ばれるなら、いっそ早いほうがいいかもしれん」

「入門のこと、おれはまだ諦めてません」

「さて、どうやろうな。正直、わしは望み薄やと思うが」

と粂吉は首をひねって、弥吉の顔をななめに見た。

「それに、はっきりいうとな。おまえが学問しとうてここにきたとは、わしにはどうも思えんのや」

弥吉は一瞬、息が詰まった。なにかいおうとしたが、顔色が変わるのを抑えるだけで精一杯だった。

「言い方は悪いけど、とりあえず適塾の釜の飯を三年も喰うたら、村に帰って蘭方医でとおる。そういう了見でここにきたんとちがうかな」

「………」

「ほら、図星やろ。白状すると、わしもそういうつもりで入門しようとして、おんなじように先生にはねつけられた。そやさかい、手に取るようにわかるんや。でまあ、いまはこのとおりこころを入れかえて、まじめに下男をやってるわけやが」

と粂吉は自分の顔を指さして、へへっと笑った。

「おまえもここに残るんやったら、ちっとは了見をあらためたほうがええで。先生や塾生のようすを見てたらわかるやろうけど、ここは楽して医者になるための場所やない。そんなつもりでいるなら、国に帰って家業を継ぐほうが、世のためひとのためや」

「世のため……」

「どうや、国に帰るか」

「いえ」

と弥吉は首を振った。

「明日から、またよろしくお願いします」

「よっしゃ」

と粂吉が手を打った。

「そういうことなら、さっさと寝よか。明日もまたぞろ忙しいからな」

いいおいてごろりと夜具に寝そべり、弥吉が灯を消すまえに鼾をかきはじめた。

風　聞

一

　朝日が強く眼を刺した。横から照りつけてくる光は日ごとに眩《まぶ》しくなり、通りに出て軽く箒《ほうき》を使うだけで早くも肌が汗ばんでくる。道は硬く白っぽく乾き、舞いあがる砂《すな》埃《ぼこり》に夏のにおいがする。

　弥吉がおもてを掃き終えて、格子戸を入ろうとすると、

「もし……」

と呼ぶ声がした。振りむくと、まだ人影のまばらな通りを女が急ぎ足で近づいてくる。三十前後の、町方の女房である。思い返してみたが、見覚えはないようだ。

　弥吉が問いかける眼で見ていると、女は辞儀をしながらそばまできて、

「一昨日《おととい》、緒方先生のお供をされていたかたですね」

「はい、往診のときのことなら、そうです」

　弥吉はこたえながら、はじめにいった文具屋の夫婦の顔を思い浮かべたが、やはりち

がうようだ。

「先日は申しわけございませんでした。主人がたいそう無礼を申しまして」

と女がこんどは腰を折って深く頭をさげた。

「あのようなことをしてお見せする顔もございませんが、緒方先生にぜひともご診察を願いたく、こうして不躾《ぶしつけ》にもまいりました。どうぞ先日のことはお目こぼしいただき、先生にお引き合わせ願えませんか」

どうやら四軒目の、あのけんもほろろに追い返された家の女房らしい。戸口の奥からでも、おもてのようすを眺めていたのだろう。

たしかにあれだけ怒鳴りつけておいて、やっぱり診察しろというのは、ずいぶん虫のいい話である。とはいえ、当日の夜に粂吉から門前払いを喰わされた事情を聞いているだけに、無下にも断りかねた。

「わかりました、では、訊いてまいりましょう。ただし、先生はまだお休みかもしれず、しばらくお待ち願うかもしれませんが」

弥吉はそういったが、洪庵はすでに起きて、書斎で書き物をしていた。

「先生、いまおもてに……」

と来訪者の話を伝えると、洪庵はすぐに立って、往診の支度をはじめた。

「今日は、供はよろしい。柏原さんに、外出の用意をしてここにくるよう伝えなさい。

それから客人をひとりにせぬよう、出立までそばについているように。頼みます」

表情は厳しいが、眸は明るく輝いていた。

弥吉はおもてに引き返して、まず女を戸内に招き入れ、それから二階にあがって、塾頭の柏原学介に洪庵の指示を伝えた。階下にもどると、女に教場のほうで待つようにいったが、女は腰をおろす気にはなれないらしく、ここで待ちますといって、格子戸の内側に立っていた。

弥吉はいまごろになって思い当たり、ご主人はご承知ですかと訊いた。

「承知させます」

と女はいった。白くなるほど拳をきつく握り締めていた。

洪庵と柏原が足早に玄関を出てきた。女が挨拶しようとしたが、柏原が手振りでそれを押しとどめ、洪庵はそのあいだにもう通りに出て歩きだしている。二階の大部屋のほうが、がやがやと騒がしくなりはじめた。

弥吉は井戸端で手拭いを絞って顔を拭いた。いつのまにか、こめかみに汗が伝っていた。その井戸は戸口からつづく土間にあり、塾生たちが水浴びしたり、通りに打ち水するときなどに使われる。

台所の土間にも井戸があり、炊事にはそちらの水を使う。弥吉が台所に入ると、女中三人がおおわらわで朝飯の支度をしていた。ぶつからないよう避けながら通っていくと、

お糸がくるっと振りむいて、井戸のほうに視線を流しながら、

「ごめんなさい、弥吉さん、水を一杯お願いします」

昨日までとちがい、声音にも表情にもつくったところがない。たぶん粂吉から話を聞いて、あらためて仕事仲間として受け入れてくれたのだろう。

「さあ、気を入れて、しっかりお励みや」

お菊がいつになく声をかけてきた。お常もそっとこちらを見ている。

弥吉は袖まくりして、井戸水を汲《く》みあげた。いっときなにもかも忘れて、桶《おけ》一杯の水に集中した。

洪庵と柏原塾頭は、正午を過ぎたころに帰ってきた。

柏原はそれほどでもなかったが、洪庵は疲労の色が濃く、午後から拙斎に代診を頼んで、書斎に籠《こも》ってしまった。どうやら洪庵は見た目どおり、あまり頑健なたちではないらしい。

往診の結果がどうなったか、弥吉はさすがに気になった。だがまさか書斎に押しかけるわけにはいかず、あいにくと昼のあいだは柏原に尋ねる機会もなかった。

およその顛末《てんまつ》を知ったのは、長く蒸し暑い日が暮れて、仕事が一段落したあとだった。

弥吉が表口の片づけをしていると、井戸端で汗を流す塾生たちの話し声が聞こえてきた。

「ほう、そんなに悪かったのか」

「いやあ、悪いというより、もはや手遅れだったらしい」

水音の合間にかわされるのは、深刻な内容のわりには気楽な声だった。

「手遅れか。だから、さきに先生が訪ねたとき、素直に診てもらえばよかったのだ。しかしまあ、先生はそんなことを口が裂けてもいわんだろうな」

「いわんどころか、ほかの医者なら指も触れずに帰るところを、半日がかりでありとあらゆる手をつくしたそうだ。柏原さんはそれをひとつ残らず学び取ろうと、はじめのうちは先生の言葉に耳を澄まし、手元に眼を凝らしていたが、途中からはもうそういう気持ちが消えて、先生の背中をじいっと見つめていたというぞ」

「で、その子供は持ちなおしたわけだな？」

「そうだ。といっても、先生も神ならぬ、一個の人間だ。なんとか四分六分に近いところまで引きもどせはしたが、まだまだ予断は許さんらしい」

「手遅れが四分まで持ちなおせば、十分に神業だろう。まあ、先生ご自身はそれではとうてい納得なされんのだろうが」

弥吉は背中で話に聞き入りながら、ほっと息をついた。こんどは診察がじゃまされることはなかったらしい。洪庵を迎えにきた女の切羽詰まったようすを思い起こすと、子供が助かることを願わずにはいられなかった。

「ところで、また江戸から書状がきたようだな」

弥吉は思わず手をとめて振り返った。井戸端で話しているのは、名前を知らない塾生たちだった。ひとりは色白で背が低く、もうひとりは大柄でぎょろっと眼が大きい。二人ともれいのごとく褌一丁で水浴びして、いまはその濡れた褌をはずして絞っている。

大柄なほうは食事のときにも目立つから、顔は見知っているのだが、やはり名前は出てこない。顔と名前が一致するのは、塾頭や最上級生を除けば、いやおうなく関わりになった甲田や安西ぐらいだった。

「江戸からというと、長春院先生あたりからか。なんともはや、熱心というべきか、諦めが悪いというべきか」

と背の低い塾生が首をひねった。

「こう再々では、先生も断りの口上に窮しておられるだろう。書斎に籠られているのは、午前の診察の疲れだけでなく、そのことで頭を悩ませておられるのやもしれんな」

と大柄な塾生が書斎のほうを見やりながら腕組みする。

「あるいは、先生も根負けして、そろそろ首を縦に振るか」

「おい、縁起でもないことをいうな。おれはまだ先生の講義を聴いておらんのだ。そうたやすく、うなずかれては困る」

「おれも聴いたことはないが、だからといって、こっちの都合を待ってはくれまい。それにいまでなくとも、いずれということがある」

「とすると、われらも昇級を急ぐにしくはないか」

「そうだ、こうしてはおれぬぞ」

「おれぬ、おれぬ」

　二人はにわかに真顔になると、慌しく塾舎にもどっていった。階段を駆け登る音が、どたどたと響いてくる。絞った褌で鉢巻でもしかねない勢いだが、股座《またぐら》は吹きさらしのままだった。

　弥吉は片づけにもどろうとしたが、気持ちが昂り手につかなかった。

　洪庵の江戸招聘は、ただの噂ではなかった。すでに幕府から打診されており、それも再三にわたってのことらしい。自分が適塾にきたこと、そしてまた恥をしのんでここに残ったことは、無駄ではなかったのだ。

　ふいに弥吉は身震いした。洪庵の痩せた背中に忍び寄る匕首《あいくち》を手にした男の影が、まるで芝居のなかの出来事を見るように眼のまえに浮かんだのだ。男の影は、もちろん弥吉自身の姿かたちをしている。

　いつのまにか、口のなかが渇いていた。からからではなく、生乾きのねっとりとした感じだ。むくんだような感触のする舌で唇を舐めると、井戸水で顔を洗い、口を漱《すす》いだ。塾生たちが散らかした盥《たらい》や桶を片づけながら、

「いや、まだだ」

と首を振った。まだそうと決まったわけではない。再三の打診にもかかわらず、洪庵は招聘を受け入れていない。口上に困るほど断りつづけているらしいのだ。弥吉はもう一度首を振り、匕首を握る自分の影をひとまず眼のまえから追いやった。

二

中戸を入って台所にもどりながら、それとなく書斎の襖を見た。洪庵と話をしたいが、これという口実がない。なるべくなら人目は避けたいし、とすると、つぎに往診のお供をするときまで待つしかないようだ。粂吉はめったにないことだといっていたが、弥吉はまた声をかけられそうな気がしていた。

ふと視線を感じて、かたわらを振りむいた。板ノ間の隅で繕い物をしていた女中頭のお菊が、手をとめてこちらを見ている。なにか疑われたのかと緊張したが、お菊はいたましげな表情を浮かべていた。書斎にむけた弥吉の眼を、入門への未練と勘違いしたらしい。

江戸からの手紙のことや洪庵のようすを訊いてみようか、と弥吉は思った。女中頭は家で起きていることなら、たいていは把握している。幕府が洪庵に打診してきている内容、つまりどんな餌で釣ろうとしているか、そして、洪庵がそれをどう受けとめているかも、お菊なら知っていそうな気がした。

しかし、だからこそお菊には用心しなければならなかった。いまうかつに江戸や手紙の話を持ちだして、どうしてそんなことを訊くのかと思われたくない。いったん疑われだすと、あの切れ長の眼でたちまちすべてを見抜かれてしまいそうだ。

お菊と眼が合うと、弥吉はきまりが悪い顔をして、そそくさと台所を通り抜けた。

「まあ、弥吉さん、どこにいってたん？　一服してるはずの時分やのに部屋を探してもいてへんし、もしかしてこっそり里に帰ってしもたんかと心配したんよ！」

通路に出たとたん、早口にそう捲し立てられて、弥吉は思わず息を呑んだ。お糸だった。お糸はいったそばから、また早口に謝った。

「あら、ごめんなさい、わたし余計なことをいうて。肝心なことは舌が縺《もつ》れるのに、なんで無駄口ばっかりすらすら出てくるんやろ」

「表口の片づけが残っていたんだ。これから一服するところだよ」

と弥吉は苦笑まじりにいった。

「なんや、それやったら、あっちとこっちで行き違いになったんやね」

「なにか、おれに用事？」

「用事というほどやないけど」

とお糸は声を落として、袂から小ぶりな紙の包みを出した。

「お饅頭《まんじゅう》。奥さまからお裾分けしてもろた、そのまたお裾分け」

弥吉は手渡された紙包みと、お糸の顔を見くらべた。自分はこんなふうにしてもらえるだけのことを、お糸にたいしてなにかしただろうか。

「いや、おれは……」

「えっ、甘いものは嫌い？」

「そういうわけじゃないけど」

「堺のひとのお土産で、けし餅っていうの。うちはさっき食べたけど、ほっぺたが落ちそうになったから、弥吉さんも食べてみて」

「わかった。じゃあ、もらっとくよ」

弥吉はうなずき、それから思いなおして礼をいおうとしたとき、通路の裏庭側の木戸が開いて、粂吉が顔を覗かせた。

「お糸ちゃん、饅頭はわしのぶんもあるか」

「残念、ひとつきり」

とお糸は悪びれるふうもなく、笑って手を振ってみせた。

「なんや、殺生やなあ。参造さんがいたときも、爺さんのほうばっかり親切にして。お糸ちゃんは、わしのことが嫌いかいな」

「嫌いとちがうけど、粂吉さんのことは決して甘やかさんようにと、奥さまにきつくいわれてます」

「おお、こわっ」

と粂吉が木戸の陰に首を竦めた。

「それに、どうせ粂吉さんはお酒を呑むばっかりで、甘いものは嫌いでしょ」

「そんなことあるかいな。わしは雨風どっちもいけるくちやで」

と粂吉がまた顔を覗かせて、

「堺のけし餅いうたら、小島屋やろ。あれは、香ばしゅうて、もちもちっとして、とろっと甘うてな」

「そんなに好物なら、どうぞ」

と弥吉は紙包みを差し出したが、粂吉はぶるぶると顔を振った。

「せっかくやけど、遠慮しとくわ。ほら、お糸ちゃんが怖い顔で睨んでる。まえもいうたやろ、このうちでは女子に嫌われると、やっていかれへんさかいな」

粂吉が首をひっこめて、ぱたりと木戸を閉める。

お糸はそちらにあかんべして、こちらに笑顔をむけると、

「あんなこというてるけど、いつ横取りされるかしれんし、弥吉さん、早う食べてね」

「うん、そうするよ」

と弥吉はいった。ありがとう、と付け足した。

三

「長春院？」

「たしか、そういってました」

「それなら、奥医師の伊東玄朴先生のことやろ。去年の暮れやったか、法印になって、そのとき長春院とかどうとか、そんな号をつけたと聞いたで」

幕府の奥医師は首席を法印、次席を法眼に叙任するならわしである。伊東玄朴は蘭方医として、はじめて法印にまで登りつめた人物だという。

「ああ、そういえば」

吉井儀三がそんな話をしていたな、と弥吉はうなずいた。儀三はいつになく興奮気味に蘭方医の苦節と躍進を語ったあと、あらためて西洋の技術の導入で幕府におくれを取ってはならないと力説したのだ。

「おっ、なんぞ思い当たることでもあったか」

と粂吉が身を乗り出してきた。

二人はそれぞれ夜具のうえに胡坐をかいて、話しこんでいた。こんなことをするのは、大坂に出てきてからはじめてだが、村の若者組ではしょっちゅうだった。ただし、もっと大人数でがやがやしゃべっていたし、いつも板ノ間に茣蓙《ござ》を敷いて途中からは雑魚寝していた。

「吉井さんに話を聞きました。蘭方医学がいよいよ公に認められたと」

「伊東先生はシーボルトの弟子やというし、公方様の御匙《おさじ》にまで出世して、いまや押しも押されもせん東の大関や。かたや、西の大関というたら、これはもううちの先生をおいてほかにおらんけど、こっちはなんの肩書もないわ。駕籠にも乗らん、折紙つきの町医者や」

「それで幕府はいま、西の大関も江戸に呼ぼうとしているわけですか」

「そういうことや。くだんの伊東先生やら、おなじ奥医師の林洞海という先生やらが、内々にうちの先生に誘いをかけてるらしい。けど、なんぼ内々でも、こんだけ度重なると、みんなにばれてしまうわな」

「先生はどうして招きを受けないんです？　幕府の奥医師といえば、医者として出世のきわみだろうに」

と弥吉は訊いた。

「うちの先生はどうも、そのての欲はないらしいで。肩書なんぞは、重たくなるほど肩が凝るだけ。そんなものはないほうが身軽に動けてよろしい、ってな具合やな」

「すると、江戸にいく心配はないんですね。塾生たちは、そろそろというような口ぶりだったけど」

「さあ、それはどやろな」

と粂吉が首をひねった。

「誘いをかけてるのはおなじ医者仲間でも、むこうはあらかじめ上役に話をとおしてるはずや。老中とか若年寄とか、そういうお偉いひとにな。そやさかい、あんまり断りつづけるのも、先生の身のためにならんやろ」

「身のために？」

「それともうひとつ、このまえ大槻俊斎という蘭方の先生が亡くなったが、このひともやっぱり幕府の奥医師で、西洋医学所というところの頭取も務めてた、いわば東の張出大関みたいな大家や。むこうとしては、この穴を埋めるためにも、いよいよ力を入れて先生を呼ぶんとちゃうかな」

「じゃあ、江戸にいくんですか」

「むこうがどれだけ熱心でも、先生は乗り気やないやろう。それに、さっきいうてた大槻先生は、いまはやりの天誅《てんちゅう》で殺されたっちゅう噂がある。真偽のほどはわからんけど、江戸には蘭学者や蘭方医を目の敵のようにしてる連中がごろごろいるらしい。そんな物騒なとこに、だれもいきとうはないやろな」

「ようするに、どうなるかわからないんですね」

弥吉はむっつりといった。

「早い話が、そうや」

と粂吉が笑った。

「とはいえ、こんどきた手紙には、なかば脅し文句みたいなことが書いてあったそうやで。お菊さんから聞いた話で、わしは見たわけやないが」

「お菊さんから？　やっぱり、あのひとはなんでも知っていそうだな」

「そのお菊さんは、奥さんから話を聞き出したらしいわ。けど、おまえはへたに嘴《くちばし》を挟まんほうがええで。お菊さんはもとより、奥さんをしくじったら、ここにはおられんようになる」

「まえからそんなことをいっているけど、なにかあったんですか」

弥吉の知るかぎり、洪庵の妻女八重は小柄で柔和な印象しかない。

「いやな、奥さんは面倒見のいいひとで、塾生のなかにも母親のように慕うてる者が大勢いるけど、これとこれにうるさいんや」

粂吉は内緒話の声をこしらえて、金と女の手真似をした。

「なんぼか潔癖がかったところがあるんとちがうかな。いったんこの男は汚らわしいと思たら、ひとつ屋根のしたにいるのが我慢ならんようになるらしい。それでここに居辛《いづろ》うなった塾生が何人もおる。じつのところ、わしも女子衆に色目を遣うたと疑われて、追い出されかけたことがあるんや」

「おれが知らないと思って、担いでるんじゃないですか」

と弥吉は眉をひそめた。粂吉の話しぶりが大袈裟すぎて、からかわれている気がする。

「あいにくと、ほんまの話や。そうなると先生がとりなしても、なかなかおさまらんから、しかたなくいったん破門して、ほとぼりが冷めたころに呼びもどす、てなことも、なんべんかやってるわ」

「…………」

「そやさかい、おまえもお糸ちゃんに饅頭をもろて鼻のしたを伸ばしてたら、いつかどかんと雷が落ちるで。せいぜい気をつけや」

「あっ、やっぱり担いでますね」

「さあて、どやろな」

と粂吉がそっぽをむいて、にんまりして見せた。

裏　町

一

翌日から、弥吉はふたたび薬箱を提げて往診のお供をした。

緒方洪庵はあいかわらず黙々と歩いて、患者を診てまわる。弥吉は江戸招聘のことを訊きたくて舌がうずうずしたが、なかなか話を切り出せなかった。洪庵の痩せた背中には、やはり寄せつけないというのではないが、安易に声をかけがたい厳しさがあった。

そして往診を終えると、洪庵はその日一日をときに重苦しく、ときに満足げに振り返りつつ帰途につくのだが、そのうしろ姿には疲労の色が濃かった。帰り道には背中がいっそう痩せ細って見えて、これだけ歩きまわったのだから、帰りぐらい駕籠に乗ればいいのに、とよけいな心配までさせられたほどである。

もっとも、そんなことは口が裂けてもいわなかった。殺しにきた相手の体調を気遣うほど、おれはおめでたくないぞ、と弥吉は眉間を険しくする。

ちょうど一年前、となり村の直吉という男が京にのぼり、半月あまりで肩を落として帰ってきた。国乃忠一郎という御大層な変名をつけ、京都所司代の首を取ると息巻いていたのだが、いざ都に足を踏み入れてみると、敵《かたき》と狙う幕臣はもとより、仲間と恃《たの》む志士たちにも歯牙にもかけられず、あまつさえ京の町衆にさんざん田舎者あつかいされて、すっかり意気消沈してしまったのだ。

いま直吉は村人から変名をもじって「チュウ公」と呼ばれ、若者組どころか年端もいかない子供にもばかにされている。生半可な覚悟で志士を気取るから、そんなはめになるんだ、と弥吉は思う。もちろん自分は直吉みたいなへまはしない。

「おや、まだ帰らないのか？」

弥吉は小首をかしげて薬箱をもちなおした。いつもなら往診を終える時分になって、洪庵が家路とは逆方向に足をむけたからだ。

そこは備後町を西に出た、堺筋だった。弥吉が大坂に出てきて、はじめて歩いた通りである。

洪庵はその通りを過書町のほうに帰る北ではなく、南にむけて歩いていく。すでに疲労困憊《こんぱい》というようすだが、足運びの速さはほとんど変わらない。ただ人波に揉まれると、いつもよりあやうげにふらついている。

「どこにいくつもりだろう」

弥吉は訝りながら、あとにつづいた。日がもうかなり低くなっている。長堀を渡るころには、西空がじんわりと赤らみはじめたが、洪庵はそれに気づいているふうもない。

「どこまでいくつもりだろう」

歩くにしたがい、疑問は膨らんでいく。これまで往診はどんなに遠くても、船場をはずれることはなかった。だがここはもう島之内と呼ばれる界隈である。

さすがに疲れ果てたか、洪庵が立ちどまり、ふうっと息をついた。腰に手を当てて、空を見あげ、ゆっくりと眺め渡したあと、こんどはうつむいて、なにか低く呟き、それから振り返って、弥吉にうなずきかけると、また歩きだす。いましがたより足運びは遅いが、まだまだ歩きそうな勢いだった。

島之内を突っ切って、道頓堀川に行き当たると、案の定、洪庵は迷わず橋を渡り、さらに南に進んだ。だがそのあたりから、いっそう足が遅くなり、やがて弥吉にとなりにならぶよう手招きすると、はじめて歩きながら話しかけてきた。

「この日本橋から長町にかけては、見てのとおり宿場町。日本橋は一丁目から五丁目までであって、長町は六丁目から九丁目まである。なにやらおかしな具合だが、ここはもともと端から端まで長町と呼んでいたのを、半分だけ日本橋と改名したのですな」

薄闇がさしてきた通りには、早くも軒行燈や提灯がずらりとともされ、むしろ昼間より華やかに見えた。旅人の足をとめようとする客引きの声が四方八方に飛び交い、洪庵と弥吉は見るからに医者の主従だから袖を引かれはしないが、うっかりすると誘い文句に引き寄せられそうになる。

このまえ通ったときより騒がしいぐらいだ、と弥吉は眼を丸くした。あのときも繁華な町だと思ったが、まだ客引きが出ていなかったから、本物の賑わいではなかったのだ。

「表通りはたいそう派手なものだが、ここの裏町、長町裏といえば、大坂でもいっとう貧しい場所になる。諸国から流れこんできたひとたちが、たしかな職も住まいもなく、吹き溜《ふだ》まりのように暮らしている」

洪庵はそういうと、また弥吉のほうを見て、小さくうなずいた。

「むかし橋本左内という弟子がいて、学問も人柄もすぐれた男だったが、あの安政度の疑獄で罪を負わされて死にました」

洪庵はしばらく黙った。

「さて、あるときこの橋本が夜な夜な塾を抜け出すと注進する者がいた。わたしは捨ておくつもりでいたのだが、八重が癇《かん》を立てて、悪所通いをしているにちがいないから、きっと糾明しろという。やむを得ず、ひとを使ってあとをつけさせたところ、橋本はこの長町裏のような場所を訪ねて、無償で病人や怪我人を診ていた。橋本の性根を疑ったことを、夫婦して大いに恥じ入ったものだ」

洪庵は話しながら、表通りから路地に折れ入り、裏町へと抜けていった。すると、眼を疑うほど景色が変わり、同時に空気までが一変した。路地を抜けたさきは、屋根の低い長屋がびっしりとならんで、道もひとがやっとすれ違えるほどに狭い。

見渡しても、灯の色はまばらにしかともらず、家も道も暗かった。そして食べ物を煮炊きするにおいや、土や埃のにおい、糞尿《ふんにょう》のにおい、なにか動物の死骸でも腐ったようなにおいが入り混じり、空気がどんよりと濁っている。

ぶんぶんと蠅《はえ》がうるさく飛びまわり、なにか小さな羽虫の群が顔にぶつかってきた。

「わたしは橋本を呼んで、そういうことなら、なにも夜中にこそこそ抜け出していくことはない。白昼にどうどうと出かけなさい、といった。けれども、橋本は明るいあいだは一行でも多く学問をしたいし、そうでなくとも昼間は患者がいないという。弥吉さん、これはどういうことかわかりますかな？」

と洪庵が訊いた。

「えっ？」

いきなりのことで、弥吉は眼をぱちくりさせた。急いで考えようとしたが、むしろ頭のなかが真っ白になった。とりあえず、いいえと首を横に振った。

「わたしもわからなかった。だから、橋本に訊いた。どうして昼間は患者がいないのか。すると橋本がいうのには、こういう場所柄で昼間から家にいるのは、丈夫なくせにごろごろしている怠け者だ。まっとうな者たちは病気でも怪我でも、歯を喰い縛って働きに出るから、昼間はいないのだという。本当に、橋本には教えられることが多かった。こうしたことをじかに見て知っている者が、名君といわれる人物の側近くに仕えることは、世のためにならぬはずがないと思っていたのだが……」

洪庵はそれから何軒か裏店の大家を訪ねて、店子《たなこ》に病人はいないかたしかめ、つぎに木賃宿が運営する救小屋《すくいごや》を訪ねて、体調を崩している者を診てまわった。

弥吉は悪臭に鼻の曲がる思いをしたり、猫の死骸を踏みつけて悲鳴をあげかけたり、その死骸にわいた蛆《うじ》を見て吐きそうになったりしながら、あとをついてまわったが、洪庵はどんな場所でだれに応対しても、つねに物腰が変わらなかった。

やがて日もとっぷりと暮れて、どうやら訪ねるべき場所を一巡したらしい、そろそろ帰れそうだな、と弥吉が見当をつけたころ、通りがかりの男が声をかけてきた。

「先生、ええところで会《お》うた。どうぞうちの長屋を覗いてやっておくなはれ。新八という三十過ぎの男だすけど、昨日の夕方帰ってきて蒲団にもぐりこんだきり、うんともすんともいいませんねん」

洪庵は話を聞き終えるやいなや、その家にむかってすたすたと歩きはじめていた。

二

古びた長屋だった。肩幅よりすこし広いぐらいの路地の左右に、ずらずらと戸口がならんでいる。戸板のない家も多く、かわりに筵《むしろ》を垂らしていた。その筵のひとつをくぐって土間に踏みこむと、まず酸いようなにおいが鼻を突いた。

家のなかは真っ暗で、洪庵が呼びかけても返事はない。

「明かりをつけるぞ。勝手をするが、許せよ」

さらにそう呼びかけたが、やはりうんでもすんでもなかった。

弥吉はさきに部屋にあがり、油皿を探して灯をともした。湿った闇がぽうっと明るみ、足元に蒲団が浮かびあがる。薄汚いしみだらけの蒲団で、まんなかが亀の甲のように丸く膨らんでいる。蒲団のまわりには、脱ぎ捨てた着物や使い古しの手拭い、箸や椀、紙屑のたぐいが散らばり、それだけで家財といえるものはほとんどない。

「どうした、苦しいのか。痛むのか。顔色を見せてもらうぞ」

洪庵は部屋にあがると、枕元の側に見当をつけて、声をかけながら蒲団の端をそっとめくった。

男の横顔があらわれた。手足を竦めて、小さく丸まっている。薄明かりのなかでもわかるほど蒼褪めて、干からびたようにげっそりとやつれていた。

弥吉はふと、その顔に見覚えがあるような気がした。が、はっきりと思い出せない。村のだれかと似ているのだろうか。それとも、ただの気のせいか。適塾に関わるひとのほかには、大坂に知り合いはいない。

いや、御用聞きの政五郎がいるか。弥吉はそう思い当たって、はっと男の顔を見なおした。やはり見覚えがある。その男は弥吉がはじめて大坂に出てきた日、堺筋の雑踏で懐のものを掠め取った掏摸《すり》にちがいなかった。

弥吉は驚きと怒りに身を硬くして、男の顔に見入った。

男が薄く眼を開いた。そう見えたが、もしかすると、ずっと薄眼を開いているのかもしれない。見ているあいだ、男は一度もまばたきをしなかった。口も半開きで、顔全体がひどく強張《こわば》っている。

「新八というのだな？　どうだ、どこが痛むかいえるか」

洪庵が囁くように訊いた。

新八はこたえなかった。眼と口を薄く開いたまま、身じろぎもしない。洪庵がなにをいっても、聞こえてはいないだろう。そう思ったが、どうやら意識はあるらしい。垂れた瞼の奥の眸が、苦痛を訴えているように見える。

弥吉は掏摸への怒りが萎えて、かわりに重病人への哀れみが胸を塞いだ。そして、それとおなじぐらい恐怖心と居心地の悪さが胸の底で騒いでいた。できれば見ずにすませたいものを、むりやり見せつけられているような気分だった。

「いかんな、これは……」

洪庵が呟いたとき、新八がいきなり身体を伸ばした。蒲団が弾《はじ》かれて足元に飛び、弥吉は思わず後退《あとずさ》って、どんと背中を壁にぶつけた。家鳴りするほど、薄い壁が激しく揺れる。

　弥吉は壁に手をついたまま、新八を凝視した。異様な光景だった。新八はぴんと身体を伸ばしたあと、さらに背筋を反らして、海老《えび》のようにそっくり返った。ただ仰け反るだけでなく、満身の力で反り返って固まり、まるで蒲団のうえに太鼓橋を架けたようなのだ。

「弥吉さん、このひとの身体が反りすぎないよう、こっちにきて押さえてください」

　と洪庵が呼んだ。新八の枕元にいて、突然の異変に驚く素振りもないが、早口で語気は鋭かった。弥吉は恐怖心を抑えて、新八に近づいた。話に聞いた狐憑《きつねつ》きのようすにそっくりだ。へたに近づけば祟《たた》られそうな気がする。が、洪庵のまえではさすがにそんなことは言い出せない。

「怖くない、怖くない……」

　口中で繰り返しながら、新八の身体に組みつき、反った背中を伸ばそうとした。

「この病は症状が重くなると、自分の力で背骨を折ってしまうことがある」

　と洪庵がいった。ときおり弥吉と縺れるようになりつつ、いそがしく動いている。新八の強張った筋肉をほぐすために、顔や首筋のつぼを押したり、背中や足腰を揉んだりしているらしい。

「これは、やはり病気ですか」

新八の身体は鋼のように硬かった。弥吉は歯を喰い縛って力を絞り、息継ぎをする合間に訊いた。

「破傷風とみて、まず間違いない。危険な状態だ」

「はしょう、ふう？」

「そう、つぐいと呼ぶこともある。古来、傷に風があたって起きるとされているが、実際には傷口からなにか悪いものが入って、身体のなかで毒をつくるようだ。しかし、詳しいことはいまだ解明されていない」

狐憑きのことなど口にしなくてよかった、と弥吉は息をついた。あやうく無学をさらけだすところだった。

「うわっ」

ほんのすこし伸びた新八の身体がまたぐっと反り返って、弥吉は弾き飛ばされかけた。

力をこめなおし、喘《あえ》ぎあえぎに訊いた。

「このやつれた身体のどこから、こんな力が出てくるんですか」

「これは出そうとして出している力ではない。筋肉が痙攣《けいれん》しているのだ。ひとの身体には、みずからの意思で出せる以上の力が秘められている」

こたえる洪庵も息を切らしている。

気がつくと、二人とも大粒の汗を流していた。洪庵がそれでもいっこうに手を休めようとしないので、弥吉も力を抜くわけにいかない。

やがて新八の身体が温《ぬく》もり、かすかに震えだしたように感じられた。強く押すと強い力が跳ね返ってくるのだが、軽く押すとすこしずつ背筋が伸びていく。と思うと、ふいに脱力して、ぐったりと横たわった。それまでの激しい硬直が嘘《うそ》のようだった。

「ふう、一段落ですね」

弥吉が手を放して汗まみれの顔を拭うと、洪庵は鋭く眼をむけて首を振った。

「いや、安心はできん。いったんこの症状が出ると、またなにがきっかけで発作を起こさぬともかぎらんのだ。さよう、平素なら気にもとめぬ小さな刺激がきっかけになる。その油皿も隅にやって、なるべく灯が揺れぬようにしたほうがよいな」

そう指図して、新八の顔色や目元、口元を仔細《しさい》にあらためる。弥吉は隙間風にさらされにくい部屋の隅に油皿を移した。部屋がいっそう薄暗くなったが、洪庵はそれで満足したらしい。そのあいだに、新八はすこしずつ身体を縮こまらせはじめていた。

「弥吉さん、酒を買ってきてほしい」

と洪庵がいった。

「お酒、ですか?」

「薬を飲ませるのに使う。まず一合もあれば足りるが、それでは売ってくれまいから、五合買ってきなさい。それをとなりの家で竈《かまど》を借りて、温かくして持ってくるように。まさか貸し渋ることもあるまいが、燗酒《かんざけ》を裾分けするといえば話が早かろう」

洪庵は財布を出して、弥吉に金子を手渡すと、ふと思い出したように、

「それからもうひとつ、呉竹《くれたけ》を手に入れてきてほしい。一尺（約三十センチ）ほどの長さで足りるが、できるだけ新しいほうがよい。長町には傘屋が多いから、なんとか見つかるだろう。ただし、ほかの竹ではだめだ、呉竹でなければならん」

「わかりました。酒と呉竹ですね」

弥吉は金子を握り締めて、細い路地に飛び出した。

三

長町には、たしかに傘屋が多かった。旅籠《はたご》と傘屋の町といってもいいほどだ。

これなら探すまでもない。竹の一本や二本、道端にでも落ちているだろう、と弥吉は高を括ったが、傘屋で使うのはおもに真竹で、訪ねた店では呉竹をあつかっていなかった。無知ゆえの見込みちがい。自分の浅はかさに、弥吉は腹が立った。

とはいえ、さいわい二軒目で事情を訊かれて話すと、その店の主人が商売用ではない、趣味の花器をつくるための呉竹をわけてくれた。ちょうどふた節分、一尺ほどの長さだ

った。

弥吉はそれから酒を買って、新八の長屋にもどり、洪庵に声をかけると、となりの家を訪ねた。

そういえば、あれだけどたばたしたのにならびの家からはだれも出てこなかった。もしや留守ではと思ったが、暗い家のなかには四十年輩の夫婦がいた。そして洪庵はまさかといったけれど、竈を借りたいと頼むと、夫婦は露骨にいやな顔をした。不親切というより、このあたりの裏店では焚《た》き付けにも事欠いているらしい。

たしかにさっき表通りまで往復したときにも、あまりの明るさのちがいに弥吉は驚いた。表通りは眩しいほど賑わっているのに、ひと筋ふた筋と裏町に入るにつれて、まるで井戸の底に沈んでいくように、あたりが暗くなるのだ。

この長屋にしても灯の色はまばらで、ほとんどが留守か空き家に見えた。だが油を惜しんで灯をともさずにいることは、弥吉にも察しがついた。いましがたも真っ暗な家から大きな笑い声が響いてきて、ぎょっとしたばかりなのだ。

弥吉は反対隣りの家にいこうかと思ったが、燗した酒を自分たちも呑めるとわかると、夫婦はにわかに愛想がよくなった。このあたりは洪庵のいったとおりで、弥吉が竈と鉄瓶を借りて酒を温めているあいだ、夫婦はそわそわしながら待っていた。

「そうだ、急須も貸してくれ」

弥吉が無遠慮に追加の注文をつけたのは、夫婦が呑まねば損をするとでもいうように大ぶりの湯呑を手にしていたからである。

ずいぶん目減りした徳利を携えて新八の家にもどると、洪庵はそこになにか薬の粉末を溶き入れて、急須に移した。新八の枕元に坐りなおすと、顋のしたに手拭いをあて、半開きの唇に急須の注ぎ口を添えて、

「聞こえるか。これを飲めば、すこしは楽になるぞ」

囁きながら、ゆっくりと薬を流し入れた。

だが新八は顋が固まり、喉にも動きがなかった。薬は口のなかを濡らすだけで、流れ出てしまっているように見える。

「どうした、ひと口でも飲めぬか。すこしずつでよいのだぞ」

洪庵はまた囁きかけたが、広い額を左右に揺らすと、さっとこちらを振りむいて、

「弥吉さん、もう一度隣家にいって、呉竹を——」

いや、わたしがいこう、といい終わるより早く立って、

「あなたは、そこの湯呑を洗って、きれいに拭いて、となりに持ってきなさい」

「これですね？」

と弥吉は床に転がる湯呑を拾いあげたが、洪庵はもう戸口を出ていた。

新八の家には、水甕《がめ》がなかった。それを水汲みに使っているらしい桶にも、汲み溜め

た水はなく、かわりに紙屑が入っていた。

　水も隣家で借りるしかないらしい。いや、井戸で汲むか。夫婦の強欲そうな顔を思い浮かべて、弥吉はため息をついた。

　井戸で湯呑を洗って、となりの家にいくと、洪庵は縦二つに裂いた呉竹を火で炙《あぶ》っていた。ちょうど竹ひごを曲げるときのような仕方である。弥吉に気づくと手招きして、竹のさきからにじみでる汁を湯呑で受けるようにいった。

「この汁を口にふくませると、顔の強張り、なかんずく顎の肉が弛むという。なかば呪いに類するのだが、むかしから伝わる療法には、なぜとはわからぬなりに効き目のあることが少なくない」

　洪庵が割り竹を見つめながらいった。西洋の最新の技術をなにより重んじる蘭方医の言葉とも思えないが、洪庵が口にするとなぜか違和感がなかった。

　脇差で切り落としたのか、割り竹は先端を尖らせてあり、そこから黄色い油のようなものが、ほんのすこし粒になってにじみだしていた。弥吉はその粒が湯呑に滴り落ちるのをじっと待った。

　夫婦は、弥吉のまえではあんなに不躾な態度をしてみせたのに、いまは二人ならんで正坐して、黙って洪庵の背中を見つめていた。

　洪庵がこちらを見て、いくぶん声をひそめ、

「破傷風は原因がさだかでなく、また妙薬もない。できるかぎり発作や痛みを抑えて、あとは患者が自力で治癒するのを待つだけになる」

「はい……」

「そして快復した患者の話を聞くと、たとえば発作のときなど、気を失っているように見えても、はっきりと目覚めていることがあるらしい。それゆえ、まわりのようすもわかっているし、なにより逃れようもなく苦痛に苛《さいな》まれるという」

惨《むご》い病だ、と洪庵はその身が苛まれているような悲痛な表情をした。

弥吉も思わず顔をしかめた。あの太鼓橋のように身体の反った状態で、鮮明に意識があるとすれば、どれほどの苦しさだろう。洪庵が手当てしながらしきりに話しかけていたのも、やはり新八に意識があると考えていたからにちがいない。年寄りのひとりごとみたいなものかと思っていたが、とんでもなかった。自分こそうっかり狐憑きなどと口にしなくてよかったと、あらためて思う。

「よし、これだけあればよかろう」

洪庵がうなずいて、きっと口を引き結んだ。立って夫婦に礼をいうと、夫婦もかしこまって辞儀をする。洪庵には、たしかに威厳がある。だがそれよりも医者としての真剣すぎるほどの気構えが、夫婦にそうさせるのかもしれない。

「すまぬが、長屋の者に声をかけて、交代でとなりのようすを見てやってほしい。ひとからひとにうつる病ではないから、その点は心配せずともよい。みなもなにかと忙しかろうが、この二、三日が峠の病人だ。どうか、よろしく頼む」

洪庵が深々と頭をさげ、夫婦がまた辞儀をする。驚いたのは、弥吉が頭をさげると、夫婦がこちらにもていねいに辞儀を返したことだった。この先生のお供ならと、こちらを見る眼が変わったらしい。

四

呉竹からとった汁を口中に垂らし、顎の肉を揉みほぐしていると、しばらくして新八が一度まばたきし、つぎに唇がわずかに動いて、低い呻《うめ》きを洩らした。

「苦しいか。こらえろよ、じきに楽になるぞ」

洪庵は薬酒の急須を新八の口元に添えて、ゆっくりと流し入れた。すると、こんどは新八の顎が揺れて、ときおりこくりと喉仏が動く。これは、と思って見つめていると、新八の顔からしだいに強張りが取れて、小さく固まりかけていた身体もまた脱力しはじめた。

洪庵は蒲団を深くかけなおして、大丈夫だ、よくなるぞ、と囁きかけた。

「さあ、安心して眠るとよい。眠るのが一番の養生だ」

蒲団のなかから、くぐもった声がした。うわごとのようにおぼつかないが、ありがとうございますと、新八がこたえたように聞こえた。

洪庵が広い額に手をあて、息をつきながらさすった。皺深い手の甲と細い指に、さすがに疲れが見える。弥吉も声を立てないようにして、太いため息をついた。医者もけっこう重労働だな、と驚いている。

灯を消して新八の家を出ると、さきに出た洪庵がすぐそこで立ち往生していた。男が二人、狭い路地を塞いでいる。長屋の住人かと思ったが、そうではないらしい。まえにいる背の高いほうの男が、顎をはすに傾けて洪庵を睨《ね》めまわし、鋭く舌打ちした。

「なんじゃ、医者かい。新八のがき、風邪でも引きさらしたか」

するると、うしろの男が首を突き出して、

「ちょうどええがな。おかげで家におるんやろ」

「ああ、今日は無駄足を踏まずにすんだな」

「そうや、今日という今日は逃がさんで」

「待ちなさい。あなたがたは、新八さんを訪ねてきたのかな」

と洪庵が訊いた。

「ああ、そうや」

と背の高い男がうなずき、うしろの丸顔の男がけけっと笑い声をあげた。

「聞いたか、新八さんとよ」

「それなら、訪ねるのは日をあらためてもらおう。新八さんはいま風邪でなく、重い病で臥せっている。ひとに会える容態ではないのでな」

と洪庵がいうと、背の高い男が威《おど》すように一歩踏みだして、

「病気なんぞ、どうでもええんや。それより、こうして医者に診てもうてるってことは、新八のがき、今日は金を持ってけつかんねやろ」

「そうじゃ、生意気に医者なんぞ呼びくさって。そんな金があったら、わしらに返さんかい」

と丸顔の男がまた首を突き出す。

「わたしは呼ばれてきたのではないし、金を受け取ってもいない。それに見たところ、この家にはいま一文の銭もあるまい」

と洪庵は新八の家のほうに手振りして、

「あいにくだが、借銭を取り立てにきたのなら、やはり無駄足だったな」

「このやぶが、嘘ぬかせ。どこの国に、ただで病人を診る医者がおるんじゃ」

丸顔の男がわめき、背の高い男が荒っぽく洪庵の肩を突き飛ばした。

「どけや。金があるかないかは、当人を締めあげたらじきにわかるわい」

洪庵は壊れた扉のようにかくんと横をむいたが、急いで身構えなおすと、

「ひとに会える容態ではないというておろう。まして締めあげるなどと、病人を殺すつもりか」

「ああ、金が返せんなら、いまここで締め殺して決着にしてもええな。そのほうが、いっそせいせいするわい」

「ばかな。そんなことはさせんぞ」

洪庵が語気を厳しくしたので、背の高い男も身構えた。

「おう、爺さん、やる気かい」

と半歩退いたのは、洪庵が脇差を帯びていたからである。

だが洪庵は腰の物には指も触れず、ただ胸を張って男のまえに立ちはだかっている。

弥吉は進み出て、洪庵と男のあいだに割って入ろうとした。すると、うしろにいた丸顔の男が、思いがけない素早さで路地端をすり抜けてきて、弥吉に組みつくなり鳩尾《みぞおち》に拳を突き入れた。

弥吉は激痛とともに息が詰まり、腹を抱えてうずくまった。さらに、間髪を入れず、男の足が顔面に飛んできた。弥吉は蹴倒されて路地に転がり、流れ出る鼻血にまみれながら身もだえた。

「やめなさい、なんとひどいことを」

と洪庵が振りむいて、弥吉に大丈夫かと声をかけ、また男たちにむきなおって、

「どうしてこんなことをするのです。暴力を振るって、いったいなにが解決しますか」

「さあな。ひとを殴るとき、いちいち難しいことは考えへんからな」

と丸顔の男が嘲笑《あざわら》い、背の高い男が声を凄ませた。

「爺さんも引っこんどかんと、このがきとおんなじ目に遭うで」

洪庵は二人に挟まれる恰好《かっこう》になったが、わずかも臆する気配がなかった。痩せた胸を張って、新八の家のまえに立ちはだかり、

「なんといわれようと、患者には会わせない」

「そうか、爺さん。ほな、とめてみいや」

背の高い男がいうなり、洪庵の腹を殴った。

「げっ……」

洪庵が潰れた息を吐いて、前屈《かが》みになる。その背中を丸顔の男が突き飛ばし、洪庵は二人のあいだに膝をついた。両手で腹を押さえながら、それでも、声を絞り出した。

「これで気がすんだでしょう。さあ、もうこんな無益なことはやめて、早く帰りなさい」

「このくそ爺、手加減してやったら、まだ寝言をぬかしてけつかる。そうまでいうんやったら、骨の二、三本もいわしたろかい」

男たちが拳を振りあげたとき、からんころん、と甲高い音が路地に響いた。

二人が振りむいたさきに転がっていたのは、大ぶりの鈴だった。神社で見かけるような大きさで、焦茶色に錆《さ》びている。本物かどうかはともかく、いかにも場違いな品物だった。

だが二人の眼が引きつけられたのは、鈴にではなかった。路地の左右にならぶ人影にだった。明かりのともる家からも真っ暗な家からも、住人が出てきて戸口にたたずみ、静かにこちらを見ている。

「なんじゃい、おまえら、文句あるんかい！」

背の高い男が吼《ほ》えあげた。けれども、人影はぴくりともしない。声も出さず、動きもせず、じっと二人を見つめている。

「文句あるやつは、こっちにこいや。たっぷり可愛がったんで」

丸顔の男がわめき、背の高い男がさらに吼える。

「おい、さっさと家に引っこんどけ。このくそがきどもが、おまえらもいてまうぞ！」

人影はなおも動かない。ただ険悪な気配だけが、じわじわと路地を満たし、二人の周囲を取り巻いていく。

「なんじゃい、やるんかい。くそっ、うんともすんともぬかしやがらん、おかしな連中やで」

背の高い男が毒づいたが、いくぶん声が低くなっている。

「こら、こっち見んな。さっさと家に入らんかい。わしら、おまえらには用がないんじゃ」

丸顔の男の声にも勢いがない。

二人を取り巻く険悪な気配は、いっそう濃く冷たくなっていく。

「くそっ、なんかいえや！」

丸顔の男が怒鳴ったが、返事はない。

「もうええわい、今日のところは見逃したら」

と背の高い男が仲間に目配せした。丸顔の男がすぐにうなずいて、

「ああ、しゃあないな」

二人はいい合わせたように着物の裾をぱんと払うと、踵《きびす》を返して肩で風を切りながら路地を出ていった。

弥吉はすぐには立ちあがれなかった。鳩尾の奥が激しくうずき、血まみれの鼻が焼けるように痛い。ようやく身体を起こしたときには、路地端にならぶ人影はもはや消えていた。しんと静まる暗がりのなかで、洪庵がなおも苦しげに身体を折り曲げている。

弥吉は立って、口のまわりの血と泥を拭いつつ、洪庵に歩み寄った。力なく丸められた肩に手をかけながら、横から顔を覗きこむ。

「先生、大丈夫ですか？」

「ええ、大丈夫。ただの打撲、しばらく待てばおさまる痛みです……」

洪庵はそうこたえながらも、仁王のようにゆがんだ眉根が弛まない。

「いや、そうは見えません。なにか手当てをなさったほうが」

「本当に大丈夫。それより、新八さんの薬、ほら、あの薬酒の残りをとなりの夫婦にあずけてください。明日の朝、温めなおして患者に飲ませてやるようにと。ああ、それから、酒と思って飲まないよう釘も刺して。たっぷり薬が入っているから、病気でない者が飲むと、かえって毒になると」

五

洪庵は腹の痛みがおさまると、いったん歩きだしたが、表通りに出るまえに、こんどは腰が砕けたようにうずくまり、そのままぺたんと尻餅をついた。腹を殴られたことが呼び水になって、さまざまな疲れまでがいっきに噴き出したらしい。

弥吉は町駕籠をつかまえて、洪庵を乗せ、やっとのことで帰途についた。

もうずいぶん夜が更けていて、堺筋は灯の色が減り、通行人もまばらだった。駕籠舁《かごかき》もこれで仕事をあがりにするつもりなのか、足が速い。弥吉は息を切らしてあとを追いかけたが、疲労に呑みこまれた洪庵は荒っぽく揺れる駕籠のなかでもうとうとしているようだった。

「おお、弥吉くんやないか、探してたんやで」

そう呼びかけられたのは、日本橋を渡ってまもなくである。御用聞きの政五郎が、まえから小走りに近づいてきた。

「適塾に寄ったら、先生がまだ帰らんとみんなが気を揉んでるさかい、ひょっとしてと思うてこっちにきてみたんやが、やっぱりそうか、長町まで足を延ばしてたんやな」

「ええ、難しい患者がいたり、ひと悶着《もんちやく》あったりで、こんな時分になってしまって」

「なるほど、それで先生もくたびれて、めったに乗らん駕籠に乗ってはるわけや」

政五郎は手振りで駕籠舁に足運びを緩めさせ、弥吉とならんで歩きはじめた。お疲れさまですなと声をかけながら、駕籠脇の垂れの端をつまんでなかを覗いたが、案の定、洪庵は居眠りしていた。

政五郎は苦笑を浮かべてこちらをむいたが、ふと弥吉の顔を見なおして、

「なんや、顔に血がついてるやないか。おまけに腫れてきてるんとちがうか。さっきいうてた悶着とは、なんのこっちゃ」

弥吉が新八の家にきた二人組の話をすると、政五郎は見るみる人相を険しくした。

「どうせ博奕《ばくち》の借金の取り立てやろ。先生がそんな連中の相手をすることはあれへんのや」

弥吉は新八が掏摸であることを、政五郎にはいわなかった。せっかく苦労して治療した患者が縄をかけられるかと思うと、告げ口する気にならなかったのだ。はじめに新八の顔を見たときには怒りがこみあげて、こんなやつは放っておけばいいと思ったぐらいなのに、われながらふしぎな心境の変化だった。

「それで、先生はほんまに大丈夫なんか」

「ただの打ち身だから、じきに痛みはおさまると、そうおっしゃってました」

「そうか、先生が自分でそう診立ててはるなら、まず間違いないやろうが。で、そっちはどうや、かなり手酷うやられたようやな」

「これぐらいは大丈夫。もっとひどい喧嘩もしたことがありますから」

「村でか？　まあ、若いからな。それにしても、これは隠すこともできんし、塾に帰ったら大騒ぎになるやろな」

政五郎のいうとおり、洪庵が帰宅して、長町の長屋での顛末が知れると、適塾は蜂《はち》の巣をつついたような騒ぎになった。

弥吉は足蹴にされた鼻柱に湿布をしてもらいながら、若先生の緒方拙斎から事情を訊かれ、そのあとも塾頭の柏原学介を筆頭に塾生たちが押しかけてきて、何度もおなじ話をさせられた。それから粂吉と女中たちにも訊かれたが、こちらはもっと詳しくしゃべれと雑巾のように絞られた。

なにしろ肝心の洪庵が帰宅するなり床についてしまったから、弥吉が引っ張りだこになるのは当然のなりゆきだった。大騒ぎというのは、こうして台風のように中心を除いて周囲をぐるぐる渦巻いていたわけだが、その状況は翌朝になっても変わらなかった。洪庵はふだんよりすこし遅めに起きただけで、あとはだれになにを訊かれても、

「はい、大丈夫です」

とこたえるばかりだった。みなが心配すればするほど、騒ぎは空回りした。洪庵は自分が気遣われることを避けながら、むしろ他人を気遣った。朝の仕事が一段落すると、弥吉を書斎に呼んで頭をさげたのだ。

「昨日はすまなかったね。ひどい目に遭わされていたのに、顔の具合ひとつ診てあげることもできなかった。それどころか、こちらの面倒までみさせてしまったのだから、まったく医者として恥ずかしいかぎりだ」

弥吉は慌てて首を振った。

「いえ、わたしこそあの連中をとめることができず、道に這いつくばって、先生が殴られるのを眺めていました。供として、面目次第もありません」

「ふむ、するとおたがいさまかな」

「そういってよければ」

「では、たがいの恥を差し引きして、このことはもう忘れるとしよう」

と洪庵が微笑《ほほえ》んだとき、襖のむこうで声がした。

「失礼します」

洪庵はおやという顔をした。柏原塾頭の声だった。弥吉が立ちあがろうとするのを手振りで抑えて、どうぞとこたえた。

襖がすっと開いて、柏原が頭をさげた。

「よろしいですか」

「ええ、入りなさい」

許されると、柏原は書斎に入り、居住まいをただした。弥吉には見むきもしない。ふだんとは別人のように硬い表情、強張った所作をしている。

「申しあげたいことがあります」

「聞きましょう」

洪庵が広い額を揺らして鷹揚《おうよう》にうなずく。すると、柏原はむしろ口ごもって、

「いささか不躾にはなりますが……」

「かまいません」

「では、申しあげます。今後、長町への往診をお控えください。長町だけではありません。聞くところでは、天満橋下などに暮らす貧者のもとにもみえられるそうですが、先生にはそうしたことをいっさいおやめいただきたいのです」

「ふむ、昨日のことで心配をしてくれているのだね。それはありがたいが、町に出るのを怖がっていては、医者はつとまらない」

「いえ、先生は日ごろの往診にはじまり、種痘や各種療法の普及、またご自身の研究や翻訳、われら塾生の指導などで、すでに手一杯のごようす。ですから、今後、長町などへの往診は、われらにおまかせ願いたいのです」

「ということは、塾生どうしで話し合って決めたのかな」

「はい、わたしと塾監、最上級、上級の者が集まりまして」

「なるほど」

と洪庵は眼を細めて、

「あなたがたが長町に往診にいくのは、大いにけっこう。ひとの役にも立ち、あなたがたも学ぶところがあるでしょう。しかし、わたしにいくなといわれても困る」

「いえ、このことは、きっとお願いします」

柏原はまえのめりににじり出て、まっすぐに洪庵を見つめた。

「じつのところ、昨日のようなことが起きぬかと、われらはかねてより危惧《きぐ》しておりました。無償で貧者を見舞われる、その篤志には敬服もし、賛同もいたしますが、ご自身でむかわれるには剣呑《けんのん》な場所もありましょう。先生はご双肩に蘭学、蘭方の隆盛を担われております。大事なお身体になにかあっては、それこそ取り返しがつきません」

するとふいに洪庵の表情が変わった。

「柏原さん、あなたは患者の命より、わたしの命のほうが大切だというのですか」

書斎の空気が急激に張りつめた。

柏原がはっと息を吞んだ。一瞬、耳まで真っ赤になり、それからすうっと蒼褪める。

「失礼いたしました」

畳にぶつかるほど頭をさげると、柏原はそのまま這いさがるように書斎を出た。

襖が閉まると、弥吉は細く息をついた。あの一瞬、弥吉も息を詰めずにはいられなかったのだ。洪庵の表情はそれほどに厳しく、語気はそれほどに鋭かった。そして、その余韻はまだはっきりと部屋に残っている。

弥吉はそっと洪庵の顔色を窺った。あれはこの人物がはじめて見せた怒りだったのか。

弥吉は咄嗟にそう思ったのだが、ほとんど同時に、そうではないと感じていた。いまあらためて窺い見ると、洪庵は腕組みして、じっとうつむいていた。まるで水の底に沈んだなにかを見つめているようだった。首をかしげて、腕を組みなおし、ちらと眼をあげると、呟くようにいった。

「弥吉さんは、わかりますね？」

六

粂吉がこちらに背中を見せて、壁際に置いた行李《こうり》に手を突っこんでいる。いったいなにをごそごそやっているのか、弥吉が立ちあがって覗きにいこうとすると、粂吉はたちまち行李に蓋をして、くるりと振りむき、思い入れたっぷりにいった。

「それは、難問やなあ」

ろくに話など聞いていないように見えたが、そうでもなかったらしい。弥吉は行き場を失《な》くしてしまい、飲みたくもない茶を汲んで、もとの場所に坐りなおした。

べつに是が非でも行李の中身を見たいわけではないし、粂吉も徹底して隠しているわけではない。行李はごくあたりまえの品で錠がついているわけでもないから、弥吉がひとりのときにこっそり覗こうと思えば覗けることは、粂吉もわかっている。隠すというより、眼のまえで中身を見られるのがいやなのだろう。

「難問中の難問やで。『わかりますね？』といわれても、そもそもなに訊かれてんのかわからんのやさかい、御釈迦《おしやか》さんでもこたえようがないわ」

と粂吉は真顔で冗談をいって、

「けど、先生がそういう言い方をするのはめずらしいな。だいたいあのひとは右なら右、左なら左と、はっきりものをいうほうや。医学のことなんか、わかりやすう説明しすぎて、大雑把やとか、適当やとか、医者仲間に陰口を叩かれるぐらいやさかいな」

これはまえの塾頭さんに聞いた話やけど、と条吉はいった。たとえば蘭書を翻訳するときでも、洪庵はほかの蘭学者や蘭方医とは取り組み方がちがう。翻訳は原書を読めないひとのためにするものだ、という姿勢を貫いているのだ。

これはあたりまえなようで、実際には稀有《けう》なことだった。ためしに翻訳書を手に取れば、すぐにわかる。あの本もこの本も読みやすさなど一顧だにされていない。

江戸に杉田成卿という蘭学者がいたが、このひとの訳文など恰好の例だった。成卿は杉田玄白の孫で、幼いころから秀才の誉れが高く、儒学を萩原緑野に学び、蘭学は坪井信道についたというから、洪庵と同門になるが、翻訳にあたる姿勢はまるでちがう。

成卿はとにかく原文に忠実で、一字一句をおろそかにせず訳す。その文章は高尚で洗練をきわめ、熟読を繰り返しても興味のつきない名文だが、反面、一度や二度読んだだけでは容易に理解できない。

一方、洪庵は大意をくむことを重んじて、こまかな字句にかまわない。中身のない美辞麗句を嫌い、ときに俗臭を帯びることもおそれず、豪放磊落《ごうほうらいらく》ともいうべき大胆さで、むしろ難解な原書を平易な文章に訳してしまう。

「成卿先生の訳文の難しさは、ここの最上級生がぼやくぐらいやから折紙つきや。立派な文章なんはようわかるけど、なに書いてあるかはさっぱりわからんてな。ひきかえて、うちの先生が訳した文章は、ものによってはわしでも勘所がつかめるのやさかい、これはあほでも読めるわかりやすさや」

訳書のなかには文中に無用の難字を羅列するものがあるが、これは原文に拘泥して無理に漢字をあてはめるからである。また、その結果、訳文と原文を対照させなければ字句の意味がつかめないようでは、訳書を発行する意味がない、というのが洪庵の考えらしい。

「そらそうやろう。いちいち原書と照らし合わせて、辞書を引いて、ああ、なるほど、こんな蘭語にこういう漢字をあてはめてるんかと唸ってたら、なんのために訳書があるのかわからへん。ところが、世間ちゅうのは、ふんぞり返ってお経をさかさまに読んでるみたいなことをいうやつのほうを、妙にありがたがったりするからな」

「で、そのてのひとたちが、先生の陰口をいうと？」

「緒方洪庵という医者は、ほんまはあんまり蘭語が読めんのとちがうか、病気のことがわかってへんのとちがうか、とかいうてな。まあ、先生はなにをいわれても、いっこう気になさらんが」

「ふうん……」

「とにかく、先生はそんなふうに実質本位なところがあって、中途半端なことはめったにいわんわ。そやさかい、そのときはなんぞよっぽど気になることがあったんやろう」

「いま考えると、やはり先生の命か患者の命かという、あの話についてにちがいない気がするけど」

と弥吉はあの一瞬の緊迫感を思い返した。

「ああ、どっちの命が大切かという問答やな。なるほど、話の流れからしたら、それしかなさそうや。それで先生の口ぶりでは、自分のほうが大切に思われるんはおかしいと、そう考えていなさるようやったんやな」

「ええ、たぶん。塾頭も失礼しましたと頭をさげて、そのまま書斎を出ていったし」

「しかし、それがまたわからんな。まあ、患者にも金持ちやら学者やらいろいろおるから、医者とどっちが大事とはいちがいにいえんやろうが、この話は洪庵先生と場末の裏長屋の患者を比べてるんやろ。そんなもん、指を咥《くわ》えた子供に訊いたかて、コーアンチエンチェーとこたえるで」

「まあ、そうでしょうね」

ましてその患者が掏摸となれば、人間としての価値はもはや比ぶべくもない。むしろ話が逆で、そんな手合いと同等にみなされて洪庵が怒ったというほうがよほどにわかりやすいし、それであたりまえに思える。

「場末の患者どころか、わしと比べても、そうや」

と粂吉はいった。

「わしが死んでも、世の中はなにひとつ変わらんけど、洪庵先生が死んだら、困るひと、悲しむひとが、ぎょうさんおるわ。これこそ命の値打ちの差やないか。先生は大坂の宝、いや、この国の宝や。な、そうは思わんか」

「えっ……？」

弥吉はふと胸に痛みを覚えた。ちくりと刺すほどの小さな痛みである。だがその思いがけなさが、弥吉を戸惑わせた。洪庵はもちろん重要な人物にちがいない。だからこそ弥吉は適塾にきたのだし、だからこそ情勢しだいで命を奪わねばならないのだ。

おれはいまどんな顔色をしたのか、と弥吉は鏡を見るように粂吉の表情を探った。

刺客

一

緒方洪庵が体調を崩して、四日ほど床に臥せった。

長町での暴力沙汰のためだ、やはり貧者への往診は控えるべきだ、という声がいやでも聞こえてくるだろうと思われたが、実際にはそういうことを口にするのは入門して日の浅い塾生や下級生ぐらいで、しかもその声は気にならないぐらいに低かった。

ほとんどの塾生は静かに洪庵の容態を案じ、快復を念じていた。

そのあいだ、緒方拙斎がおもに代診を受け持ち、お供には塾生を同道するため、弥吉が呼ばれることはなかった。洪庵でなければ同行する意味がないから、弥吉としてもそのことに不満はなく、本業の下働きに汗を流した。ついでに、粂吉のおしゃべりもたっぷり聞かされた。

ただあの新八という掏摸のことは気になった。懐中物を掠め取った男のことを心配するのもばからしいが、気になるものはしかたがない。無事に峠を越えただろうか。となりの夫婦はちゃんと薬を飲ませてやっただろうか、と手があくたびに考えてしまう。

だからその日、塾頭の柏原学介に声をかけられたとき、弥吉はほかのなにを思うよりも、まずしめたと胸裡で呟いたのだった。

「わかりました、長町の患者の家まで案内すればいいんですね」

「そうだ、頼めるかな」

「大丈夫です。道は憶えています」

「じゃあ、若先生には、わたしが話しておくから、すぐに支度をしてほしい」

弥吉はさっそく外出の支度をして、といっても、尻絡《しりから》げしていた着物の裾をおろして、衿元と帯の具合をととのえただけだが、それから粂吉に声をかけると、玄関脇で柏原が出てくるのを待った。

柏原も急いで支度をしたらしい。鬢の髪を撫でつけながら階段を降りてきて、脇差をぐいと腰間に納めなおし、弥吉に薬箱を手渡すと、厳しい顔つきで歩きだした。洪庵はだしのいっさんな出立ぶりである。弥吉は慌ててあとを追った。

堺筋はもう真夏の暑さだった。もはや日暮れに近いころなのに西日がぎらぎらと照りつけて、頬を焼かれる感触などは、かえって昼間の日射しより分厚くてしつこい感じがした。

適塾を出てから、柏原はひと言も口をきかなかった。案内が必要なのは、長町についてからになる。そこまでの道はよく知っているのだろう、さきに立って足早に歩いていく。

柏原は背が高くて、端正な顔立ちをしている。すれちがう女が横眼《よこめ》を流すほどだ。そのうえ人柄は快活で気取りがなく、さらに抜群の俊才だから、弥吉も近ごろは一目置かざるを得ないほかに、いくらか憧れるような気持ちがなくもない。

その塾頭がひたすら苦い表情をして黙然と歩いている。弥吉は最初、ひどく苛立っているようだと見ていた。だが雑踏をついて歩くうちに、塾頭はなにか悔やんでいるのではないかという気がしてきた。ときおりぽろりとこぼれる怒りの気配が、すべて内側をむいているように思えるのだ。

「弥吉くん、先生がどのような治療や処方をされたか憶えているかな」

柏原が振りむいて訊いたのは、長堀橋を渡ってすぐのところだった。

「はい、詳しいことはわかりませんが、見聞きしたことならだいたい」

弥吉はうなずいて、新八の病状について洪庵がいっていたことや、薬を溶かした酒や炙った呉竹の汁を飲ませたことなどを話した。

「たしか呉竹の汁については、呪いのようなものだとおっしゃっていましたが」

「しかし、効いたわけだ」

「はい、そんなふうに見えました」

「なるほど……」

呟くようにいって、柏原はまた黙りこんだ。つぎに口を開いたのは、長町の通りにさしかかってからである。もっとも、このときはぼそりとひと声洩らしただけだった。

「では、案内してくれ」

弥吉は灯のともりはじめた通りを見渡した。活気と華やかさに満ちた景色は、その裏通りに落ちる影の濃さを知ると、なにかつくりものめいた冷たさを隠しているようにも思える。

「こちらです」

見覚えのある角を弥吉は曲がった。裏町の深みに足を踏み入れていくにつれて、いっきに日が暮れてきた。そこは良くも悪くも、つくられた明るさのない町だった。似たような裏店がひしめいているせいで、弥吉は一度迷いかけたが、なんとか目当ての長屋を見つけて、細く薄暗い路地に入った。

「このまえより、輪をかけて静かだな……」

弥吉は眉をひそめ、耳を澄ましながら歩いた。働きに出ている連中がまだ帰ってきていないのか、灯の色がいちだんととぼしく、話し声も聞こえない。

「この路地で、やくざ者と揉み合いになったわけだ」

と柏原がいった。声は低いが、吐き出すような響きがあった。

「そうです。揉み合いというか、手もなく殴られただけですが」

弥吉はため息をついて、三軒先の家を指さした。

「あの家です。なかのようすをあらためてきます」

「そうだな、頼む」

弥吉は小走りに近づいて、戸口に垂らされた筵をめくると、そっと土間に足を入れた。わずかな刺激が強烈な発作を引き起こしかねないと、洪庵に教えられたのを思い出している。

家のなかは路地よりさらに暗く、戸口からぼんやりと流れこむ黄昏《たそがれ》の光をたよりに、弥吉は眼を凝らした。だがこのまえ見た亀の甲のような蒲団の小山はなかった。いや、蒲団だけでなく、床に散らかっていた所帯道具やごみ屑のたぐいもない。

家を間違えたか、と弥吉は首をかしげた。何軒目か勘定しながら路地を歩いてきたが、これだけ薄暗いと数えそこねてもおかしくはない。

弥吉は路地に出ると、勘違いしたようだと柏原に頭をさげて、となりの家の戸口にまわった。その家は筵を巻きあげていて、なかを覗きこむと、暗いなかに男がひとり寝そべっていた。

「新八か……？」

弥吉の囁き声に、ふうんと鼻を鳴らしながら、肘枕から顔を起こしたのは、このまえ竈を借りた家の亭主だった。やはり家を間違ってはいなかったのだ。

「憶えているか、このまえきた――」

弥吉がいいかけると、亭主は太い声をかぶせた。

「ああ、あの医者のお供やな」

「となりの家のことを訊きたいのだが」

「新八やったら、死んだで」

弥吉は絶句した。一歩、よろりと踏み出して、

「どうして？」

「なにいうてんねん。病気やったからに決まってるやろ」

「…………」

「いうとくが、あずかった薬はちゃんと飲ましてやったで。けど、こっちもつきっきりで面倒を見てやるわけにはいかんからな。一昨日《おととい》、仕事にいくまえに覗いたら、息せんようになってたわ」

「一昨日……」

「おまえらがちんぴらに小突かれて、どっかに逃げ隠れしてるあいだに、死んでしもたんや。けどまあ、手遅れでも、とにかく今日はようきたな」

「どんな容態だった？」

路地で話を聞いていたのだろう、柏原が土間に踏みこんできた。

「なんや、あの先生とちがうんかい。まあ、病人はもうおらんさかい、どっちでもええけどな」

「患者の容態はどうだった。一昨日、一昨昨日《さきおととい》のようすは？」

「いまさらそんなこと聞いてどうすんねん。わしら貧乏人が死のうと生きようと、おまえらはどうでもええんやろ。くそっ、おまえらの酒なんぞ呑むんやなかったわい」

亭主は言い捨てると、ごろりと寝返りを打って、こちらに背をむけた。

「………」

柏原は言葉を探しているのか、それとも抑えているのか、唇を浅く噛んでいた。弥吉はその腕に手をかけ、土間から路地に引っ張り出した。

ちょうどそこに女房のほうが帰ってきた。弥吉と柏原の顔を見くらべると、

「じゃまや、どいてんか。ここは、あんたらみたいなんが道楽でくるところやない。病人でのうても、みんな一日一日、生きるか死ぬかの暮らしをしてるんや。面倒なことは放っといて、親切面だけしたいなら、すたすた坊主にお布施でもやっとき」

二

「先生は、そんなひとじゃない」

柏原塾頭が唸るようにいった。手酌で杯を満たすと、そんなひとじゃないんだ、と繰り返して、ぐっと呷る。すでに半升余り呑んで、端正な顔が真っ赤に染まっている。長町の裏店から、二人はずっと無言で過書町の手前まで帰ってきた。だが柏原がふいに酒を呑もうといって踵を返し、難波橋に足をむけたかと思うと、くだんの牛鍋屋に直行して煤けた腰障子を開いたのだ。

ぐつぐつ煮える牛肉の脂のにおいに、弥吉はあいかわらず辟易《へきえき》していた。さきに酔っぱらわれてしまうのも、まえにきたときとおなじで、この店とはどうも相性がよくないらしい。

「なあ、弥吉くん、わたしはなんてことをしたんだろう」

柏原が身を乗り出して、弥吉に眼を据えた。酔った顔が、鍋の熱気でいっそう赤くなる。近くで見ると、柏原は白眼の隅まで赤く染まっていた。

「さっきもそういわれてましたが、それはいったいなんの話ですか」

弥吉は上目遣いに訊いた。

「なんの話？　きみもそうやって、わたしを責めるのか」

「責める？　いや、それこそいよいよなんのことか」

「ああ、弥吉くん……」

柏原は火照った顔をうしろに引くと、天を仰ぐようにして、いっきに盃を呷った。

「ほんとは、わかっているんだろう」

またこれか、と弥吉は舌打ちした。なにを話題にしているかもわからないのに、わかっていると決めつけられる。相手が洪庵ならともかく、酔っ払いの塾頭なら遠慮することはない。

弥吉は大きく左右に首を振った。

「いいえ、わかりません。なんのことを話しているのか、これっぽっちもわかりません」

すると、柏原は信じられないという表情で、弥吉の顔を見なおして、

「決まっているじゃないか、あの夫婦のことだ」

「さっきの長屋の？」

「そうだ、かれらのいったことを聞いたろう。わたしは洪庵先生の身をあやぶむあまり、救えたかもしれない患者を死なせてしまった。そして、先生がこれまで築きあげてきた信頼をいっきに崩してしまった。取り返しのつかないことを、ふたつもしでかしたんだ」

「けど、往診にいけなかったのは、先生が身体を悪くされたからでしょう。あの夫婦が文句をいう気持ちはわかるけれど、八つ当たりの気味がありますよ」

新八が助かる患者だったかどうか、弥吉にはわからない。一度手当てをしたきり、放

り出す恰好になってしまったのはたしかだが、そのことで洪庵を責めるのはやはり的外れというものだろう。

新八の治療に手をつくせなかったことは、だれより洪庵が不本意に思っているはずだ。あの夫婦も文句があるなら、やくざ者のほうにいうべきなのだ。

「たしかに、そうかもしれん。先生が体調を崩されたのは、不幸な巡り合わせだった」

柏原は煮え立つ牛鍋を睨むように見つめている。

「しかし、それをいいことに、わたしは長町での出来事を頭の隅に追いやって、この数日、代診にいくこともなかった。貧者の往診には、われらがいくといっておきながらだ。そうして忘れたふりをするあいだに、なにもかも手遅れになってしまった。取り返しのつかないことになってしまったんだ」

「それは考えすぎですよ。そこまで責任を背負《しょ》いこまなくても……」

弥吉はいいさして、ふと自分の手を見た。石のように硬かった新八の身体の手触りが、にわかによみがえってきた。

薄暗い長屋の部屋。太鼓橋のように激しく反り返る新八と、それを懸命にほぐそうとする洪庵。弥吉もあのときは自分の使命も立場も忘れて、ただもう必死に洪庵を手伝った。思い出せるのは、身体の火照りと、息の切れる苦しさ、握力のつきた手の痺れ、だらだらと流れる汗。そして、眼の端に映る洪庵のいそがしい動き。洪庵はただ新八を助けたい一心で、老体から満身の力を振り絞っていた。

そうだ、と弥吉は拳を握りかためた。新八の身体がいかに激しく硬直しても、この手にはまぎれもない命の温もりや力が感じられたのだ。ところが、その命はもはやこの世にない。柏原のいうとおり、忘れたふりをしているあいだに、脆《もろ》くも失われてしまったのだ。

だが忘れようとしたのは、柏原ひとりではない。拙斎やほかの塾生たちもおなじだろう。そして、もうひとり、と弥吉は思う。おれも気にはしていたけど、なにもしなかった。

「どうした、弥吉くん、顔色が悪いぞ。ちょっと呑みすぎたんじゃないか」

柏原がにわかに医学生らしい口ぶりでいった。だが顔色なら柏原のほうがよほどおかしいし、気分が悪くなるのもきっとむこうがさきだろう。

「いいえ、なんでもありません」

「そうか、なんでもないか。しかし、きみも平気な顔などしていられないわけだな」

「そう見えるなら、そうかもしれません」

弥吉は盃をつまんで、ぐいと呷った。柏原に劣らず、酔いたい気分になってきている。

「いや、もちろんそうだろう。先生も、きみのことは……」

柏原は身体を左右に揺らしながら、ひとり勝手に納得している。

「柏原さん、ひとつ訊きたいことがあります」

「なんだ、あらたまって。いまさら遠慮でもなかろう」

「洪庵先生のことですが、このまえから気になっていて」

弥吉は先日の洪庵と柏原の問答について訊こうとしたのだが、柏原はあらぬほうに早合点して、とんと飯台を叩いた。

「江戸行きのことだな。それなら、先生もいよいよ覚悟を決められたようだ」

「えっ？　それは、どっちにですか」

「どっちに、とは？」

「江戸にいく、いかないの、どちらに決めたのですか」

「覚悟を決めたといえば、いくほうに決まっているだろう。ああしたお方だから、有難迷惑な話だと、こちらがぎょっとするようなことを平然と口にされていたが、どうやらその話が断り切れぬところまできてしまったらしい」

「断るのは身のためにならない、というような？」

「ほう、よくわかるな」

と柏原が驚き顔をして、

「先方は若年寄様の裁可を得て、こちらに話を持ってきたようだ。となれば、かたちのうえでは交渉だが、実質は命令だ。きみのいうとおり、たしかに断っては身のためにならんだろうな」

弥吉も驚いた。粂吉があてずっぽうにいっていたことに、柏原の話がぴったりと重なったのだ。

しかし一大事なのは、もちろん洪庵の江戸行きのほうだった。意外ではない。そのことはずっと危惧しつづけてきた。だが実際にことが決まったと聞かされた衝撃は、心臓を鷲掴《わしづか》みにされるほどに強烈だった。

「それは決まったことなのですか。本当に、このさきはもう変わりようのない？」

「ああ、そのはずだ。じつのところ、わたしも昨夜聞いたばかりなのだが、先生はすでに応諾の返事をされたという」

「そ、そうですか……」

と弥吉は唇を噛んだ。

柏原がその顔を覗きこんで、

「おや、やはり顔色が悪いぞ」

「………」

「わたしのせいだな。一日忙しく働いたあとに、遠くまで道案内をさせて。すまなかった、どうか勘弁してくれ」

柏原が勢いよく頭をさげて、鍋のふちに額をぶつけそうになり、弥吉は慌てて両手を振った。

「大丈夫です。これぐらい歩いても、どうってことありません。それより、さっきの話ですが、幕府はなぜそれほど熱心に洪庵先生を呼び寄せようとするんですか。医者なら、江戸にも大勢いるでしょうに」

「ああ、医者なら蘭方も漢方も大勢いるし、名医といわれるひとも少なくない。それに医者を育てる官学や私塾も、こちらより江戸のほうが充実しているだろう」

「それなら、なぜ？」

老境に入った医者をわざわざ大坂から引きずり出そうとするのか。

「たしかなことはいえんが、幕府が求めているのは、医者としてよりも、蘭学者としての緒方洪庵という人物じゃないかな。なにしろ、先生の声望は当代随一といっていい。幕府とすれば、そういう人物はなるだけ手元に置いておきたいし、裏返していえば、まちがっても尊攘派の手には渡したくないはずだ」

「だから、大坂で宙ぶらりんのままには放っておけないと？」

「ははっ、宙ぶらりんか。まあそういうことだな」

「笑いごとではないと思いますけど」

弥吉は語気を尖らせ、柏原を睨んだ。

「いや、もちろん笑いごとじゃない。そもそも先生を佐幕だとか尊攘だとか、そういう政治に巻きこむことに、わたしは反対だ」

「………」

「それに世間でいえば、たいそうな出世になるが、遠方にむかわれるとなれば、先生のお身体が気遣われるし、残された塾生も大いに困る。われらにとっては有難迷惑どころか、ただただ迷惑千万な話だ」

と柏原は顔をしかめた。だがふと遠くを見やるような眼をして、

「しかしなあ、弥吉くん、幕府が強引に先生を呼び寄せるのも、無理からぬことかもしれん。きみも知ってのとおり、先生はたいそう面倒見がいい。弟子には塾を離れたあとも気を配り、労を惜しまず世話を焼かれる。それでいて、自分のために弟子になにかさせようというような考えは、露ほども持たれない」

そのことは、弥吉もまだかぎられた範囲を見聞きしただけにもかかわらず、強く実感していた。たとえば洪庵はひまがあれば机にかじりついて頻繁に手紙を出すが、そのなかには地方で開業する教え子に宛てたものも多い。かつての弟子からの問い合わせにも、骨を惜しまず返事を書いて、いま持つ最新の知識で助言するのだ。

「だから先生のもとには黙っていてもひとが集まるし、離れていても敬慕の念が薄れない。かりにひと声呼びかければ、たちまち諸国から新旧の弟子が馳《は》せ参じるだろう。そして、その弟子たちこそ、いまあまたの外患に苦しむこの国で、とりわけ必要とされて

いる人材にちがいないのだから」

柏原はそこまでしゃべると、口が渇いたのか、酒をひと口含んで、ゆっくりと呑んだ。

弥吉は眼を伏せて、唇を一文字に引き結んだ。牛鍋が具を入れたまま不気味な色に煮詰まり、胸焼けするようなにおいを漂わせている。

「それにしても、先生がおられないでは、われらは大弱りだ。親を攫《さら》われるような心地さえする」

柏原が真っ赤な頬をさすりながら、ため息まじりにいった。

三

東本願寺難波別院の築地は石を高く積んで、見あげるほどの威容だった。周囲に堀をめぐらし、北西側はさらに土手を築いて、つつじを植えている。小さな花が咲く、きりしまつつじである。季節には高いところからあふれるように咲き、やがて赤い花びらが堀に舞い落ちる。

東本願寺は京に本院が移るまで、ここに門跡がいた。大坂のひとは、難波御堂《みどう》、とか南御堂と呼ぶ。北側に西本願寺津村御坊があって、北御堂、と呼ばれる。この南北の御堂をつなぐ道が御堂筋である。

暑い日だった。乾ききった道に砂粒がきらきらと光っている。

洪庵は御堂筋から堀沿いに道を西に折れると、いつもどおり猫背気味に歩いていく。

弥吉はその背中を鋭く見つめている。やることは決まった。あとは時機を失せず、敢然と実行するだけである。

「そうだ、いまこのときにも」

道はいっとき往来の人影が途切れて、どこからか物売りの声だけが聞こえてくる。

「莨蓙、寝莨蓙——」

物憂げに響く声は、どうやらしだいに遠ざかっていくようだ。

弥吉は薬箱を左手に持ちかえて、右手をそっと懐に滑りこませた。すぐに包丁の柄に手が触れる。ゆっくりと握ると、晒《さらし》を巻いた柄は体温で蒸れてわずかに湿り、てのひらに重たくなじんできた。

匕首《あいくち》や包丁のような鍔《つば》のない刃物で硬いものを突くと、柄を握る手が刃のほうに滑ることがある。すると刃の根元で自分の指を切ってしまい、切先は思うように目標に深く刺さらない。

ひとは硬い。だから、弥吉は柄に滑りどめの晒を巻いていた。さらに一方の手を柄尻にあてがい、腕力で突き刺すのではなく、身体ごとぶつかるようにして切先を抉《えぐ》りこんでいく。そんな練習を村で何度もしてきた。

古俵に砂や粘土、小石、枯枝などを詰めて敵に見立て、匕首や包丁で突くのは、竹槍の稽古より凄味《すごみ》があった。目標が近いだけでなく、手に伝わる感触がはるかに生々しい。実際、練習の途中で昂奮《こうふん》してきてめちゃくちゃに古俵を突きまくる者もいたし、逆に包丁の刃を根元まで古俵に突き入れたまま蒼い顔をして動かなくなる者もいた。

弥吉もはじめは竹槍同様におめき声をあげて古俵に突きかかり、しゃにむに刃物を揮《ふる》って自分が怪我をすることもあったが、やがて静かに深く刺せるようになった。仲間のだれよりも。口には出さなかったが、弥吉はそれが自慢だった。悪を罰する力を手に入れた気がした。同時に、自分が強くなった気もした。

「やるぞ、逆賊を誅するんだ……」

弥吉は包丁を握る手に力をこめた。洪庵はあいかわらずわき目も振らずに歩いている。病人のことが気になって、お供がいることも忘れているらしい。

「しかし、いまここでか？」

胸裡からなにものかが問いかけてくる。

「いや、昼間だからこそ、かえってあやしまれずにすむ」

まだ道に人影はない。やるなら、いまが好機だ。暴漢が洪庵を刺して逃げた。そういえば、だれもおれを疑ったりはしない。

弥吉は懐手のまま、てのひらのなかで包丁の柄をゆっくりとまわし、刃に巻きつけた手拭いをほどいた。三度まわせば、手拭いが弛んで、すっと抜けるようになる。

ふいに弥吉は首を竦めて振り返った。背後から跫音が聞こえた気がしたのだが、やはり人影はない。自分の跫音が築地《ついじ》にこだましただけらしい。包丁を握りなおすと、足運びを速めて洪庵を追った。

柏原から洪庵の江戸行きの話を聞いて、半月近く経《た》っている。この十数日のあいだ、弥吉はずっと洪庵の命を狙いつづけていたわけではない。当然だろう。いかに相手が塾頭とはいえ、酔っ払いの言葉を鵜《う》呑《の》みにするなど軽率すぎる。

ことの真偽を弥吉は慎重にたしかめた。すでに塾生たちのあいだでも、洪庵の江戸行きはしきりに囁かれていた。適塾にとってこれほどの重大事はないから、いったん噂の種がこぼれたら、あっというまに蔓延《はびこ》らないはずはない。だがどの囁きにも、まだ確信の響きはなかった。

結局、柏原の言葉をはっきりと裏付けたのは、女中頭のお菊だった。やはりというべきか、お菊は幕府の洪庵招聘にかかわる一連の経緯を熟知しており、事情の一部を弥吉たちに明かして赴任の支度をはじめたのだ。

弥吉はにわかに確証を得たわけだが、それからほどなくして洪庵の江戸行きが正式に塾内に告知された。お菊がいつになくおおっぴらに物事を進めたのは、それを事前に知っていたからだろう。

洪庵は八月に上府して、幕府奥医師に就任するという。

「八月？」

と耳を疑ったのは、弥吉だけではなかったはずだ。八月のいつとは知らされていないが、へたをすれば出立まであとひと月もない。

どうやら洪庵は六月末に応諾の返事をしたらしい。これにたいして八月に出てこいというのだから、幕府はかなり焦っている。洪庵のほうも待たせに待たせる恰好になったから、そのせいも多少はあるだろうが、幕府はまるでだれかに横取りされるのをおそれているかのようだ。

弥吉にも迷っているひまはなかった。すぐに決断した。いや、迷いも決断もする必要はなかった。洪庵が江戸にいくことになれば、断固として阻止する。それは、ここにくるまえから決まっていることなのだ。

いまやその使命を着実に果たすだけ。だから使いに出たときこっそりと包丁さえ買えばよかった。

包丁は小ぶりな安物だが、洪庵の痩せた身体を貫くには十分な刃渡りがあった。切れ味にも不足はないはずだ。それにどうせ使うのは一度きり。

弥吉はその安包丁の柄を握りつつ、洪庵の背後に迫った。見るみる間合いが詰まり、背中に手が届くところまで近づくと、そのままかたわらを足早に追い越した。うしろから刺すのはたやすいが、それでは犯行を疑われるかもしれない。

洪庵殺害の下手人として捕り方に追われるわけにはいかない。弥吉にとってこれはあくまで志士としての第一歩にすぎないのだ。暴漢は前方からきて、いきなり洪庵を刺して逃げた。自分にはどうしようもなかった、ということにするつもりだった。

追い越してまえにまわりこむと、洪庵はぶつかりそうになったあと、びっくりしたように立ちどまった。眼をぱちくりさせて、こちらの顔を見なおす。

「どうしました、弥吉さん?」

罰すべき悪。そう、天下に害をなす極悪人、朝廷に刃向かう逆賊だ。あの古俵のように静かに深く刺せばいい。ひと突きで息の根をとめるのだ。

だが洪庵と眼が合うと、弥吉はにわかに右手が動かなくなった。懐のなかで凍りついたように冷たくなり、てのひらに触れる包丁の柄だけが蒸れて生ぬるい。

「弥吉さん?」

洪庵が首をかしげて、眼の奥を覗きこんでくる。弥吉は歯を喰い縛り、ありったけの力を右腕にこめた。そうしてなんとか包丁を出そうとしたが、どうしても手が動かない。思わず洪庵から眼をそらすと、その視野の隅に人影が揺れた。女がふたり、ちょうど築地の角を曲がってくる。

弥吉はなぜか救われたように、ふっと息をついた。

「なにかあったのかな？　難しい顔をしているが」

「いえ……」

弥吉はそのまま洪庵と眼を合わせきれずに、斜めむこうの道を見やった。生意気をいいますが、と言葉を探しながら呟いた。

「この日照りのなか、そのように急がれては、お身体に障るのではないかと」

「おや、そんなに慌てていたかな。どうも近ごろは、なにをしても年寄りあつかいされる気がするな」

「すみません、そんなつもりはなかったのですが」

「なに、かまわない。事実、あちこちにがたがきているのだ。それに弥吉さんのいうとおり、たしかにたいした日照りだ」

洪庵が苦笑して空を見あげ、いま気づいたように額の汗を拭った。

「病みあがりの医者が道でひっくり返っては、このさき患者も診立てを信じてくれまい。ありがたく、弥吉さんの助言にしたがおう」

「おそれいります」

弥吉が道を譲ると、洪庵はいましがたより歩調を緩めて歩きだした。その背中を見送り、あとについて歩きはじめたとたん、弥吉は右手がわなわなと震えだした。とめようとしても、とまらない。なんとか包丁を放して、懐から手を抜いた。

「くそ、なんで……」

弥吉は唇を噛んだ。こんな情けないことがあるものか。おい、もう一度包丁を握りなおせ。そして、いまこの場でかまわず洪庵を刺すんだ。そう叱咤《しった》したが、右手の震えはおさまるどころか、いちだんと激しくなった。

四

往診から帰って、井戸端で汗を拭いていると、女中のお糸がまえに立つなり、これ見よがしにあきれ顔をした。

「どうしたん、そんなくたびれた顔して。ちょっと町を歩いただけで、だらしないなあ。先生はもうつぎのお仕事にかかってはるのに」

「………」

弥吉は乱れた衿をなおして懐の得物を隠した。それだけで精一杯だった。

「あれ、大丈夫？　ほんまに暑気あたりでもしたんとちがう」

お糸がいうと、ふいに頭上から声が降ってきた。

「そこは暑気あたりでなく、霍乱《かくらん》といってほしいな。そうだろう、お糸ちゃん、かりにも大坂一の医家で働いているんだから」

見あげると、二階の清所と呼ばれる最上級生の部屋の窓から、塾生が顔を覗かせていた。清所は大部屋にくらべれば人数も少なく風通しもいいが、それでも塾生は見えるかぎり裸でぱたぱたと団扇《うちわ》を使っている。上半身だけでなく、褌をつけているかどうかもあやしい。

だがお糸は慣れたもので、顔色ひとつ変えず、ぴしりと言い返した。

「霍乱やなんて、そういう小難しい言い方をするの、先生は一番嫌うてはるのとちがいますか。それより、暑気あたりのことを英語でなんていうか教えてくれたら、あたしもさすが大坂一の医塾生やと感心しますけど」

「あいたっ、これは一本取られた」

と塾生が笑って顔を引っこめる。弥吉はうずくまり、手拭いをすすいで、かたく絞った。お糸はそのあいだ黙って待っていたが、弥吉が立ちあがると、こんどはしんみりといった。

「ねえ、先生が江戸にいってしもたら、ここはどうなるんやろう。適塾も江戸に引っ越すんやろうか」

弥吉はちらと二階を見あげた。だが清所の窓からは、さっきの塾生のものらしい肘が突き出て、ぞんざいに団扇をあおぐのが見えるだけだった。

「どうかな、適塾がむこうに移ることはないと思うけど」

と弥吉はいった。

「先生も江戸にいけば新たな仕事で手一杯だろうし、こっちには拙斎先生や独笑軒先生もいる。だいいち、先生が塾生の困るようなことをするはずがない。みんなが安心して学問をつづけられるように手配りするはずだ」

独笑軒とは、洪庵の義弟大戸郁蔵のことである。郁蔵は適塾が開かれた当初からの弟子で、洪庵と義兄弟の契りを結び、緒方郁蔵を名乗った。いまは北久太郎町に独笑軒塾を開いており、弥吉も何度か使いにいったことがある。

「そうやね、ここは大丈夫やね。けど、先生がいてはらへんと、えらい心細うなるような気がするわ」

お糸はそういうと、ちょっと身をよじるような仕草をして、台所にもどっていった。

弥吉が少し遅れて台所に入ると、ちょうど粂吉が昼食で汚れた板ノ間の掃除に取りかかっていた。

「おう、早かったな。心配せんでも、ちゃんとおまえのぶんの仕事はおいてあるで」

粂吉がいつもどおり軽口を叩きながら手招きする。だが弥吉はことわりをいって、いったん下男部屋にもどった。夜具と着替えを積み重ねてあるあいだに、手拭いにくるんだ包丁を隠すと、襷《たすき》をかけながら台所に引き返した。

「それで、今日は何軒まわってきたんや」

「三軒です」

「ふうん、三軒か。大きな声ではいえんが、このくそ忙しいなか、それだけのためにわざわざ往診に出かけんでもよさそうなもんやけどな」

「ええ……」

「しかし、そこが先生のえらいとこでもあるわけや。この炎天下を駕籠にも乗らんと駆けずりまわる医者がほかにいるなら、会《お》うてみたいわ、なあ？」

口をどれだけ動かしても、ふしぎと手元がおろそかにならないのが、粂吉の仕事ぶりだった。弥吉はむしろ手を動かせば動かすほど口が重たくなった。口八丁手八丁とは程遠いが、村ではそのほうが男らしいとみなされていた。

もっとも、いまは無駄口をきく気にならないばかりか、仕事の手も雑になりがちだった。

粂吉のいうとおり、洪庵は江戸行きを控えて多忙をきわめていた。上府の支度はもちろん、いま従事する膨大な仕事の引き継ぎや身辺の整理。それにまた、諸方に挨拶まわりにもいかねばならず、逆に祝いの客や品がきて、その応対にも追われる。なにしろ平素から尊大に構えたり勿体《もったい》をつけたりしないから、しぜんと仕事も交際も範囲が広くなるのである。

だが洪庵はそうして眼がまわるほど忙しくしつつも、わずかな合間を見つけては、薬箱を出して、すっと立ちあがった。そして、それは弥吉にとって数少ない好機といえた。洪庵を殺すと決めたあと、あらためて周囲を見まわすと、塾内でそれを実行することはかなり難しいとわかった。なにしろ、ひとが多い。手狭な町屋に、家族と塾生と奉公人がひしめいている。

どこで洪庵の隙を窺っても、だれかしらがじゃまになる。ひとに見られず書斎に忍びこむことなど、鼠《ねずみ》にもできそうにないし、真夜中にこっそり寝首を掻こうにも、徹夜している塾生がごろごろいる。それにたとえうまくその身に刃を突き立てることができたとしても、当の洪庵はもとより、まわりにひしめいているのもほとんどが医者なのだ。

洪庵を誅殺《ちゅうさつ》するには、外出中を狙うしかない。弥吉は往診のお供に呼ばれるのを待った。そして数度の機会を得たが、繁華な町なかでは洪庵と二人きりになることがなく、この日はじめて好機らしい好機が訪れたのに、それをみすみす逃してしまった。

「いったい、おれはなにをしている！」

わが身の不甲斐なさにたいする憤りが胸を掻きむしる。洪庵はかならず殺さなければならない。それは世のためであり、ひとのためである。そのことに疑いはない。村の仲間も、弥吉が正義をおこなうのを待っている。その期待を裏切ることなど、決してあってはならないことだ。

だがあのときひと気のない道に人影があらわれたのを見て、なぜか救われたような気がした。ひと一人を殺すのが、そんなに怖いのか、と弥吉はわが身を問いただしてみる。けれども、返ってくるのは聞き取れないほどの呟きだけだった。

「しかし、お菊さんもたいへんやで。江戸行きの支度というて、まず襌から縫わないかんのやさかい」

条吉はあいかわらず、ひっきりなしにしゃべりつづけている。お菊の名が出たので、弥吉は思わず土間のほうを振りむいたが、女中たちの姿はなかった。気づかないあいだに出ていったらしく、そのかわりに古参の塾生が残り飯でも探しているのか、竈のあたりをうろちょろしている。

「なあ、そやろ？」

と条吉が声音に力をこめたので、弥吉はそちらを見やって、とりあえず小さくうなずいてみせた。

「遠い土地で新居を構えるとなったら、まあ家財道具なんぞはむこうで誂《あつら》えるとしても、当座に着るものはかならず持っていかんならん。ところが、先生はあのとおり身なりにかまわんとまではいわんでも、着飾ろうとか贅沢なもんを着て箔《はく》をつけようとか、そういう気持ちがさらさらない。たいがい質素なひとや。はっきりいうて、江戸に持っていけるようなもんは一枚も持ち合わせてはらへん」

「たしかに、ふだんも紋付をよそから借りるぐらいですからね」

弥吉はようやく返事をした。まったくもって、洪庵とはそういう人物なのだ。

「褌から縫わんならんというのは、そのことでな。なにせ、天下の江戸城、それも公方さんのそばで働こうというんや。芝居に出てくるあのずるずる長いんを引きずって歩くんやのうても、それなりに小奇麗な恰好をせんわけにはいかんわ。それでこのまえからお菊さんが目立たんようにやけど、暇があったら縫いものをしてるさかい、わしはじつのところだいぶまえから、これは先生の江戸行きが決まったなと見当をつけとったんや」

粂吉がちょっと自慢げに、鼻先を親指でぴんと弾いた。

いきなりどたどたと跫音が響いてきて、二人は振り返った。塾生の騒音はつねのことだが、なにか切羽詰まったような勢いがある。教場につづく廊下のほうから、塾生が五人、さきを争って板ノ間になだれこんできた。

見たところ、三、四級あたりの塾生のようだ。洪庵の書斎の襖のまえまでくると、こんどは譲り合うように、しばらく顔を見合わせる。だが相談はできていたらしく、たがいにうなずきをかわすと、襖のまえに横一列にならんで坐った。

「先生、失礼いたします」

と真ん中の塾生が呼びかけた。

「どうぞ」

洪庵の声が穏やかに返ってくる。

塾生たちは襖を開けると、いっせいに手をついて、ずらずらと頭をさげた。

「先生、お願いがあります。江戸にご出立なされるまえに、どうぞ一度だけ、われらにご講義ください」

五

塾主洪庵の講義は、最上級生しか受けられない。下級の塾生たちは、それを聴くことを学業の目標とも励みともしていた。

五人の願いは、そういう意味で下級の塾生全員の願いでもあったろう。

「そうですか。ええ、いいでしょう」

洪庵の返事が聞こえた。ひれ伏している塾生たちは、顔こそ見えないが、首筋がうっすらと赤らんでいた。

「さあ、掃除や掃除、さっさと終わらせてしまうで」

粂吉が雑巾を桶に放りこんで、ぞんざいに絞った。そして塾生たちが立ち去ったあと、じっと書斎の襖を見つめて、いつになく太いため息をついた。

その夕方、弥吉はふたたび外出した。行き先は上町、釣鐘町の老舗の人形店。往診のお供ではない。粂吉に使い走りの代役を頼まれたのだ。

「すまんな、今日にかぎって、どうしても気乗りがせんのや」

「すまんなじゃなくて、頼むわ、よっしゃ、でいくんでしょ」

と弥吉は笑って引き受けた。粂吉には借りが増えるばかりだし、そうでなくても、ひとりになれるのはありがたかった。大事をまえにして考えたいことはいくらでもあるのに、ひとも仕事もひしめいている塾にいては、ろくに思案ができない。

適塾を出ると、梶木町通を東にむかった。行く手に、大坂城が夕日を受けてうっすらと赤らんでいる。

大坂城は落雷で天守を焼失しているが、台地にそびえる城壁や櫓《やぐら》、御殿の威容は、見あげる者を圧倒する。上町はその御城に近い上手の町で、大店《おおだな》のならぶ船場や諸藩の蔵屋敷の集まる堂島は、じつのところ下町になる。これほど大きな城下町の中心が下町というのは、商都ならではかもしれない。

弥吉は東横堀に突き当たり、今橋を渡った。そのまま大川端を歩いて、天神橋のたもとをすぎると、左手に八軒家の船着場が見える。

ちょうど船が着いたばかりで、階段状になった岸をあがってくる客に、旅籠の女子衆《おなごし》が頭のてっぺんから出るような声で呼びかけていた。そろそろ客引きに力のこもる時分らしい。かたわらで饅頭売りや外郎《ういろう》売りたちも、負けずに声を張りあげている。

淀川の三十石船は、もともと夜に京を出て、早朝に大坂に着き、折り返して、朝に大坂を発《た》ち、夕方に京に着いていたのだが、近ごろでは百五、六十艘《そう》もの船が往復していて、船着場は日がな一日いそがしい。乗り降りする客を見ても、時節柄か悠長にかまえた姿は少なかった。

「おれもいつか……」

と弥吉は呟きかけて、船着場に背をむけた。村を出るときには、遠からず志士として京にのぼるつもりでいた。大坂での使命はその途上の一歩にすぎず、すんなり通り過ぎるはずだったのに、実際にはぐずぐずと足踏みしている。

いまにしてもそうで、ひとりになりたいと思うのも、どだいおかしな話だった。本当なら志士としての使命に背筋がぴいんと伸びて、よけいな思案に煩わされもしなければ、あれこれ迷うこともないはずなのだ。

だが弥吉はなにか胸のうちにまとまりのつかないものが生じて、それを片づけなければ足を踏み出せそうになかった。どうしてこんなことになったのだろう。弥吉はそのなにかを片づけるどころか、まだはっきりと見きわめることさえできていない。時間だけが確実にすぎて、洪庵の江戸上府の日が迫ってくる。

内畳屋町筋を南にくだり、釣鐘町の角を折れた。行き先の人形店は上町でも指折りの老舗らしいが、目立たない構えをしているという。

「あそこのおやじは御内裏《おだいり》さんやら御雛《おひな》さんやら、そんな品ばっかりあつこうてるせいか、妙に気取ったところがあってな。話を合わすのに、まいど往生するんや。ああ、それから、洪庵先生の調合した薬やなかったら、なんのかんのと理由をつけて受け取りよらんさかい、渡すときには気をつけや」

と口八丁の粂吉がぼやくのだから、主人はかなりの偏屈者かもしれない。もっとも、粂吉は話を好き勝手に膨らませても、決して控え目にいうことはないから、そのぶんを差し引けば身構えるほどでもあるまい。

それにしても、粂吉に代役を頼まれるのはめずらしい。なぜだろう、洪庵のもとに下級の塾生がきて講義を頼んでいるのを見たあと、粂吉は突然に機嫌が悪くなったようだ。べつに弥吉に八つ当たりするわけではないが、口調がぶっきらぼうで、いつになく仕事ぶりも投げやりになった。

塾生たちのやったことが、よほど気に喰わなかったのか。たしかに、あれは分《ぶ》をわきまえないおこないだった。けれども、そうせずにはいられなかった塾生たちの気持ちは、弥吉にもわかるし、古参の粂吉ならましてそうではないのか。

それに一歩引いたところからいえば、あれは塾主と塾生のあいだの問題で、下男にはかかわりないことだ。たとえば弥吉が洪庵に講義を頼んだら、塾生から言語道断と非難されるかもしれないが、塾生がなにをしようと下男がどうこういう筋合いはない。

だがそうだからこそ、粂吉は不機嫌になったようにも思える。洪庵に直談判《じかだんぱん》して願いを聞き届けてもらえた塾生たちがうらやましいのだ。粂吉は自分ではあんなことをいっていたが、存外に本気で塾生になりたかったのかもしれない。

とにかく、借りを返せたうえにひとりになれたのだから、粂吉にふてくされてもらうのもたまには悪くない。

「なるほど、ここか……」

いったん通り過ぎた店のまえにもどって、弥吉はうなずいた。間口はいうほど狭くもないが、由緒ありげな看板は読み取れないほど古びているし、おもての格子の目がつまっていて、店のなかが薄暗くてよく見えない。いらっしゃいませと客を招くかわりに、覚悟して入ってこいと威しつけているようだ。

主人はこちらの顔を見ると、

「おや、いつものひとやないな」

と眉をひそめるなり、さっそく薬の受け取りをしぶりだした。

「ここ何年もおんなじひとやったのに、なにか具合の悪いことでもありましたか」

「いえ、いつもの者は手の離せない用事があって、てまえが使いを申しつかりました」

「ああ、そう、用事な。なにさんやったかいな、あのひとは？」

「粂吉です」

「そうか。ほな、急がんことやから、今日はひとまずおいて、またこんど粂吉さんに届けてもらえるかな。あのひとやないとわからんこともあるさかいに」

「いえ、今日も荷造りまでは粂吉がいたしまして、薬は洪庵手ずからの匙にございます」

「なんや、それを早ういわんかいな」

主人はにわかに表情をやわらげて、弥吉に歩み寄ると、受け取った薬をさっと袂に入れ、かわりに紙包みを二つ出して、

「はい、これが薬代。それから、これはあんたにな」

「ありがとうございます」

弥吉が頭をさげると、梃子《てこ》で押しあげられたように、主人は頭《ず》を高くして、

「わたしは、こういう支払いをつけにしておくのが嫌いでな。ひとの身には、いつなにが降りかかるかわかりまへん。そやさかい、身のまわりはいつもきっちり、きれいにしとくようこころがけてます」

主人のむこう、店ノ間の奥のほうに、豪華な衣装をまとった人形がならんでいる。おもての日射しの届かないそのあたりは、衣装の金糸や銀糸がぼうっと光り、靄《もや》が漂うように淡く明るんで見えた。

弥吉はふと眼を伏せた。靄のなかに、ぼんやりと父親の顔が浮かんだのだ。

結局、おれは、と思う。あの意気地なしの親父《おやじ》の血を受け継いでいるのか。天下どころか村のそとにさえ眼をむけず、小さな田畑を守ることだけに汲々《きゅうきゅう》としている、あの親父の血を。いや、そんなことがあるものか、と弥吉は顔を起こして、光の靄を見つめた。

人形店の主人の処世訓はまだつづいている。

六

釣鐘町の通りに出ると、真っ赤な西日が眼にしみた。真正面から避けようもなくぶっかってくる。

処世訓を聞くあいだに、ずいぶん日が傾いてしまった。村の年寄りにも説教好きはいたが、これほどの長話はめずらしい。すこしばかりの駄賃では割に合わないなと、弥吉はため息をついた。そのまま通りを西にむかい、東横堀までくると、右手に見える高麗橋に足をむける。

高麗橋は市中に数少ない公儀橋のひとつである。往路の今橋とはつくりがちがい、欄干に立派な擬宝珠《ぎぼし》がついている。今橋は付近の町人が管理する橋で、大坂では二百ほどある橋のほとんどがこの町橋だった。

橋を渡りはじめたときには、夕日はもうなかば家なみのむこうに隠れて、ちらと見返すと背後の空に紫紺が広がりだしていた。

西詰に高札場と番小屋が見えるのは、やはり公儀橋の証《あか》しである。そして、そのさきの町屋から、ちょうど通りを挟む恰好で、にょきにょきと角が生えている。商家の屋根の角に、なぜか櫓がついているのだ。

櫓屋敷と呼ばれているが、いつ見ても奇妙な景色で、いまも旅姿の二人連れが右、左としきりに指さしている。弥吉はふいに顔をしかめて、そっぽにむけた。高札場に知った人影を見つけたからだ。御用聞きの政五郎が横をむいて立っている。

弥吉は知らん顔で行き過ぎることにした。政五郎につかまると、せっかくの外出が台無しになる。さいわい道に薄闇が煙りはじめて、ひとの姿が見わけにくくなっている。政五郎は往来に背をむけているから、なんとか気づかれずにすみそうだ。

高札場のむかいにある番小屋のほうを見やりながら、弥吉は足早に橋を渡り切った。そのまま高麗橋通の人混みにすっとまぎれこもうとしたが、御用聞きというのは人間のにおいでも嗅ぎわけられるのだろうか、政五郎がくるりと振りむいて声をかけてきた。

「おう、弥吉くん、使いか」

「あっ……、はい、そこまで」

「えらい勢いで橋を渡って、帰りも急いでるみたいやな」

と政五郎が眼を細めた。橋を渡り切るまえからこちらに気づいていたらしい。知らん顔をしようとしたところも見ていたのだろうか。

弥吉は居心地の悪さをこらえて、せいぜい愛想よくうなずいた。

「そうです、仕事がまだ山ほどありますから」

「うむ、いまはとりわけ忙しかろう。お糸ちゃんも、てんやわんややと嘆いてたな」

「女子衆はとくにたいへんです」

「おっと、引きとめてもいかん。歩きながらしゃべろか」

と政五郎がさきに立って歩きはじめた。

弥吉は胸裡で舌打ちした。こうなるのがいやだったのだ。いったん歩きだせば、政五郎はたいてい塾までついてくる。それなら、いっとき立ち話に引きとめられるほうがまだよかった。

「それにしても、えらいことになったな。いや、先生みたいな名医がこれまで市井に放っておかれたことこそ、ふしぎといえばふしぎやが、できればこのままずっと放っておいてほしかったで」

「親方さん、いいんですか。お上のすることに難癖をつけるようなことをいって」

と弥吉はいった。なんとか話を終わらせられないかと思っている。

「かまへんがな。まさか弥吉くんが、けしからんやっちゃと奉行所に駆けこんだりはせんやろ」

「それは、もちろんですが……」

「しかし、おまえさんも残念やったな。しばらく辛抱してたら、晴れて塾生になって、先生の話が聞けると思うてたやろうに」

「………」

「まあ、がっくりせんと、もうしばらく辛抱しいや。わしはべつにだれもかれもが学問したらええとは思わんが、こころざしのある者が学問を身につけたら、これはほんまに値打ちがある。先生を見てたら、それがようわかるわ」

と政五郎はひとり深くうなずいて、

「で、近ごろ先生のお供はしてるんか」

「はい、ときどき」

「そうか。やっぱり先生はどんなに忙しゅうても、往診にはいきはるんやな」

「ええ、まあ」

「弥吉くん、ちょっと立ちどまって、こっちむいてくれるか」

「えっ？　はい……」

弥吉はいわれるままに足をとめ、政五郎のほうをむいた。すると、まともに鼻面を突き合わせる恰好になり、ちょっとしたばつの悪さと圧迫感に、弥吉は思わず眼を伏せた。

かなりいかつい。

政五郎は話しぶりこそ静かだが、体格がよく、凄味のある面構えをしていて、見かけは

「どうや、こうして面とむかうと、息が詰まるやろ。けど、これがならんで歩いてると、おんなじ近さでも気にならん。先生のお供をすると、そういうありがたみがあるな」

「ありがたみ、ですか」

「なんや、わからんか。だれよりも近いところで、学ばしてもろてるやろうに」

「そういわれても……」

「ほら、入塾するには足らんかったもんを」

と政五郎は笑みを浮かべて、また歩きだした。

高麗橋通には呉服の大店が集まっている。岩城屋、河内屋、富山屋など。なかでも「正札、現金、掛値なし」で知られる越後屋は、堺筋の東側に間口が半町ほどもある店を構えて、一番の人出を集めていた。むかいにはやはり越後屋の出す塗物店、鼈甲《べっこう》店などがならび、ここにくれば嫁入り道具が一式揃うようになっている。

弥吉はしばらく店に出入りする若い女の姿を眺めた。視線を感じたのか、こちらを振りむいた娘が政五郎と弥吉の顔を見くらべて、はっとしたように眼をそむけた。やくざ者の親分乾分《こぶん》と間違われたのかもしれない。

「ところでな、弥吉くん」

政五郎がにわかに声を落とした。

「じつは、ちょっと物騒な噂を耳にしてな。近ごろ尊攘志士たらいう連中が、天誅と称して気に入らん相手を殺しまわってるのは知ってるやろ。ほんまにあほなことをさらしよるが、その連中がまたとんでもないことに、洪庵先生の命を狙《ねろ》うてるというんや」

弥吉はぎょっとした。自分のことがどこからか洩れたのか。いや、そんなはずはない。村の仲間はみんな口が堅い。とすれば、べつのだれかの話だろうか。

「ほんとですか、それは？　その連中というのは、だれなんですか」

「いや、詳しいことはわからん。なにせ噂の真偽もまださだかやないんでな。とはいえ、蘭学者や蘭方医を毛嫌いしている連中はごまんとおるし、真偽はどうあれこんな噂を聞き流すわけにはいかんやろう」

「はい……」

「そやさかい、おまえさんも先生のお供をするときには、くれぐれも気をつけてほしいんや。おかしな連中を見かけたら、さっと逃げるようにしてな。先生は往診に出たら、もう患者のことしか頭にない。千両箱が落ちてても、気づかんと踏んづけていく、そんなありさまやから、弥吉くんがたよりなんや」

政五郎は逞《たくま》しい腕を弥吉の肩にまわして、がっちりと抱えた。

「なあ、頼むで」

「……………」

「きっと先生を守ってくれよ」

「精一杯、用心します……」

弥吉は思わず懐を押さえた。なにかひんやりと重たい感じがしたのだが、もちろんいまそこに包丁はない。

「それとな」

と政五郎がまた声を低くした。

「どうやら、お上のほうでも適塾にひとを送りこんでるらしい。目当ては、もちろん洪庵先生や。というても、こっちは物騒なことやのうて、江戸に出てくる気があるかどうかを探ったり、塾生に尊王攘夷を煽《あお》りはせんかと見張ったりするのが役目のようやけどな」

「ほんとに？　それもただの噂じゃないんですか」

「いや、これは奉行所のうえのほうから聞こえてきたことやさかい、まずたしかな話や」

「幕府の密偵……」

呟きながら、弥吉はめまぐるしく塾生たちの顔を思い起こした。日が沈んで、茜《あかね》色の空が見るみる暗くなる。漂いくる宵闇を透かすように、政五郎の横顔を見て、

「親方さんは、だれか目星はついているんですか」

「いや、あれだけいろんな土地から塾生がきてたら、だれとも見当がつかん。昨日今日のことでないのはたしかやが」

「そうですか」

「それより、弥吉くん。さっきのこと、くれぐれも頼むで」

政五郎がまた弥吉の肩をつかんで、きつく揺すった。

七

「三途《さんず》の親方」

政五郎には、そんな異名がある。弥吉もこれまで何度か耳にしたことがあって、政五郎のふだんの強面《こわもて》を利かせるようすから、悪人を三途の川に送るという威嚇の意味かと勝手に想像していたが、話を聞くといわれはまるで正反対だった。

政五郎自身がかつて三途の川を渡りかけたのだ。

「頭をがつんとやられたうえに、腹を三ヵ所刺されてな。わき腹からは、腸がこぼれ出てたらしい。助けはきてくれたが、こらあかん、もう手遅れやと、そんな声ばかりが聞こえて、わしもそうかと観念したわ」

ところが、そんな政五郎の身体をいじりまわす人物があらわれた。政五郎はもはや痛みもなにもない眠りに引きこまれかけていたのだが、その人物の、大丈夫、生きている、まだ生きている、という声が聞こえて、しだいに五体の感覚や腹部の激痛がもどってきた。

「それが、洪庵先生や。はじめは、迷惑なことをしよると思たで。どうせあかんねんから、楽に死なせてくれとな」

だが洪庵には「どうせ」などという発想は金輪際ない。生きているかぎり、つくせるだけの手をつくす。

「そういうのが、こっちにもなんとなく伝わってきてな。すると、わしの気持ちもちょっとずつ変化して、どれだけ痛《いと》うても苦しゅうても助かりたいと、そんなふうに思いはじめたんや。あとでそのことを先生に話したら、なによりその気持ちが命を救ったというてくれはったけどな」

政五郎は適塾のまえに立つと、しばらく格子戸から洩れる明かりをじっと見つめていた。

「あれからわしは三途の親方なんぞといわれて、どうにも恰好がつかんが、すとんと地獄に落ちずにすんだのは、ひとえに先生のおかげや。そやさかいな、弥吉くん、おまえさんに頼むだけやない。洪庵先生が大坂にいてはるあいだ、わしは命にかえてお守りする覚悟やで」

弥吉は戸口を入ると、台所の手前の土間で足をとめ、井戸水で顔を洗った。額が熱く、頬の肉が強張っている。冷たい水がかかると、瞼がひくひくと攣《つ》った。

政五郎の真意はどこにあるのだろう。洪庵を守るよう頼み、たよりにしているといったのは、言葉どおりに受け取っていいのか。そうも思えるが、なにか裏がありそうな気もする。

政五郎はすでにある程度の事実をつかんでいて、それを裏返した言い方でにおわせたのかもしれない。あるいは、なんらかの理由で弥吉を疑い、へたな真似はするなよと釘を刺したとも思える。

もしや、大坂にきた初日に掏《す》られた手紙や書付のなかに、疑念を持たれるようなものがあったのか。いや、あのなかにはいまの使命にかかわることはいっさい書かれていなかったはずだ。

やはり政五郎はなにも知らず、本気で弥吉をたよりにしているのか。

「くそ、どうなってるんだ」

もう一度、冷えた水を顔に浴びせる。玄関奥の階段から跫音が響き、塾生が四、五人押しかけてきた。弥吉が場所を譲ると、気さくに礼をいいながら、ばしゃばしゃと水浴びをはじめる。けっこう古株の塾生たちだが、まるで子供が水遊びしているようだ。

弥吉はそのようすが胸に重くこたえた。塾生たちの陽気さに、こころに秘める陰惨なものをくっきりと照らし出された気がする。

うつむいて台所に入ると、夕食の支度に忙しいお糸たちのわきを抜けて、裏庭の通路に出る。

「使い、すみました」

いいながら、下男部屋の戸を開けたが、なかに粂吉の姿はなかった。弥吉はため息をついて、土間に入った。使い走りをかわってもらったお返しのつもりか、部屋がきれいに掃除されて、早手回しに二人の夜具まできっちり敷いてある。

こんなことしなくていいのに、なんだか借りを返し損ねたみたいだな。そう思いながら草履を脱ぎかけて、弥吉ははっと顔色を変え、板ノ間に駆けあがった。

枕元に積んである着替えを引っつかんで、一枚一枚たしかめる。ない。夜具をめくり、裏返す。ない。着替えを持ちあげてばさばさと振り、つぎに夜具をおなじように持ちあげて揺する。ない。夜具と着替えのあいだに挟んでおいた包丁が、どこにもないのだ。

「おう、帰ったんやな。おおきに、おおきに。おかげさんで、こっちは一服する暇までできたけど、そっちはどやった。いうてたとおり、あそこのおやじの講釈に往生したんとちがうか」

にぎやかに捲し立てながら、粂吉が土間に入ってきた。とたんに、丸く眼を瞠《みは》って、床に散らかった着替えや夜具を見まわした。

「どないしたんや、なんぞあったか」

弥吉は咄嗟に言葉が出ない。

「ひょっとして、勝手におまえのもんをいろたんが気に障ったか？　すまんな、気を利かしたつもりやったけど、よけいなことをしたわ」

ほんまにすまん、このとおりや、と粂吉が手をこすり合わせる。

「いや、鼠が」

と弥吉はいった。

「帰ってきたら、鼠がうろちょろと。で、着物やら蒲団やらに隠れるのを追いかけまわしてたら、こんなことになって、おれこそ散らかしてすみません」

「鼠？　なんや、そうかいな。わしはまた弥吉先生の逆鱗《げきりん》に触れたかと思うて、三年と三日ほど寿命が縮んだで」

粂吉が大息をついて、上がり口に腰をおろした。

弥吉は夜具を敷きなおし、着替えを片づけながら、ちらちらと粂吉を見た。包丁のことを訊くべきかどうか判断がつかない。

「で、どないなった？」

粂吉が床をとんと叩いた。

「どない？」

「鼠のことやがな、捕まえたんか」

「いや、逃げられました」

「そうか、逃げたか。まあ一匹や二匹殺しておっつくもんやなし、いらん殺生はせんほうがええわ」

　弥吉は手持無沙汰になって、着替えのわきに腰をおろした。

　条吉がそれを見て思い出したように、ぽんと手を打った。

「そうそう、包丁やけどな」

「えっ、はい」

　弥吉はどきっとして、まばたきをとめた。息まで詰まってしまい、顔を引きつらせずにいるのが苦しい。

「着替えのとこに挟まってたやつ、わしはてっきり台所のを借りっぱなしかと思て、お菊さんに見つからんようこっそり持っていったんや。そしたら、お糸ちゃんがこれは台所のやないというやろ。あの包丁、おまえの持ちもんかいな」

　弥吉はこくりとうなずいた。これ以上は嘘をついても、不審に思われるだけだろう。

「おれのです。このまえ、使いのついでに買いました」

「そうか、そうか」

と粂吉が大きくうなずき返して、

「おまえもいよいよ本腰入れてここで働く気になったんやな。わしはそういうたちやないさかい持ってへんけど、参造爺さんも自前の茶道具やら包丁やらを持ってたわ。たくあんひとつ刻むにも、いちいち台所にいかんならんのは、じゃまくさいというてな」

「それで、包丁はどこに？　台所ですか」

「いいや、あそこに入れてある」

粂吉は自分の行李《こうり》に顎をしゃくると、板ノ間にあがって、

「これまた、おまえのもんを勝手にいろてしもたな。こんどからないようにするさかい、ほんまに勘弁してや」

いいながら、行李の蓋を開いて、手拭いにくるんだ包丁を出した。

「そんな、謝るほどのことじゃないですよ」

弥吉は包丁を受け取り、着替えのうえに置いて、ぐったりと苦笑した。

講　義

一

七月も下旬に入った。

弥吉は日に日に焦りが募った。洪庵の出立が間近に迫っている。わかっているのに身動きが取れないのだ。

弥吉一人ではない。適塾全体が浮足立っていた。いまのうちにやらねばならないことがあると感じつつ、なにも手につかない。だれもがそわそわとして、自分のつとめに集中するふりをしながら、しきりに周囲を見まわしている。

洪庵はどうだろう。もちろんだれより忙しいはずだが、ふしぎと落ち着いて見えた。用事がありすぎて、周囲を気にする暇もないようだ。それにまた、じたばたしてもはじまらないというふうな、開きなおりめいたものも感じさせる。

弥吉ははじめ、それを覚悟と受けとめていた。けれども、いまはむしろ諦念に似た気持ちではないかと疑っている。

洪庵はもはや大坂に帰ってくるつもりがない。いや、帰りたくても帰れないと考えているらしい。

げんに洪庵は江戸行きについて、こう洩らしていた。

「齢《とし》も齢、身体も身体だから、討死の覚悟だよ」

弥吉はそれを聞いたのが、洪庵と直接に口をきいた最後だった。この十日ほどは往診のお供をすることもなく、洪庵と二人きりになるどころか、ほとんど顔を合わせてもいない。もちろん、命を狙う隙もない。

洪庵は眼のまえにいながら、すでに遠い存在になりかけていた。そしてまもなく、完全に手の届かないところにいってしまう。

弥吉は日に何度か包丁を懐に隠して塾内をうろついた。殺気と緊張を胸に秘めて、洪庵の姿を探すのだ。しかし、それが無意味なことは自分でもよくわかっていた。適塾にいながら漫然と日を費やすわけにはいかない。だから、そうして自分や村の仲間にたいして辻褄《つじつま》合わせをしているだけだった。

「おい、弥吉くん」

裏庭に顔を覗かせた塾生が、欠伸《あくび》を嚙み殺すような声で呼んだ。二階の塾舎はそうでなくても昼夜があいまいなのに、近ごろは徹夜する塾生が輪をかけてふえている。洪庵が大坂にいるうちにと、みなが寝る間を惜しんでいるのだ。

「はい？」

弥吉が薪割りの手をとめると、塾生が眉をひそめて手招きした。以前に牛鍋屋で出くわした安西という若者だった。あのときの甲田という古狸は、安西たち後輩につぎつぎに追い抜かされて、いまではすっかりしょげかえっている。

「どうかしましたか」

弥吉は怪訝《けげん》な思いで歩み寄った。安西は眠たげなだけでなく、なにやら迷っているように見えた。

「ちょっと訊くけど、きみは国元に幸蔵という朋輩がいるかい。齢はきみとおなじぐらいで、色が黒くて、背の高い」

「はい、幸蔵なら幼馴染《おさななじみ》です」

「そうか。すると、かれも吉井さんと知り合いなわけだな」

「知り合いというか、吉井さんにはわたしもふくめて村の若者がなにかと厄介になってます」

「うん、それならいいんだ。いまその幸蔵くんが、きみを訪ねてきているよ」

「幸蔵が、いま、ですか」

「はじめは天野なにやらという塾生はいるかと訊くから、そんな者はいないとこたえると、いきなり喧嘩腰になって。それからしばらく押問答をしたあげくに、こんどは弥吉くんの名前を出すから、こうしてたしかめにきたんだ」

「そうですか……」

弥吉は思わず顔を赤らめた。天野というのは、塾生になったときに使うつもりでいた変名だった。郷里にある古刹天野山金剛寺と石川の上流にある滝畑四十八滝にあやかり、天野滝蔵と名乗るつもりでいたのだ。

「どうやら弥吉くんのことを塾生と思っているようだけれど、国元には――」

と安西はいいさして、ごしごしと赤い眼をこすり、

「いや、まあとにかく会いにいってくれ。おもての格子戸のところで待ってもらっているから」

「わかりました」

弥吉は腰の手拭いを取って、顎にしたたる汗を拭いた。勝手口のほうにまわり、台所を抜けて、おもてに出る。幸蔵は幼馴染だが、朋輩というより、喧嘩友達だ。相性が悪いのか、小さいときからどんな遊びをしても敵味方にわかれる巡り合わせになり、いつのまにかたがいにそれが当たり前になってしまった。

幸蔵はこちらの顔を見ると、

「なんや、おまえ、入門したんやなかったんか」

大声でいいながら、値踏みするように全身を眺めまわして、

「おい、ひょっとして、下男をさせられてるんとちゃうか。吉井さんに紹介状まで書いてもろたのに、どないしたんや。よっぽど出来が悪かったたんかい」

「いろいろあって、こうするしかなかった。けど、いまはこれでよかったと思ってる」

「ほう、腰手拭いで働いて、しゃべり方だけは志士気取りやな」

「しっ！」

弥吉は鋭く、幸蔵を睨んだ。

「おっと、えへへ」

幸蔵は照れ笑いを浮かべて、きょろきょろと左右を見まわした。

「おまえ、なにしにきたんだ」

弥吉は鋭い眼つきのままいった。

「そんなもん、ようすを見にきたに決まってるやろ」

「じゃあ、見てのとおりだ。わかったら、帰れよ」

「ちょっと待てよ」

幸蔵は弥吉の肩に手をかけると、耳元に顔を近づけて声を落とした。

「儀三さんもきてるんや」

「えっ？」

弥吉は幸蔵の顔を見なおした。

「それなら、どうして一緒にこないんだ」

「あのひとが顔を見せたら、挨拶やらなんやら話がややこしなるやろ。れいの件、どんなことになってるか事情もわからんから、むこうで待ってるねん」

「そうか。じゃあ、出かけるとことわりをいれてくる」

「なんや、下男は黙って散歩もできんのか」

出来が悪いと不自由するもんやな、と幸蔵が鼻で笑った。

二

梅檀木橋を渡ったさきに、吉井儀三は待っていた。

中之島の東端に近い、以前に志士の島村省吾と歩いた場所である。実際、弥吉には儀三の姿が一瞬、島村と重なって見えた。儀三が会いにきた理由は、島村のそれとおなじにちがいない、と予感していたからだろう。

幸蔵は早く話したくてたまらないというようすで儀三に駆け寄ると、あげつらう口ぶりで弥吉が塾生ではなく下男として働いていることを教えた。

「ほら、そやからいうたでしょ。弥吉は利口ぶってるけど、学問はからきし。習い事なら、おれのほうがまだなんぼかましやって」

適塾にひとを送りこむと決めたとき、幸蔵も志願したが、弥吉に大役を奪われた。そのときの鬱憤《うつぷん》をいま晴らしているらしい。

「ほんまに、できそこないの俄《にわか》みたいな話や」

と幸蔵は笑った。俄とは俄狂言のことで、河内ではおもに即興の喜劇のことをいう。

だが儀三は笑わなかった。弥吉の顔を見ながら首をひねり、

「それは意外な苦労をしたな。いや、苦労のひと言では片づけられない思いをしたはずだ。しかし、どういうことか。拙斎先生とは、きちんと話がついていたはずだが。わたしの手違いなら、詫びねばならんな」

「たしかに、多少の行き違いがあったようです」

と弥吉はいった。

「そのことでは、拙斎先生にも謝られましたが、べつにかまいません。入門はいわば手管。こちらの目的は、べつのところにあるわけですから」

「それで入門はかなわずとも、下男として塾に残る道を選んだのか」

「いったん村に帰って時機を待つようにいわれましたが、それではなんのために大坂に出てきたかわかりませんから」

「そうか、いい決断をしたな。それにまた、いい辛抱をした」

儀三はむしろ幸蔵に聞かせるようにいった。

「ふうん、そんなたいしたもんかな」

幸蔵がさも不服げにひとりごちて、そっぽをむく。

「で、その目的についてはどうなった。洪庵先生のこと、おまえはどう見た？」

と儀三が訊いた。

「そのことですが……」

弥吉は口ごもった。橋のほうを振り返って、

「すこし歩きませんか。ここではどうも落ち着きません」

三人は中之島を横切って反対岸まで出ると、浜田藩蔵屋敷の裏手にまわりこんだ。なにやら政五郎にでも出くわしそうな気がしたのだが、ここまでくればずらりと連なるなまこ塀に塞がれて船場の方角は見えない。

弥吉は立ちどまると、儀三にむきなおったが、やはり容易に言葉が出てこなかった。

その顔を、幸蔵が横から覗きこんで、

「どないしたんや、洪庵のことを訊いてるんやで。塾生ならともかく、下男なんぞしてたら、お偉い先生のことはわからんんか」

「いや、先生には往診の供をして、身近に接する機会があった。怪我の功名というか、結果としては、下級の塾生でいるより、好都合だったように思う」

「へえ、そんなもんかね」

と幸蔵はまたそっぽをむいたが、儀三は身を乗り出して、

「そうか、往診についていったのか。では、先生の患者にたいする態度や診察、施術のようすも見たのだな」

「はい、幾度か。門前で待つことも多かったですが、一度は治療の手伝いもしました」

「そうか、それは本当にいい経験をしたな。たしかに下級の塾生では、めったに先生に接することがないから、下男として残ったのは、そういう意味でも正しい道だったといえる。どうだ、間近で見た先生の印象は？」

「それが、正直、よくわかりません」

と弥吉は逃げるように、儀三から眼をそらして、

「医者としては、立派な方だと思いますが……」

「そうだ、医者としてはもちろん、ひととして立派な方だろう」

「しかし、その医者としての腕を買われて、たびたび幕府に招かれ、ついには断り切れず、江戸にいくことになりました」

「なにっ、先生が江戸に？」

儀三が息を呑んだ。そのまま、まばたきもせず弥吉の顔を見つめている。

すると、こんどは幸蔵が身を乗り出してきて、

「おい、そらほんまか。ほんまやったら、洪庵が江戸にいくまえに、さっさと始末をつ

けなあかんぞ」

「待て、その話はたしかなんだろうな。先生は地位や名望には眼もくれないし、尊攘にせよ、佐幕開国にせよ、みだりに一方に与《くみ》する方ではないぞ」

と儀三が早口にいった。

だが弥吉は首を振って、

「いえ、たしかです。儀三さんのいうとおり、本来はどこにも与するつもりはなかったようですが、どうやら幕府の招きを断りつづけては身のためにならないという、脅しめいた話もあったらしくて」

「そんなことは、どっちでもええんや。洪庵が江戸にいくなら始末する。これはもうとっくに決まってることやろ」

幸蔵が吐き捨てるようにいって、

「ほんで、洪庵はいつ出発するんや」

「来月」

「来月？　そら、もうすぐやないか。おまえ、それでまだ始末をつけられんと、ぐずぐず下男をやってるんかい」

「機会を窺っているけど、なかなか……」

「そやから、おまえは頼んないちゅうんや。いざというとき、逃げ腰になってな。いうたら悪いが、親父さんにそっくりやで」

「なに！」

「なんや、怒ったんか。けど、晋平さんはそれがわかってたから、この役目にはおれのほうがむいてるっていうたんやで」

　幸蔵がふんぞり返っていった。晋平は若者組の古参のひとりで、とくに幸蔵に眼をかけて弟分にしている。尊王や佐幕どうこうよりも、とにかく異人を毛嫌いしていて、蘭学者や蘭方医のことも、異人の走狗《そうく》のようにみなしていた。儀三とも折り合いが悪く、洪庵を殺そうと最初に言い出したのも、この晋平だった。

「ほんま、情けないやっちゃで。おれやったら痩せ医者のひとりぐらい、大坂に出てきてすぐに血祭りにあげてやったのに」

「おい、声が高いぞ」

　と儀三がたしなめた。色黒で大柄の幸蔵がどら声を張りあげるから、通行人がなにごとかと振り返っている。

「へっ、へへっ……」

　幸蔵は頬をさすって照れ笑いしたが、わるびれるふうもなく儀三に言い返した。

「けど、こんな頼んない話を聞いたら、いやでも声が高うなる」

「なにも頼りなくはない。もともと十二分に見きわめて判断するべきことだから、弥吉が日時をかけたのは正しい。大坂に出てきてすぐにどうこうというほうが間違っている」

「はあ、そうですか。けどまあ、いまはもう見きわめがついたんやから、すぐにどうこうせなあかん。これは間違いやないでしょ」

幸蔵が挑みかかるように儀三にいい、振りむいて弥吉の肩をつかんだ。

「おい、おまえはどやねん。痩せ医者を殺す度胸がないんやったら、おれがいますぐ代わったるで」

「いや、これはおれの役目だ」

弥吉は肩の手を振りほどいたが、つづけて幸蔵に返す強い言葉が出てこない。

するど、儀三が助け船を出した。

「そうだ、これは弥吉の役目だ」

そして一瞬、苦しげな表情をしたあと、弥吉の眼を見ていった。

「これはおまえの役目。見きわめがついたいまは、おまえがきっちりと果たさねばならん。洪庵先生が幕府のために働けば、かならずや尊王攘夷の障碍《しょうがい》になる。それも先生が立派な人物であればあるほど、大きな障碍になるにちがいない。わかるな、弥吉」

「…………」

「わたしにとっても大恩のある方だが、それはあくまで私事。大義のためには、断腸の思いで決意せねばならん」

「わかりました」

弥吉は浅くうなずき、ぎゅっと唇を嚙んだ。

弥吉はあらためて儀三を見なおした。

「儀三さん、ひとつ教えてもらえませんか。まえに洪庵先生が塾頭と話されているさい、患者の命より、わたしの命のほうが大切だというのかと、塾頭を叱責されたことがありました。これはどういう意味でしょう。名もない患者の命と、天下の名医の命が、どうしておなじになるのか」

あのときの柏原塾頭とおなじように、儀三がはっと顔色を変えた。

「なんや、まだぐずぐずいうてるんか」

と横槍を入れる幸蔵を手振りで制して、儀三はしばらく黙りこみ、やがて消え入るような声でいった。

「そのことは洪庵先生に直接訊きなさい。わたしはもうこたえる自信がない……」

三

「なあ、見にいこうや」

と粂吉が繰り返した。

七月の晦日《みそか》。この午後、塾主洪庵の講義がおこなわれた。通常の上級生にたいするものではなく、下級生の要望にこたえる、全塾生を対象とした講義である。

粂吉はなぜか朝から、だれよりもそわそわしていた。昼食後はいっそう落ち着かなくなり、いよいよ講義がはじまると、もう居ても立ってもいられないようで、

「見にいかへんか。な、ちょっとだけいこうや」

ひっきりなしに声をかけてくる。仕事が手につかないどころか、もうそっちのけのありさまだ。そんなに見たければ、ひとりで見にいけばいいのに、と弥吉は思い、何度もそういったが、どうもそれは気が進まないらしい。

もちろん弥吉に遠慮しているのではない。なにかのときに塾生たちの視線を一身に浴びるのがいやなのだ。それはわかる。弥吉もひとりでいく気にはとうていならないけれど、粂吉と二人でならんで視線を半分ずつ浴びるだけなら、なんとか堪《た》えられそうな気がする。

しかし、だからといって粂吉の誘いに素直に乗る気にはなれなかった。ここでふつうに働いていれば、ひと筋の視線も浴びずにすむのだ。

いや、白状すれば、弥吉も見にいきたい気持ちはある。が、粂吉のようすがあまりにも大人げなさすぎて、そんな大騒ぎするほどのことでもあるまいと、かえって冷めた態

度を取っていた。

「気にせず、ひとりでどうぞ。仕事はおれが片づけときますから」

「それをいいなって。な、おまえが真面目なんはわかるけど、そこを曲げて、おれのためについていきてくれ。頼むわ、このとおりや」

　と粂吉が手をこすり合わせる。

　そこまでいわれて断るのは、いくらなんでも意地が悪い。

「わかりました。じゃあ、いきますか」

「よっしゃ、おおきに！」

　粂吉がぱっと顔を輝かせて、一尺ほども跳びあがった。

　洪庵の講義は、一階の教場ではなく、二階の塾舎でおこなわれていた。二間ある教場だけでは、ひとが入りきらないからだ。

　玄関奥から大部屋にあがる階段を、粂吉のあとにつづいて、弥吉はそろそろと登った。うえのほうから、洪庵のやわらかく張りのある声が聞こえてくる。講義のときには、声の響きがふだんとすこしちがい、そこはかとなく熱を帯びているようだ。

　階段口から顔を覗かせると、洪庵は仕切りの襖を取り払って清所に陣取り、柏原塾頭をはじめ塾生はみな大部屋に幾列にもならんで坐っていた。その整然とした光景は、日ごろのありさまからは想像ができないほどで、弥吉は思わず眼を疑ったし、粂吉もしきりに瞼をぱちぱちさせていた。

二人は頭を低くして階段を登り切ると、こっそりと壁際に坐った。気づいた者はいるはずだが、塾生はだれひとり見むきもしなかった。

洪庵はなにか人体の機能について話していた。医学の知識がないと理解できない話で、それがどれぐらいの難易度なのかすら、弥吉には見当もつかなかった。下級生がいるから平易な内容を語っているとも思えるし、あえていつもどおりの講義をしてみせているようにも思える。

いずれにせよ、弥吉はわからないながらに、たちまち洪庵の声に聞き惚《ほ》れた。そして、そういう塾生がほかにも少なからずいるようだと感じた。しみいるように胸の奥に響く声だった。となりで粂吉が深く腕組みして、ときおりうなずきながら聴いている姿が、真剣すぎてちょっと可笑《おか》しいぐらいに見えた。

講義はもう終盤にさしかかっていたらしい。しだいに大部屋の空気が熱く、ぴいんと張り詰めてきた。それから四半刻ほどしたころだろうか、

「かくのごとく諸説に長短あり、いまだ定説を見ず。諸君の今後の研究に俟《ま》つ」

と洪庵がいって、手にした扇子を帯にもどした。

塾生たちが、いっせいにふうっと息をついた。弥吉もそうだし、粂吉などは紙風船を絞り切るように長いため息をついた。

「さて、せっかくの機会ですから、いまの講義のことにかぎらず、なにか質問があれば受けましょう。とくに下級のひとたちは、遠慮せず訊くように」

と洪庵がにこやかにいった。

塾生たちが、こんどはいっせいにざわめいた。願ってもないことだ。とりわけ下級の塾生にとっては、そうだろう。

だが実際には、なかなか声をあげる者がいなかった。無理もない。遠慮するなといわれても、塾生全員のまえでは、と弥吉が大部屋を見まわしたとき、柏原塾頭が口火を切って質問した。そして、それを手短に終えると、

「つぎは、下級生のだれか」

と声をかけた。それから数人が質問して、なかにはずいぶん初歩的な内容もふくまれていたようだが、洪庵はどんな問いにも相手が納得するまで根気強くこたえた。

大部屋はときに笑い声が洩れるほど、なごやかな空気に満たされた。弥吉は後日に気づいたのだが、それはまったく洪庵の人柄によるものだった。

ところが、ひとりの塾生がその空気をふたたび張り詰めさせた。弥吉もまだ名前を憶えていない、ごく新参の塾生だった。その十七、八歳に見える塾生は、立ちあがって詰め寄るようにいった。

「幕府は神国の祖法である鎖国を破り、異国にたいして国を開きました。先生は、この

ことをどう思われますか」

弥吉も息を呑んだ。思わずまえのめりになって耳を澄ます。それは弥吉も訊いてみたかったことであり、またそのこたえしだいでは洪庵への敵意がいっきに高まるだろう。だが洪庵のこたえは、弥吉には思いもよらないものだった。

「いまの質問には、ひとつ大きな誤解がある。鎖国は、神国の祖法ではなく、徳川の法です。つまり幕府が勝手に鎖国をはじめ、また勝手にとりやめたわけですな」

塾生がえっと眼を剝いた。むきになっていった。

「しかし、幕府はげんに開国について、朝廷に裁可をあおいだではありませんか！」

「それには、二つ理由があるでしょう」

と洪庵は穏やかにいった。

「ひとつは、これだけ大きな問題に独力で対応する力量が、もはや幕府には失われていること。もうひとつは、徳川の祖法ともいえるものに、ときの幕閣が独断では手をつけかねたこと。二百数十年来つづいてきた法を破るには、できれば朝廷のお墨付きがほしかった。役人というものの気質を考えると、こちらがおもな理由かもしれない。いずれにせよ、神国の祖法を犯したという論法は成り立ちません」

塾生は力が抜けたように、へなへなと腰をおろした。

「ともあれ、このことと開国の是非を論じるのは、またべつです。しかし、ここでも一点、見逃してはならないことがある。わが国は開国したのではなく、異国の力によって開国させられたということです。いまわが国には、異国にまっこうから抗うだけの力がない。この厳然たる事実から眼を背けては、なにを論じても、しょせん空論や暴論にしかならない。このことをよく知っておいてください」

弥吉も力が抜けて、ぐったりと壁に背をあずけた。いまの洪庵と塾生の問答は、村の若者組で聞かされてきた話を根底から覆してしまうような内容をふくんでいた。弥吉はそれをたやすく受け入れがたく感じているが、洪庵が公平な立場で話していたのはいやでもわかる。

「なあ、おまえも質問してみたらどうや」

と粂吉が肘をずらして、わき腹を小突いてきた。

「質問？　どうして、おれが」

弥吉はぶっきらぼうにいいつつ、粂吉に横眼を流した。

「ほら、あれ、れいの難問を訊いたらどうや。塾頭さんが怒られて、青菜に塩になったという、医者の命と患者の命、どっちが大事かっちゅう話」

そのことなら、吉井儀三にも洪庵に直接訊けといわれたが、こんな大勢のまえでは話したくもないし、そもそも弥吉は塾生ではない。

「なんや、さっきの新参者みたいに、威勢よう声をあげる気にはならんか」

「そりゃ、そうでしょう。こっちは勝手に講義にまぎれこんで、盗み聞きしてるんだから。見つかれば、質問どころか、つまみ出されたって文句はいえない」

「まあ、そんときは、そんときやろ」

　粂吉はぽんと膝を叩いた。

「わしはここで先生の話を聴いてるうちに、だんだん腹が据わってきたさかい、なんやったら、かわりに訊いたろか」

「いや、訊くなら、自分で訊きます」

「ほな、そうしたらええ」

「けど、さっきもいったように」

「大丈夫や、うしろから知らんふりして声を出したら、だれも気がつかへんて」

「ううん……」

　弥吉は背を丸めて、両手で膝頭をつかんだ。粂吉にいわれなくても、訊いてはみたい。いまはべつの塾生が蘭語と英語について質問している。それにつづいて、さらっと質問すれば、粂吉のいうとおり、ばれずにすむだろうか。

「先生はもうじき江戸にいってしまうんやさかい、いまを逃したら、こんな機会は二度とないで」

　と粂吉が耳元で囁いた。

たしかに、そのとおりだ。弥吉は覚悟を決めた。洪庵が英語について話し終えるのを待って、わずかに顎をあげて呼びかけた。

「もうひとつ質問をしてよろしいでしょうか」

「ああ、弥吉さんかな。どうぞ、なんなりとお訊きなさい」

大部屋を埋める塾生たちが、いっせいにこちらを振り返った。

四

弥吉は顔を伏せるまえに、まともに塾生たちと眼が合ってしまった。息が詰まり、どっと冷や汗が噴き出る。質問するどころか、ここにいることさえ、分不相応なことなのだ。なにをしている、身のほどをわきまえろ、といまにも怒声が飛んでくるだろう。消えられるものなら、消えてしまいたい。弥吉は身の細る思いをしながら、眼をそらさずに塾生たちの視線を受けつづけた。一度顔を伏せてしまうと、二度と声を出せなくなる。それがわかっていたからだ。こめかみからひと筋、汗の粒が流れた。

「さあ、どうぞ、弥吉さん」

と洪庵がうながした。塾生たちの眼は、こちらに釘づけになっている。

弥吉は拳を握りかため、背筋を伸ばして、洪庵の顔をしっかりと見た。だれがどう思おうと、洪庵はここにいることを許し、質問を待ってくれている。

「では、お尋ねします。先生は以前にご自身の命と長町で診察した患者の命、どちらの値打ちも変わらないという意味のことをおっしゃいました。たとえば往来でひとの懐を狙うような男の命でも、先生と同等なのでしょうか。もしそうなら、それはなぜでしょうか」

塾生たちがまたいっせいに、洪庵のほうを振りむいた。弥吉は眼をぱちくりさせた。なんとあっけない。本当にひとりの視線も、こちらに残っていないのだ。

塾生たちの関心はつまるところ、弥吉がなぜここにいるのかより、なにを訊くかにあったらしい。そして、その関心はもはや洪庵がどうこたえるかに移っている。

「はて、あのひとは掏摸でしたか」

洪庵が首をかしげた。

「じつは一度、懐中物をやられました」

弥吉はそういって、小さく息をついた。洪庵の問いに、塾生たちがまたこちらを見るかと、ちょっと身構えたのだが、取り越し苦労だった。

「では、顔を見て、それとわかったわけですな」

「申しあげればよかったのですが」

「いいえ、かまいません」

と洪庵は広い額を左右に揺らして、

「それでは、こたえましょう。たとえ掏摸でも大名でも、患者と医者の命は同等です。なぜなら、ひとはすべて平等だからです」

弥吉は一瞬、ぽかんとした。洪庵はこの講義のなかでも、もっとも突拍子もないことをいったようである。

「先生、いますこし詳しくご教示を願います」

と塾生から、すぐさま声があがった。当然だろう。ひとにはおのずと分際がある。みなが平等なはずがない。

弥吉はちらと柏原塾頭のほうを見た。うしろ姿がわずかに垣間見えるだけで、どんな表情をしているかはわからないが、さっきまでのくつろいだようすとはちがうようだ。

洪庵はなにかふと眼の色を深めて、塾生全員の顔をゆっくりと見渡した。

「長年患者の身体を診てきて、これだけは断言できます。ひとはみなおなじ。聖人君子であろうと、極悪人であろうと、ひとはひと。おなじ身体の構造を持ち、おなじ機能が働いて生きている。その本質は一個の命です。そして、一個一個の命の重みに差異はありません」

「本質が同等ということとは、特質には差異があるということですか」

べつの塾生が問いかけた。

「さよう、ひとには体格や能力、才幹、また身分や貧富など、さまざまな特質があって、これらは同等ではない。げんにわたしは、柏原さんの具《そな》える特質のひとつがたいそううらやましい。というのは、いくら呑んでも二日酔いせぬところだが、それがもしこの虚弱な体質と同等なら、うらやましくは思わぬはずだ」

洪庵がそういって塾頭に眼をむけると、塾生のなかから笑いが洩れた。

「しかし、この特質の価値は、一定ではない。ひとやとき、場所、状況などにより、さまざまに変化する。たとえば酒に強い体質は、わたしにはうらやましいが、呑まぬひとにとっては無価値であろう。卓抜な武芸の技倆は、味方にとってはすぐれた特質だが、敵にとっては負の価値しか持たぬ。さらにまた、特質自体も一定ではなく、さまざまな理由で変化する。みなも実感しているように、容姿や体質は月日とともに変わり、能力は努力や鍛錬によって変化する。またひとの立場はつねに揺れ動き、富貴貧賤《ひんせん》はしばしば入れ替わる。柏原さんもわたしの齢ごろになれば、二日酔いで往診を怠けるようになるやもしれぬ」

ふたたび塾生から笑いが洩れた。

「さて、こうした特質は往々にして、ひとを平等でないように見せかける。しかし、特質はあくまで特質。それがいかなるものであれ、本質を変えるものではない。どんな肩書を得ようと、どれほど着飾ろうと、そのひとの実質がなにも変わらぬようにです。本質と特質、両者は明確に区別されねばなりません。そして、医者は患者のさまざまな特質に惑わされず、本質すなわち一個の命と真摯《しんし》にむき合わねばならぬのです」

洪庵はあらためて塾生たちの顔を見渡し、その眼を弥吉にとめた。

「弥吉さん、あなたは長町の長屋で治療の手伝いをしたとき、患者が掏摸であるとかどうとか、そんなことを考えていましたか。ただそこに苦しんでいる命を見て、それを救うことだけに専心していたのではありませんか。あれがだれか有名な学者や大店の主人なら、もっと熱心に手伝いましたか。それとも掏摸だから貧者だからと、てきとうに力を抜いていましたか。そんなことはないでしょう。とすれば、あなたはとうにひとの命の重みを知っていたことになる。そして、そこに上下の隔てを感じなかったことになる。どうやら、わたしに訊くまでもなかったようですな」

弥吉は思わず瞼を閉じた。命の重みを知っている。はたして、それは自分にふさわしい言葉だろうか。

「さて、ここからは蛇足になるが、この機会にあえて話しておきましょう」

洪庵はそういうと、いっとき額に手を添えて、どこか遠くを見やるように眼を細めた。

「かれこれ二十四、五年前、わたしはここ大坂で医学塾をはじめたけれど、とりわけ昨今は専門にこだわらず、ひろく有為の人材を育てようとつとめてきたつもりです。それゆえこのなかにも、薬を調合するかわりに、たとえば砲台を設計するひとがいるでしょう。あるいはまた、ひとの病ではなく、国の病を治そうとこころざすひとがいるでしょう。橋本左内さんはそういうこころざしに殉じたわけだが、いまわたしが世情を眺めるに、国の病を治そうとするひとのなかには、人命を軽んじる者が少なからずいるようです。国のためという大義のまえには、ひとの生死など小事と考えているのでしょう」

塾舎の空気が静かに震えた。洪庵の口調はあくまで穏やかだが、その痩身から怒りとも悲しみともつかぬなにかが滲み出ていた。弥吉はまばたきすることさえ忘れて、洪庵の姿に見入った。

「しかし、これだけは忘れないでください」

と洪庵はいった。

「ひとの命を軽んじることこそ、国の罹《かか》るもっとも重い病なのです。国の病を治そうとこころざすほどのひとならば、どれほど困難なときでも人命を尊ぶことをやめない、そういうひとであってほしいと、わたしは切に願っています」

海　原

一

よるべぞと思ひしものをなにはがた　あしのかりねとなりにけるかな

一首を詠んで、緒方洪庵は大坂を去った。

文久二年（一八六二年）八月五日のことである。

残された人びとは、家族、塾生、奉公人を問わず、いっとき放心状態に陥った。

弥吉も胸にぽっかりと穴が開いた。その痛いような虚《むな》しさが、洪庵がいなくなったせいなのか、使命を果たせなかったからなのか、弥吉自身にも判然としなかった。

あるいは焦燥が灰となって消えた跡なのかもしれない。洪庵の出立前の数日は、なんとか命を狙おうと夜も眠れず、じりじりと焦りに胸を焼かれつづけたのだ。

だがその一方で、弥吉は虚しさの底に安堵《あんど》がひそんでいることもわかっていた。

とにかく、このままではいられない。それだけは疑問の余地がなかった。

洪庵が江戸に発ったいま、弥吉が適塾にいる理由はない。入門をこころざしてここにきたのも、下男として働きだしたのも、すべては使命を果たすための方便なのだ。このまま塾に居残れば、仲間を裏切ったとも思われかねない。

だがどの面下げて村に帰ればいいのか、弥吉にはそれがわからなかった。自分は役目をしくじった。これはまぎれもない事実である。晋平と幸蔵の二人には、さんざんに嘲《あざけ》られるだろう。へたをすれば、若者組から追放されるかもしれない。

けれど、それにもまして吉井儀三の期待に背いたことが、弥吉にはつらかった。儀三は洪庵を敬慕しており、心情的には殺害に反対していた。にもかかわらず、大義のためにはやむを得ないと、断腸の思いで決意したのだ。自分にはその半分の覚悟もなかった、と弥吉はわが身を省みずにはいられない。

だがそうした自省のかたわらで、弥吉の胸にはまだ洪庵の声が生なましく響いていた。大義のために人命を軽んじてはならない。そう教える声である。

以前なら、そんな声には耳を貸さなかったろう。臆病、惰弱と、あたまから否定していたにちがいない。しかし弥吉はいま、そうすることができなかった。むしろこれまで自分が学んできたことに誤りがあるのでは、と疑問を感じはじめている。

手をこまねいて洪庵を江戸に旅立たせてしまったのも、つまりはそういうことだった。たしかに覚悟が不足していたが、それよりもその覚悟が本当に正しいのかどうか、ひそかに迷いを感じていたのだ。

あのときはまだ胸裡を直視できずにいたが、いまははっきりそうとわかる。こんな気持ちでは、よけいに村へ帰れない。

弥吉が宙ぶらりんのまま適塾で下働きをつづけるあいだに、思いがけない決断をくだした者がいた。柏原学介が塾をやめて、江戸にむかったのだ。正式な手続きを踏んではいたが、あまりに突然のことで、塾内では柏原が出奔したかのような騒ぎになった。

「ほんまにびっくりしたわ。おかげでみんな、眼が醒めたみたいなあんばいやったけど」

とお糸が苦笑した。洗濯物を干す手を休めて、てのひらで首筋をあおいでいる。

実際、あのころは謹厳きわまる女中頭のお菊でさえ、洪庵の江戸上府の支度の疲れが出たのか、気の抜けたようすをしていた。柏原塾頭の退塾の驚きで、ようやくみなが放心状態から回復したのである。

「たしかに驚いたな。けど、洪庵先生のあとを追いたくなる気持ちはわかる。こういってはなんだけど、先生あっての適塾だからな」

弥吉もほろ苦い笑みを返した。まえに一度修繕したことのある二階の物干台の手すりが、こんどは涼みにきた塾生が暴れたせいで傾いてしまい、またぞろ道具箱を抱えてあがってきたのだ。

「そりゃ、適々斎先生の塾で、適塾やもの。けど、先生につづいて塾頭さんもおらんようになったら、残ったひとたちが困るんやないかしら」

「どうかな、拙斎先生もいるし、塾生も人材が豊富なようだから、心配いらないんじゃないか」

「ふうん……」

お糸がまた洗濯物を干しはじめた。こちらにむけたお尻が上下したり横に動いたりする。

弥吉は眼をそむけて、大工仕事に取りかかった。二度目だから要領はわかっているが、こんどのほうが傷み方がひどい。塾生たちは物干台で涼みがてら、井戸で冷やした柳《やなぎ》陰《かげ》で酒盛りをして、酔っぱらったあげくに相撲を取ったらしい。どうりで、どったんばったんと凄《すさ》まじい音がしたのだ。

柳陰というのは、みりんを焼酎で割ったもので、夏場に冷やして呑む。暑いときにはうまいが、冬場はいけない。まちがって燗をつけると、甘みと匂いがきつくなりすぎて、呑めたものではなくなる。

「ほかにも大勢、先生を追いかけて、江戸にいってしまうんやろか」

「えっ？」

弥吉は釘を打つ手をとめて振り返った。お糸の声がよく聞き取れなかったのだ。

「弥吉さんは？」

「おれが、なにか」

「ううん、べつに」

お糸はあいまいに頬を左右に揺らしたが、にわかに声を明るめて、

「もうすこし涼しくなったら、粂吉さんを誘うて沙魚《はぜ》釣りにいきましょ」

「沙魚？」

「そう、安治川の河口で。毎年、季節になると釣り船でいっぱいになるんよ。沙魚釣りは竿が短うて簡単やさかい、女の人も子供も大勢出かけるん」

「へえ、やっぱり大坂は海辺の町だな」

「御座船ってわかる？　屋根のついたしゃれた船やけど、そういうのを借りあげてくるひとは、釣った沙魚を船のうえで料理して食べたり。そんな贅沢をせんでも、物売りの船もぎょうさん出てるから、焼餅やら芋汁やらを買って食べるん」

「楽しそうだ。けど、休みをもらえるかな」

「先生がいてはるときには、気晴らしにいっといでって、出してくれはったけど……」

とお糸が口ごもった。

弥吉はかわりに声をはずませて、

「じゃあ、こんど奥さんに頼んでみるか。粂吉さんとおれ、二人いっぺんに休みをもら

うのは難しいかもしれないけど」

「それなら、うちも頼んでみる。お菊さんがうんというてくれたら、たいてい大丈夫やから」

お糸はくすりと笑い、それからきゅっと眉をひそめた。

「沙魚釣りには、ゴカイっていう、ミミズみたいにうねうねしたのを餌に使うん。けど、ミミズとちごうて、ゴカイは咬《か》みつくから、うちは苦手。そやさかい、弥吉さんが餌をつけてくれたら、うちの釣った沙魚を分けてあげる」

「それはありがたいな」

弥吉は苦笑しながら、牙のあるミミズを想像してみたが、うまく思い浮かばなかった。むしろ足のないムカデみたいなものだろうか。

お糸が洗濯物を干し終えて階下におりると、弥吉は黙々と手すりを修繕した。そして、それが終わると、あらためて物干台を隅々まで見てまわり、傷んでいるところにできるかぎり手を入れた。金槌《かなづち》や鑿《のみ》を使いながら、ときおりゴカイのことを考えた。

二

その夜、弥吉は下男部屋で夜具のうえに胡坐をかいて、粂吉に沙魚釣りのことを話してみた。

「へえ、お糸ちゃんが、おれも誘うと、そういうたんか。めずらしいこともあるもんやな。おれはここの女子衆には、たいていろくでもないやつと思われてるさかい」

と粂吉が首をかしげた。

「たしかにお糸さんも、そんな憎まれ口をきくけど、だれも本気じゃないですよ。粂吉さんの仕事ぶりがたしかなのは、一番の新参のおれだってよくわかってるし」

と弥吉は真顔でいった。

「ほう、今日にかぎって、えらい持ちあげてくれるやないか。ふだん愛想をいわん弥吉先生が、どうした風の吹きまわしや」

「ただし、粂吉さんはそうして口が達者すぎるから、手のほうがおろそかになってるんじゃないかと、まわりに誤解されるんです」

「なんや、持ちあげたと思たら、さっそく腐してくれるなあ」

と粂吉が笑った。

「べつに褒めも貶《けな》しもしませんよ、おれは本当にそう思ってるだけで」

「そうか、そんなら両方ともありがたく聞かしてもろとくわ。しかし、沙魚釣りのほうは遠慮さしてもらうで。わしはこう見えて、気の小さいとこがあってな。釣りはどうも苦手やねん」

「お糸さんもゴカイが苦手といってたけど、もしや？」

「いや、ゴカイが苦手というより、あのての餌に釣り針を刺したとき、ちゅっと汁が出よる。あれが気持ち悪うて、どうにもならんのや」

「餌なら、おれがつけますよ。お糸さんとも、そう約束したし」

「ふうん、約束をな」

と条吉が顎を引いて、じっと弥吉の眼を覗きこんだ。

「けど、その約束は守れるんか。沙魚釣りが賑やかになんのは、半月ほどさきやで」

「………」

弥吉はこたえに詰まった。嘘をつくつもりはない。ただなにが本心なのか自分でもよくわからないのだ。

「おまえ、ここを出ていくつもりやろ」

「いや、まだ決めてません」

「決めてないってことは、そのつもりはあるってことや」

「ええ、まあ……」

「出ていかれるんは困るけど、引きとめはせんで。おまえにも、なにかと事情があるやろうさかいな」

と条吉が胡坐をかきなおして、

「ぶっちゃけ、洪庵先生がおらんようになったら、ここにいても仕方がないんやろ」

「それはいったい、どういう？」

「どうもこうも、おまえはここに、先生を殺すためにきたんやろうが」

「えっ」

弥吉は息を呑んで、粂吉を凝視した。一瞬、顔から血の気が引き、そのあと耳まで真っ赤になっていくのが、自分でもはっきりとわかる。

「どうやら、図星やったようやな」

と粂吉が苦っぽくいった。

「安心しいや、ひとにはいわんさかい」

「いや、どうしておれがそんなことを。とんでもない。ほんとにひどい思いちがいだ」

弥吉は激しく首を振った。

「ふうん、それならそれでかまわんがな。ほな、教えてくれるか。蘭学にも医学にも興味のないおまえが、なんで適塾に入門しようとしたんか。それがかなわんだら、どういうわけで下男に身をやつしてまでここに残ったんか」

「それは……」

「いまさら、へたな嘘はやめとき。どっちみち、もうすんだ話や」

「……」

弥吉は口を引き結んで、粂吉の顔を見なおした。たしかになにをいっても、へたな嘘にしかならないだろう。追い詰められたのだ。

「どうして、いつごろから、そんなふうにおれを見ていたんですか」

弥吉は上目遣いに訊いた。

「正直いうと、おまえがきたその日に、なんやおかしな気がしたんや。で、それからしばらくして、こいつはおれとおんなじちがうかと思いだした」

粂吉はそういって、いかにも悪辣《あくらつ》そうな顔つきをしてみせた。

「粂吉さんと、おれが、おなじ？」

弥吉にはなんのことか見当もつかない。

「おまえ、志士とかいう連中と付き合いがあるんやろ。まえに訪ねてきた鳥山っちゅうんも、そんな手合いにちがいない。尊王攘夷におまえがどんだけかぶれてるかは知らんが、ここにくるときには、洪庵先生のことを異人の提灯持ちぐらいに思うてたはずや」

「けど、それが粂吉さんとどうおなじなんですか」

「おなじといえばおなじ、正反対といえば正反対や。わしは志士やのうて、お上に雇われてるからな」

「お上、というのは、町方のこと？」

弥吉は咄嗟に、御用聞きの政五郎の顔を思い浮かべた。

「いや、奉行所よりも、もうちょっとうえ。じかに会《お》うたわけやないが、大坂城代さんのご内命ってやつや。ただし、おまえとちごうて、わしはここで下男奉公をはじめてから、お上にこっそり声をかけられたんやけど」

粂吉が適塾への入門をめざしたのは、いわば世過ぎとする一芸を身につけるためだった。黒船の来航以来、蘭学はいっきに値打ちをあげた。なにせ幕府も諸藩も眼の色を変えて蘭学者をかき集めている。たとえそこまでの学識はなくても、いまの世の中、蘭語が読めればまず喰いっぱぐれることはあるまい、と考えたのだ。

だがその魂胆はたやすく洪庵に見抜かれてしまった。粂吉は入門を断られ、ならばせめてと頼みこんで、下働きをはじめた。適塾にいたといえば、それだけでなにがしかの箔がつく。田舎にいけば、医者で通用するかもしれない。

「まあ、そんなことを思いながら、一年ほどだらだらと働いてたら、ある日、いやに眼つきの鋭い男に呼び出されて、お上のために働かんかといわれてな。下男をしながら洪庵先生のようすを見張ってたら、それだけで褒美をくれるちゅうんやから、ろくに考えもせんと引き受けたわ」

おもな役目はふたつ。ひとつは幕府の招聘にたいする、洪庵の真意を見きわめること。いまひとつは、洪庵が尊攘派に加担せぬよう見張ること。弥吉とは立場が逆になるが、洪庵が佐幕と尊攘のどちらに傾くかに、おなじように眼を光らせていたのだ。

「そうして日ごろから眼配り気配りしてたさかい、おまえのことにもぴんときたんや。ただし、わしはおまえみたいに柄《つか》に晒を巻いた包丁を隠し持つような物騒なまねはせなんだで。あれは、ひとを刺したとき手が滑らんようにする工夫やろ」

と条吉は顔をしかめた。とはいえ、かりに洪庵が尊攘派に加担して、それを幕府に報告すれば、なんらかの害が洪庵におよんだ可能性は高い。先生が江戸にいく気になってくれて、ほんまによかったわ、と条吉は息をついた。洪庵が奥医師の話を辞退するたびに、ひやひやしていたというのだ。

「それなら、おかしいと気づいてからは、おれのことも見張ってたんですか」

と弥吉は眉根を寄せた。

「まあ、見張るってほどやないけど、ちょいちょいと眼は配ってたな。いや、いっときはえらい剣呑な気配を漂わしてたさかい、あのときはだいぶ気を遣《つこ》うたで。なんぞあったら、とめに入るつもりやった。お上に雇われてるからやのうて、わしの気持ちとしてな」

「気持ち、ですか」

弥吉は部屋の隅に視線を流して呟いた。

条吉がぽんと手を打った。

「で、どないするつもりや。ここを出て、村に帰るんか。それとも、江戸にいくんか」

「わかりません」

「わからんが、やっぱり出ていくわけやな。お糸ちゃんがさみしがるで。いや、正直、わしもちょっとばかりさみしいわい」

「…………」

「わしはもうしばらくここにいて、蘭語を身につけたら、お上の褒美を元手に異人相手の商売をはじめるつもりや。じつは、この一年ほど塾頭さんに手ほどきしてもろて、まあ蘭語のイロハぐらいはわかる。それで、どうや、よかったらわしと一緒に商売せんか」

「商売を？　気持ちはありがたいけど……」

「異人の相手はかなわんか？　おまえは攘夷志士のくちやさかい、嘘でも異人にべんちゃらなんぞいえんかな」

「…………」

「とにかく、このさきどこにいくにしても達者でな。おたがい達者でいたら、またどこかで会うこともあるやろう」

そんときはまた仲良うたのむで、といいおいて、粂吉はごろんとひっくり返り、大の字に手足をひろげて寝はじめた。

弥吉は脛《すね》をつかんで、胡坐をかきなおした。そのましばらくじっとしていたが、立って灯を消し、静かに夜具に横たわった。瞼を閉じて、寝返りを打った。今夜もあまり眠れそうになかった。

三

長い坂をようやくのぼりきると、眼下にこんどは急な下り坂があらわれた。

弥吉は石畳をはずれて道の片端に寄り、土の地面のうえにたたずんで、吸筒《すいづつ》の水をひと口飲んだ。箱根峠である。石を踏みしめてきた足がずきずきと痛む。

道中で土地のひとから石畳のありがたみを教えられた。むかしは晴れると道が乾いて滑り、雨が降ると深くぬかるんで難儀をきわめたという。

だが弥吉はいま、やわらかな土の感触がありがたく思えてしかたがなかった。

箱根の八里は旅慣れたひとでも一日がかりでやっと歩きとおせるというが、ここまでの西坂をのぼるだけで一日分の体力を使い果たしたようだ。このさきはくだりだと言い聞かせても、棒杙《ぼうぐい》のように固まった足は歩きだそうとしない。

もうひと口、水を飲んで、空を見あげた。昼前には箱根宿を通り過ぎるつもりでいたのに、日はもう山頂を越している。これでは日暮れまでに小田原宿に入るどころか、途中の畑宿に着くのもぎりぎりになるだろう。

「どうした、物見遊山の旅じゃないんだぞ」

こんどは叱咤してみたが、やはり足は半歩と動かない。弥吉は肩を返して、西の方角を見やった。地の際まで晴れ渡った空を眺めていると、大坂からたどってきた道程がうっすらと浮かびあがるかに思えた。

弥吉が適塾を去ると決めたとき、それを強く引きとめたのは意外にも若先生の緒方拙斎だった。あと三月《みつき》ようすを見て、とくに支障がなければ、弥吉の入門を許すようにと、洪庵が言い残していったというのだ。

「先生はきみの人柄や働きぶりをご覧になり、塾生たるに足るとおみとめになったのだ。わたしが師では物足りぬやもしれんが、せめて一年だけでも学んでいってはどうか」

と拙斎は熱心に勧めた。

粂吉もそうと知って、

「よかったやないか。これで村の衆にも、ひとまず顔が立つ。慌てて出ていかんと、学問しながら、ゆっくり身の振り方を考えたらどうや」

といってくれたが、弥吉は眼を閉じ、耳を塞ぐ思いで、それらの言葉を振り切った。いま切実に知りたいことは、机のうえで学べることではないと感じていた。

長野村の吉井儀三と連絡を取って、道中手形など必要な旅支度をととのえると、弥吉は江戸にむけて出発した。庄屋の吉年米蔵は早々に証書を手配してくれたうえ、弥吉が学費として預かっていた金子を路銀として使うことも許可してくれた。

適塾に入門するための束脩《そくしゅう》や塾費などは、ほとんど手付かずのまま残っていた。あの古狸の塾生に呑み喰いされたのも、いまとなっては思い出のひとつだった。

それにしても、洪庵が弥吉をみとめたとは、どういうことだろう。まさか志士として立つという覚悟や、当の洪庵を誅殺《ちゅうさつ》する意志をさしているはずはない。だが弥吉には、ほかにこころざしと呼べるものなどないはずなのだ。

洪庵はなにか右と左を取り違えるような、大きな勘違いをしているのかもしれない。どうにも、よくわからない話だ。もっとも、そう考える弥吉自身も、自分がなんのために江戸にいくのか、わかっているようでわかっていなかった。

本当は大坂を離れたくないのではないか。この峠を越えると、もう引き返せない。そういう思いが、歩みをためらわせているのではないか。

「とにかく、江戸だ。江戸にいけば、きっと見えてくることがある」

弥吉は振り捨てるように、東にむきなおった。嫌がる足を励まして、東坂をくだりはじめる。たちまち膝がぎくしゃくと笑いだした。疲れた足には下り坂のほうがこたえるのだ。踏まれて丸みをおびた石畳が、いまにもつるんと滑りそうに見える。

と思うと、あとからきた行商人らしい白髪頭の老人が足元を気にするふうもなく、すいすいとわきを追い越していった。

弥吉は奥歯を噛んで、大きく足を踏み出した。その拍子に、石畳のわずかなでっぱりにつまずいて、勢いよくつんのめる。あたふたと手を振りまわして、なんとかこらえたが、そんなわが身のふがいなさに、いっそ坂を転がり落ちようかと思うほどだった。

箱根峠を挟む道は、ここまではおおむね尾根づたいで見晴らしがよかったが、このさきは谷間を縫っていくらしかった。しきりに曲がりくねる急坂を用心深くおりていき、畑宿にさしかかるころには、案の定、日はもう背後の山陰に隠れていた。

だが弥吉はこの間宿に足をとめず、意地になって小田原宿をめざした。こんなところで弱音を吐いているようでは、江戸にいってもなにもできないぞ、とわが身を叱り飛ばしている。

とはいえ、はじめての道が暮れていくときほど心細い景色はない。弥吉はじきに後悔した。畑宿に引き返さなかったのは、意地よりも、もどりが上り坂になるからだった。どれだけつづくともしれない暗い道を、弥吉はとぼとぼと辿《たど》った。たよりの月明かりが、ときおり雲に途切れて、いっそう足元がおぼつかなくなる。

小田原宿は城下町の一画にあって、東海道の宿場でも屈指の賑わいだという。ようやくその繁華な灯の光が見えてきて、ほっとしたのもつかのま、遅くに着いたせいか、くたびれた風体のためか、泊めてくれる旅籠が見つからず、何度も暖簾《のれん》をくぐりなおすはめになった。

翌日、弥吉は寝過ごして、日が高くなってから旅籠を発ち、藤沢宿までしか歩けなかった。そして、つぎの日は街道筋を離れて、道を南に取った。

ここまでわき目も振らず、江戸をめざしてきた。いまも道中を急ぐ気持ちに変わりはないが、ひとつだけどうしても立ち寄りたい場所があった。

藤沢宿の旅籠で教えられたとおり、宿場はずれにある大きな鳥居をくぐって、江の島道に入る。南に一里ほどいくと、海に突き当たり、波間に砂嘴《さし》が延びて、江の島が見えた。だが目当ては、ここではない。江の島には渡らず、道を東に折れて、鎌倉にむかう。

昨日は道中が捗《はかど》らなかったが、そのぶん今日は足が楽だった。石畳を睨んで歩いた箱根越えとちがい、顔を起こして景色を眺めるゆとりがある。ただし街道筋から遠ざかると、見知らぬ土地にきた思いがひときわ胸に迫った。

弥吉は見栄を張らず、ひとに尋ねて、何度も道をたしかめた。鎌倉の町なみに入ると、こみいった道に眼のまわる思いがしたが、下馬と呼ばれる辻から、すんなりと浦賀道に入ることができたのは、土地のひとの親切な案内のおかげだった。

鶴岡八幡宮の参道を左手に見て歩みを進め、名越切通しを抜ける。逗子から葉山と潮風を浴びたあと、いったん海辺を離れて、山手にさしかかる。やはり箱根と比べるせいか、あっけないほどに山越えはたやすくすんだ。

大津という土地で、弥吉はふたたび海辺に出た。浦賀道は戸塚宿からと保土ヶ谷宿からの二筋があり、ここで合流する。弥吉は藤沢宿から江の島まわりで近道して、鎌倉で戸塚宿からくる浦賀道のほうに入ったのである。

大津にきて最初に眼についたのは、漁師でも百姓でもなく、侍の姿だった。この土地には、天保の末年ごろから海防のために陣屋が築かれている。はじめは川越藩が幕命により新設し、いまは熊本藩が引き継いでいるらしい。

どれぐらいの人員が配置されているのか、話に聞いて思い描いていたよりも、かなり物々しい気配である。

「まんざら虚仮威《こけおど》しでもなさそうだな。けど、指図しているのが幕府では……」

と弥吉は呟いて、つづきをやめた。

どんな物事であれ、しばらくは自分の物差しで測るのをよそうと思っている。無理に物差しを押し当てても、導き出されるこたえには、なにがしかの違和感がつきまとう。これまでのように、ぱっと結論に飛びつけないのだ。当分は、見聞きしたことを見聞きしたままのかたちで、胸にとめおくだけにしたほうがいいだろう。

大津からめざす場所へは、あと一里（約四キロ）余り。浜沿いの道を歩いて、もう一度海に背をむけ、ひとつ低い山を越えると、いよいよ浦賀港が見えてくる。

弥吉は足取り軽く坂をくだった。浦賀港は縦長の深い入り江になっていて、その両側に東浦賀と西浦賀の町なみがつづいている。屋根もまばらな漁村ではなく、宿場町のようにびっしりと家がならび、遠目にも立派な屋敷が見える。

浦賀には海の関所にあたる船番所があり、江戸湾に出入りする船はすべてここで積荷の検査を受けねばならない。しぜんと廻船問屋もこの地に集まり、その数は百軒を超すという。また古くから干鰯《ほしか》の取引地として栄えていて、老舗の干鰯問屋が軒を連ねているらしい。

弥吉は道が入り江に裂かれて二手にわかれるところまでくると、とりわけ繁華に見える西浦賀に足をむけた。くだんの船番所のまえを通るとき、なにやら息苦しい気がしたのは、やはり胸裡に幕府への反感がひそんでいるからだろう。

近くには浦賀奉行所もあって見えたのは木戸門だけだが、圧迫感と反発心というふたつの感情がぶつかりあった。以前の弥吉なら咬みつくように睨んで通りすぎたかもしれない。だがいまは表情を変えずに歩くようこころがけた。

ふしぎなものだと、われながら思う。村で尊王攘夷について語り合っていたときには、なにかにつけてかっと頭に血をのぼせ、すぐに腕まくりしていた。それが男らしくもあり、恰好よくもあると思っていたのだが、いつのまにか気構えが変化したようだ。

いや、もちろん適塾にいるあいだにはちがいないが、いつどうして変わったのかは、自分でもよくわからない。そういえば、村から幸蔵がようすを見にきたとき、ことあるごとに大袈裟に憤慨してみせるのが、いやに芝居がかって見えた。

「あいつ、この江戸行きのことにも腹を立てているかな」

もちろん、むやみに憤慨しているだろう。大坂につづいて江戸にくだるなど、弥吉にしても村を出るまえには夢にも思わなかったのだ。

半里ほどもある長い町なみを抜けると、弥吉はそのまま外海の海岸にむかう細い道に入った。

黒船のあらわれた海を、この眼で見たい。見るだけならどこからでもかまわないようなものだが、黒船来航の話を聞いたときに名前が耳に残った「燈明崎」からと思い定めて、ここまできたのである。

静かな入り江を離れると、前方から波音が聞こえてきた。しだいに高くなるその音を聞きながら、なだらかな坂をのぼりつめると、見おろすさきに燈明堂があった。寺の石燈籠のようなものを想像していたが、実際には櫓に似た建物だった。

そして、そのわきにちらりと見え隠れした人影に、弥吉は思わず眼を疑った。

四

「やあ、どうしてきみが、こんなところに？」

振りむいて眼を丸くしたのは、適塾で塾頭をしていた柏原学介だった。

「柏原さんこそ、どうして?」

弥吉も眼をまん丸にしている。

「わたしか。わたしは、そう……」

と柏原は弥吉の顔を眺めなおして、ちらと海を見やり、

「そう、たぶんきみとおなじだな」

「わたしと?」

「世の中を変えるきっかけとなった事件の現場を、自分の眼で見ておきたかった」

ちがうかい、と柏原が笑みを浮かべた。

弥吉はただ笑い返した。それだけで十分に伝わった。

二人は海原に眼をむけた。燈明崎は海岸が岩場になっていて、打ち寄せる波が泡を立てて砕けている。白い波のしたはかなりむこうまで岩礁が隠されているらしい。そのさきに紺碧《こんぺき》の海原が眩しくうねり、彼方に房総半島が横たわっている。

黒船はこの浦賀沖に停泊して、江戸湾に入る機会を窺っていたのだろう。幕府が交渉してとなりの久里浜に場所を移したが、つまるところ異人の上陸を許してしまった。その瞬間に日本の鎖国は破られたのだ。

「とはいえ、海を眺めるためだけに、はるばるきたわけじゃなかろう。洪庵先生を追いかけて、江戸にいく途中かな」

柏原が沖を見やりながらいった。

「それも、柏原さんとおなじですか」

弥吉は訊き返した。

すると、柏原はわずかにこうべを傾けて、

「いや、わたしはすこし事情がちがう。先生の上府に刺激されたのはたしかだが、江戸にいくのは仕官のためだ」

「仕官とは、幕府にですか。柏原さんも、奥医師に？」

「そうじゃないが、まあ、それに近いあたりから声をかけられている」

御三家か御三卿《ごさんきょう》かもしれない、と弥吉は思った。適塾の塾頭ともなれば引く手はあまただし、げんに紀伊家から招聘を受けた塾頭もいたと聞いている。

「だがすぐに話を受けるつもりはない。しばらく江戸で世情を眺めて、それからゆっくりと決めるつもりだ」

と柏原はいった。

「ゆっくりといえば、ここまでひどくゆっくりな道中だったようですね」

と弥吉は柏原の横顔を見た。端正な顔が日に焼けて、にわかに精悍《せいかん》な印象が強い。適塾にいたときには見せなかった、剝き出しの気迫のようなものが感じられる。

「そうだな、きみに追いつかれるのだから」

と柏原は浅黒い頬をほころばせたが、すぐに引き締めて、

「しかし、なにも悠長に歩いていたわけではないぞ。しばらく京に逗留《とうりゅう》して知人を訪ねまわっていたのだ。時勢の流れを見きわめるには、いまは江戸にもまして、京の情勢を知る必要があるからな」

たしかに権力の地はいまだ江戸であるにせよ、政争の地はかつてのように京にもどっている。

「それで、柏原さんは時勢をどう見きわめたのですか」

弥吉は用心深く訊いた。以前と気構えがちがってきているとはいえ、柏原のこたえしだいでは、感情的にならずにいられるとはかぎらない。

だが柏原はため息まじりに首を横に振った。

「いや、見きわめるなど、とてもできることじゃない。こういってはなんだが、わたしにかぎらず、明日のことを明確に読めている者など、京にはひとりもいないんじゃないか。みなが思いおもいに明日の絵図面を描いて、それを実現しようと躍起になって駆けずりまわっている。そんなふうに見えた」

「それなら、明日にむけて早い者勝ちの駆けくらべですか」

「どうかな、早ければ勝てるというものでもないような気がする。それならなにが勝負を決めるかといえば、よくわからんが。時宜を得ることか、あるいは権謀術数か。むし

ろ正直さか、粘り強さか、それとも意表を突く行動か」

「まるで戦国の世ですね」

「まさしくな。そのうえ、自分の絵図面を実現するために、好んで凶行に走る連中がいるから、京もずいぶん物騒になってきた」

「そうですか……」

「きみは、京の町は足早に抜けたのか？　味気ないが、それでよかったのだろう。のんびり京見物などしていては、どこでどんな揉め事に巻きこまれるともかぎらん」

だが巻きこまれるどころか、弥吉はみずから尊攘派の志士として洪庵の命を狙っているのである。この江戸行きにしても、村にいる仲間は洪庵を殺すためだと思っている。だからこそ、早々に道中手形や旅の支度をととのえてくれたのだ。

「天誅……」

弥吉は低く呟いた。その言葉はなにかこころを昂らせるような響きがある。だが同時に、その響きの陰にはどす黒い闇がひそんでいるようにも感じられる。自分がいまその昂りを求めているのか、闇を恐れて逃げようとしているのか、われながらはっきりとわからない。

七月に、京の九条家の家士島田左近が斬殺されたと聞いたときには、でかしたという思いが強かった。島田はかつて井伊直弼の腹心長野義言と結託して、安政の大獄で辣腕を揮った。尊攘志士から年来の恨みを持たれている人物だった。

島田左近は四条河原に首を晒され、胴体は高瀬川に浮かんでいたという。無惨だが、それはかれ自身のおこないの映し鏡であったろう。

八月に、おなじ九条家の家士宇郷重国の首が松原河原に、さらに目明かし文吉の死屍《しし》が三条河原に晒されたときにも、天誅という言葉はまだ濁りなく聞こえたようだ。

文吉は猿と異名をとる男で、やはり安政の大獄のさい、志士の摘発に暗躍した。その手口が狡猾で陰湿なものだったため、弥吉のように直接はかかわりのない者からも、蛇《だ》蝎《かつ》のように忌み嫌われていたのだ。

だが九月になって、京都町奉行所の与力と同心四名が斬殺されたと聞いたとき、弥吉はふと重苦しいものが胸に沈んだ。正義の名のもとに、どれだけのひとを殺すつもりなのか。こうした惨事がいつまでつづくのか。

「そう、天誅」

と柏原がうなずいて、

「いやな響きだな。そんな言葉を振りかざす連中の傲慢《ごうまん》さが、いやがうえにも耳に障る。天になりかわるなどと思いあがり、ひとの命を塵芥《ちりあくた》のごとくに軽んずる。洪庵先生がもっとも嫌われるたぐいの輩《やから》だ」

「…………」

「そうだ、先生といえば、このまえはいい質問をしたな」

　柏原がくるりと振りむいて、弥吉の肩を叩いた。

「いえ、分をわきまえず、みなさんのおじゃまをしました」

「なに、かまわないさ。先生もおみとめになっていたし。それにいっては悪いが、あれはいささか素朴すぎて、塾生にはできない質問だった。あんなふうに先生のお考えをはっきりと聞けて、初心の者たちはもちろん、わたしもよかったと思っている」

「長町での一件以来、ずっと気になっていたものですから」

「そうだな、あのときのことは、わたしもよく覚えている。先生に心得違いをたしなめられたこと。長屋の夫婦者に痛罵《つうば》されたこと。思い出すと、いまでも冷や汗がにじむ」

　柏原はそういうと、また海原に顔をむけた。空を仰ぐようにして、大きく息を吸いこみ、ふうっと吐き出すと、

「ともあれ、こうして江戸で仕官しようという気になったのは、きみの質問のおかげだ。先生の話を聞いて、迷いがとけた。町医者でも、典医でも、ひとを診ることに変わりはない。それならば、もとめられる場所に赴いて、力をつくしてみようとな」

　柏原の遠い眼に誘われて、弥吉もあらためて海原を眺めやった。かもめが二羽、縺《もつ》れ合うようにしながら波をかすめて、空高く翔けあがっていく。秋の海は見つめると、きらめきのしたに悲しいような深い色をたたえていた。

「弥吉くんは江戸になにしにいくのかな。先生に呼び寄せられたわけでもなさそうだが」

「はい、無断で押しかけます。新居に越したばかりで、なにかと不自由されているようですから、ただ働きするつもりなら追い返されはしないかと」

「ただ働きか。なるほど、そうまでしても、先生のおそばにいたいのだな」

「えっ？」

弥吉は驚いた。柏原にいわれて、はじめて自分がそんなふうに考えていると気づいたのだ。

「はい、たぶん……」

「たぶん、か。ふふっ」

「わたしも江戸で時勢の流れを見きわめたい、わたしなりに明日の絵図面を描いてみたい、そう思っているのかもしれません」

「そうか、うむ」

柏原は腕組みして、小さくうなずいた。

「きみはいったいどんな絵図面を描くのか。わたしには明日のことは読めないが、この場に立ってひとつ実感したことがある。このさきもはや蒸気船のない世にはもどらない。あの雲がどこに流れていくかはしれなくとも、あそこにとどめておくことができないことはわかるように、これだけはたしかだ」

房総半島のむこうに、白く細長い雲が切れぎれに流れていく。

弥吉は柏原の横顔を見た。語気を抑えて訊いた。

「だから、国を開くのもやむなしといわれるのですか。柏原さんは、異人の圧力に屈するのをよしとするのですか」

「たとえいま黒船を打ち払えたとしても、何年後かにはもっと強力な船が隊伍《たいご》を組んで押し寄せてくるだろう。そのとき、この国の守りは粉微塵《こなみじん》に打ち砕かれてしまうかもしれない」

と柏原は眉根を寄せた。

「そんなばかな……」

弥吉はいいかけて、きっと口を引き結んだ。江戸だ、と思った。江戸にいって、時勢を見つめなおす。すべては、そこからだ。

「これは先生の受け売りだが」

と柏原が腕組みをほどいて、ゆっくりと左右の景色を見渡した。

「愛国とは、この国の成し遂げたことに健全なる誇りを抱くこと。決して無批判に自国を称揚することや、他国を中傷することではない。わたしはこれからの時勢の流転のなかで、このことだけは忘れずにいたいと思っている」

弥吉は沖に眼をむけた。

流れゆく雲を見つめると、その真っ白ななかから、かもめがまた一羽、二羽とあらわれた。ゆったりと風を滑ってくると、いきなり急角度で翔けおりて、岩礁のきわの泡立つあたりをかすめる。浦賀沖はすこし波が高くなりだしたようだった。

暗雲

一

　むこうから若い女が歩いてくる。白塗りの長い塀に挟まれた道をひとり、細面の顔をややうつむけて、風呂敷包みを胸元に抱えている。

　近くの旗本屋敷の女中らしい。女はそうして足早に行き過ぎようとしたのだが、がさつな声が道端から降りかかった。

「やあ、宿下がりでもしてきたのかい」

「ちがうな、あの急ぎっぷりは使いの帰りさ。なあ、そうだろ？」

「それとも男と逢引《あいびき》してきたか」

「おっ、図星らしいぞ。ほら、顔を真っ赤にしてら」

「なにっ、使いの合間に逢引とは、けしからん。おおいにけしからんぞ」

「そうだ、けしからんついでに、つぎはおれの相手をしてくれ」

　うるさく騒いでいるのは、町の与太者ではない。幕府の医学所で西洋医学をまなぶ書生たちである。

江戸下谷の医学所に寄宿する書生は、ふだんから脇差を取りあげられていて、休日でも外出がままならない。このため門口にたむろして、憂さ晴らしに往来のひとをからかう不心得者がいるのだ。

女はそれと気づいて足を早めたのだろうが、かえって書生たちの眼を惹《ひ》いてしまったらしい。五、六人の若い男たちにつぎつぎと声をかけられて、ほおずきのように赤らんだ顔を真下に伏せると、ほとんど小走りに門前を通り過ぎた。

「おっと」

弥吉はわきに飛び退《の》いて、正面からむかってくる女とすれちがった。こちらも風呂敷包みを両手に提げていて、その片方が女の膝にぶつかりかけてはっとしたが、女はかまう素振りもなかった。いっさんに逃げていく。

きっとつぎからは医学所のまえを避けて通るだろう。可哀相には思うが、弥吉は書生たちの気持ちもわからなくはなかった。

適塾の塾生たちも、そうだった。とにかく精気を持て余している。もしかすると一生のうちでもっとも熱い血が身体を流れているかもしれないときを、かぎられた場所に閉じこもって過ごすのだ。すべての力を学業にだけ注ぎこめというのは、どだい無理な話だろう。

医学所の書生と適塾生のちがいは、後者のほうが自由なことだった。悪くいえば無規律なのだが、いずれにせよ適塾生には余分な精気を発散する方法がいろいろとあった。それは官学校と私塾のちがいであり、それにもまして土地柄の差によるものだろう、と弥吉は思う。

江戸に出てきて、弥吉ははじめて武士の暮らしを間近に見た。と同時に、はじめて本物の侍を見た気がしていた。

いや、こういうと多少の語弊はある。というのも、適塾の塾主緒方洪庵はれっきとした備中足守藩士だし、塾生にも武士が少なくなかったからだ。

だが洪庵の暮らしぶりはまったくの町医者で、塾生のあいだに身分による分け隔てもなかった。武士も町人もない、まさに裸の付き合いなのだ。また塾から一歩おもてに出ても、大坂ではあまり武張った侍が好まれないのはたしかだった。

けれど江戸はまぎれもなく侍の土地だ、と弥吉は感じていた。ここでは武士は町人とちがっていてこそよしとされる。侍とは強くて厳《いか》めしいもの、威張っていて当然だというふうに、武士はもちろん市井の人びとも考えているようなのだ。

そして、そのせいかどうかはしれないが、江戸の侍は大坂よりもはるかにたくさんの仕来りや儀礼、決まり事に囲まれ、それを守って暮らしているように見えた。

医学所の書生が脇差なしで外出しないのもそのひとつで、江戸では侍が刀を帯びずに町をぶらつく姿など想像もできない。本来あるべきは大小二刀。隠居してようやく脇差だけの軽装でも大目に見てもらえる、という雰囲気なのだ。

だが適塾では士分の塾生が無腰のままで往来の物売りを呼びとめて買いに出たり、火事騒ぎを聞きつけて見物に飛び出していくなどいつものことだし、そもそも塾舎の二階の大部屋では真夏になれば帯どころか褌さえつけていない。どれだけ立派な刀を持っていても、腰に差しようがなかったのである。

憂さ晴らしをするにしても、適塾生は好き勝手に外出して、牛鍋だのなんだのと呑み喰いしていたし、なかには遊所になじみの女ができて入りびたる者もいた。

それから暇があればいたずらを企《たくら》んで、奉行所の役人になりすまして芝居を無代《むだい》で見物したり、繁華街で大喧嘩の真似をして客を追い散らしてしまったりと、ずいぶんたちの悪いこともやらかしたが、そこに塾頭まで一枚嚙んでいたりするから、もはや手のつけようがなかった。

「それを思えば、門から出もせず、口先ばかりで女を冷やかすぐらいは、まだ行儀がいいほうだな……」

あらたな獲物を物色しはじめた書生たちを見やり、弥吉は正門の手前にある役宅用の門のくぐり戸を入った。

医学所はこの春まで西洋医学所と呼ばれており、さらにその前身は幕府の種痘所だった。種痘所はもともと大槻俊斎など江戸の蘭方医八十二名が、種痘の普及と西洋医学の教育のために私費を投じて設立したもので、これを幕府が接収したのである。

大槻俊斎は私営、官営を通じて種痘所の長を務め、一昨年、西洋医学所と改称されると、そのまま頭取の任に就いた。文久元年（一八六一年）の十月のことである。だが翌二年の明けから体調を崩して、四月に病没した。

緒方洪庵は再三の辞退にもかかわらず、こうした状況のもとで強引に江戸へ召し出されて、同二年閏八月に二代目の頭取に任じられた。奥医師と兼務である。ほどなく洪庵は法眼に叙されたが、これは一介の町医者からすれば、雲のうえにのぼるほどの栄達であった。もっとも、当人はそんなたいそうな肩書など、やはり有難迷惑に思っているようだった。

弥吉は両手に提げた荷物を持ちなおして、頭取の役宅にむかった。旗本屋敷を改修したもので、さほど大きな建物ではないが、洪庵の家族のほかに、適塾のころにはいなかった若党や陸尺《ろくしゃく》、それから下働きの男女をふくめると、三十人ばかりが住んでいる。

前任の大槻俊斎がかねて市中に居を構えていたため、これまで医学所には頭取の役宅がなかった。洪庵はやむなく上府してしばらくは同僚の伊東玄朴の家に居候することになったが、身ひとつではなく従者などもふくめてのことであり、なにかと不自由で肩身の狭い思いをした。

弥吉が大坂から飛び出してきたときにも、洪庵はまだ医学所内に部屋を借りて仮住まいしているありさまだった。その後、隣接する旗本屋敷を医学所の敷地に囲い込み、ここを拝領して役宅を新築することになった。さらに事情が変わり、敷地に残された旧来の家作を改修して使うことに決まった。

「おかげで一段落はしたけれど、いずれにせよたいそうな出費だ。大坂ではやっと暮らしが落ち着いたと思っていたのに、江戸にきてまた大貧乏人になったよ」

と洪庵は苦笑していたが、これもまた武士らしくない物言いではあった。

ともあれ、屋敷の改修が一段落したのが年の変わったこの三月で、洪庵はここに遅れて出府してきた八重夫人と六人の子供を迎え入れた。弥吉は夫人に会うのが気恥ずかしくて、挨拶するにも顔をまともに見ることさえできなかったが、洪庵の喜びようは傍目《はため》にもうれしくなるほどで、堅苦しいばかりの役宅に賑やかな春風が吹きこんできたようだった。

「ほんとに、あれからすっかり空気が変わったな」

どこからか響いてきた洪庵の幼い娘たちの笑い声を聞きながら、弥吉は役宅の裏手にまわって勝手口を入った。板ノ間の端に荷物を二つ、どすんどすんとおろす。

「ほう、立派な土産をもらって帰ってきたな」

台所で竈のまえにうずくまっていた安蔵が、ちらと見返した。

「先生に使いを頼まれたとき、いやな予感はしたんです。今日あたり、そろそろ危ないんじゃないかと」

弥吉は痺《しび》れた両手の指を振りながら、ため息をついた。荷物はどちらも書籍。蘭書の原書や翻訳、唐本や和歌の本などさまざまである。

江戸にも適塾の出身者は大勢いて、洪庵が上府してからは頻繁に出入りする者も少なくない。そうして江戸に不案内な師匠の世話をなにくれとなく焼くのだが、なかには迷惑な人物もいて、やたらと本を借りて帰っては、こんなふうにいっきに返却する。

「まったく、借りるときは一、二冊ずつだから軽いだろうけど、返すときはまとめて他人に押しつけるんだから……」

弥吉はしかめ面で話しつづけたが、安蔵はもう竈のほうをむいて、ふうんと鼻で生返事をしただけだった。

安蔵は洪庵がこちらで雇い入れた下男で、武州の多摩の出だという。齢は三十なかばで、不愛想だが、口の何倍も手を動かす男だった。

近づいて覗いてみると、安蔵は欠けて崩れかけた竈のふちを修繕していた。この役宅に移ってかれこれ三月《みつき》になるが、ふとした拍子にこのての不具合が出てくる。いずれも本職を呼ぶほどでもないのだが、まだしばらく細かな手直しや修繕がつづきそうだ。

弥吉が板ノ間にあがって、よいしょと荷物を持ちなおすと、安蔵が竈に顔をむけたまま低い声でいった。

「そういえば、おまえさんを訪ねて、だれかきていたな。たしか、鳥山とかなんとか。お米さんが知っているから、聞いてみるといい」

「はい……」

弥吉はにわかに顔が強張った。荷物の重みとはちがうなにかが、ずしりと肩に伸《の》しかかってきた。

二

鳥山五郎と名乗った人物は、やはり土佐藩士の島村省吾だった。

島村は半刻（一時間）ほどしてふたたび訪ねてくると、弥吉をそとに呼び出すなり、さきに立って歩きだした。

医学所は神田川にかかる和泉橋を北に渡って町屋を過ぎた下谷御徒町にある。そこから北の東叡山寛永寺までつづく武家地のはじまりに近いあたりだった。

いましがた女が冷やかされていた正門前の道を通るのも、おもに武家かその屋敷の奉公人になる。島村はその道から和泉橋通に出ると、黙然と南に歩いて町屋にさしかかる手前で東に折れた。藤堂家の広大な上屋敷と外神田の佐久間町のあいだの道だった。

藤堂家上屋敷は周囲に幅二間ほどの堀を巡らせている。島村はまた有無をいわせない足取りで、しばらく堀端を歩いた。すれちがう町人、とりわけ女たちがあっというように島村に眼をむけるのは、かれが浅黒く日焼けした目立つほど凛々《りり》しい容姿をしていたからだ。そのうしろをとぼとぼと歩く弥吉は、出来の悪いお供に見えたかもしれない。

島村がふいに立ちどまって振り返った。

「いや、ほんとに久しぶりだ」

そういって微笑んだあと、すっと頬を引き締めた、その眼光が冷たく鋭かった。

「ええ、本当に」

弥吉はぎこちなくうなずき、そのまま眼をそらした。

島村は弥吉と同年ながら、すでに土佐の尊攘志士として名を知られている。その豊富な知識や経験、国事に奔走する熱意と行動力に、弥吉ははじめて出会ったときから憧れを抱いていた。だがこのとき弥吉の身体を硬くさせたのは、憧れの人物に再会した緊張だけではなかった。それよりも戸惑いや不安が胸に重苦しく沈んでいた。

「れいのこと、耳を疑いましたよ。そう、あの男をみすみす江戸に出立させたと聞いたときにはね」

と島村がいった。耳朶《みみたぶ》が痛むほど、声音が刺々《とげとげ》しい。

「そのあとすぐに追っていったと聞いて、なるほどそうだろう、あの弥吉さんが役目を中途で投げ出すわけがない、やはり信頼できる同志だと、いったんは見なおした。ところが、江戸にきてとうに半年を過ぎるのに、またもや手をつかねて、あの男のなすがままにさせている。これはいったいなんのつもりですか」

「まだ、見きわめがつかず……」

弥吉は口ごもった。洪庵に刃物をむけずにいることを間違いだとは思わない。だがそれでも仲間にたいして小さくはない引け目を感じるし、こうして面とむかって責められると返す言葉が浮かんでこない。

「見きわめ？」

島村の声がいっそう尖った。

「それはまた、なんの話かな。あの男が江戸にいくとわかった時点で、弥吉さんのやるべきことは決まったはずだ。あとは断固として実行あるのみ。ちがいますか」

「そうです。たしかに、そうですが……」

弥吉はいいさして、なんとか声を強めた。

「江戸にきたからといって、あのひとがわたしたちの邪魔をするとはかぎらない。やはり人物をきちんと見きわめてからでないと」

「ばかな」

と島村が怒気をかぶせた。

「あの男の人物など、とうに知れている。出世したくて幕府に尻尾を振った、ただの蘭《らん》癖《ぺき》犬じゃないか」

「いや、それはわたしが適塾で眼にしたこととはちがいます。むしろ当人は出世を望まず、ただ断り切れなかっただけに見えました」

「だとしても、幕府に与すれば、われらの敵だ。夷狄《いてき》に媚《こ》びて、この神州を汚す、憎むべき国賊だ！」

島村の語気が抑えきれずに昂った。道行くひとが二人、三人とこちらを振りむく。なにをいったかまでは聞き取れなかったようだが、昂奮する島村と消沈する弥吉の顔色をじろじろと見くらべている。

二人は通行人の眼を避けて、佐久間町の家なみに背をむけた。島村は鋭く大名屋敷の塀を睨みやり、弥吉は堀の水に眼を落とした。

「吉井さんは人選を誤ったな」

島村が荒っぽく言い捨てた。

「あれから、吉井さんに会ったんですか」

「二月《ふたつき》ほどまえに。きみが江戸でも苦労しているようだから、大役を果たせるよう励ましてやってくれと頼まれたよ」

「…………」

「弥吉さん、まさかきみまで幕府の犬になりさがったんじゃないだろうな」

「ま、まさか」

弥吉は驚いて、首を横に振った。これだけは断言できる。仲間を裏切るつもりなど微塵もない。

ただひとつ、洪庵についてだけは村を発つまえと考えをあらためた。そのことは認めるし、それが見方しだいで裏切りに映るだろうこともわかる。だが洪庵にたいする敬意は尊攘とも佐幕ともかかわりのない、もっとべつの場所にあるものなのだ。

そう、昨秋のことだ、江戸につくなり医学所に押しかけて、長旅の埃も払わぬまま、洪庵に再会したとき、弥吉ははっきりと感じた。

「このひとは殺せない」

あの瞬間まで、弥吉はまだ自分が迷っているつもりでいた。たとえば私情としては洪庵を殺したくないが、大義のために殺さねばならないことはわかっている、というふうにだ。だが実際には、弥吉のこころはとうに決まっていた。

洪庵は殺せない。殺してはならない。世のためひとのためになるのが大義だとすれば、まさしく大義のために生きているべきひとなのだ。

だがいまその思いを打ち明けたところで、島村にはわかってもらえないだろう。それこそ裏切りと断じられて、島村はもとより村の仲間との絆も断ち切られてしまうにちがいない。

　島村や長野村の仲間との意見の相違は、洪庵に関する一点だけだ。尊王攘夷のこころざしをはじめ、あとはすべて一致しているのだから、この件さえなんとか打開できれば、これからも仲間とうまくやっていけるだろう。

「そう、まさかだ。弥吉さんが幕府の犬とは、おれも本気で疑ったわけじゃない」

　と島村が苦っぽくいった。裏切る度胸があるなら、そのまえに洪庵を殺す度胸もあったろう、といいたげにも見えた。

　弥吉の口にも苦いものがわいた。唇を嚙んで堀の水を見やった。

「きみとは、まえに大坂で会ったとき、こんな話をしたな。われらは時勢が正しい方向に流れていくよう、死力を尽くさねばならない。だから正しいと信じることを、ためらわずに実行せねばならないと。そして、きみはこうこたえたはずだ。わたしは迷いも臆しもしないと」

　そういえば、あのときも水面を見おろしながら話していた、と弥吉は思い返した。

　島村のいうとおり、あのとき弥吉はいまとはちがう意味で迷いがなかった。もどれるものなら、あのころの心情にもどりたい。そうすれば仲間との喰い違いもなくなり、きっと見事に手柄を立てて、みなから褒めそやされるだろう。

　そんなことを思いながら、弥吉はそれが本心でないとわかっていた。

「まあ、嫌なら嫌でいい。あの男の始末なら、おれがつけてもかまわないし、ほかにも志願する者は大勢いるだろうから」

島村がまた声を尖らせた。とはいえ、口にしたのはたんなる皮肉ではなかった。洪庵にかぎらず、江戸に暮らす蘭学者はいつ暴漢に襲われてもふしぎはない。げんに医学所の同僚の伊東玄朴にも天誅の危険が囁かれている。

「いや、この件はおれにまかせてください。でないと、吉井さんたちに合わせる顔がなくなります」

弥吉は眼をあげて、じっと島村を見つめた。

だが島村は冷たく顎を左右に揺らし、

「この際、きみの体面は脇に置こう。いうまでもなく、ことはもっと重大だ。国を蝕《むしば》む奸物《かんぶつ》を取り除こうというときに、そんな些末《さまつ》なことは気にしていられない」

「けれど……」

「蘭学者とは神州に生まれた誇りを捨てて、夷狄にこびへつらう売国の徒だ。しかも、あの男は幕府の禄を食んで、日々に新手の賊徒を育てている。このような悪行は、もはや一日たりと捨て置くわけにはいかない」

「島村さんのいうことはわかります。ですが、それを承知でお願いします。この件はおれにまかせてください」

弥吉は喰いさがった。

「ふうん」

やっとやる気になったかというように、島村は弥吉の顔を見なおした。値踏みするように入念に眺めて、小首をかしげると、まだいくらか不機嫌な口調で、

「そういうなら、もうしばらくようすを見てもいいが」

「ありがとうございます」

「けど、長くは待たないよ」

「はい」

と弥吉は深くうなずいた。猶予は長くない。だがこのあいだに、洪庵を守る手立てを考えなければならない。刺客として送りこまれた自分がそんな思案をするとは出来の悪い笑い話のようだが、弥吉はそれをおかしいとは思わなかった。仲間に見送られて長野村を出立してから、自分なりに真剣に役目とむき合ってきたし、いまもそういう気構えに変わりはないのだ。

「ところで、ひとつ噂を聞いたのだが」

と島村がにわかに慎重な口ぶりでいった。

「あの男が天誅を恐れて、懐に短筒を隠し持っているというのは、事実だろうか」

どこから流れた噂かはしれないが、たしかに適塾の門人で洪庵のために洋式の拳銃を

用意してきたひとがいた。むろん護身用にである。だが洪庵は弟子の気遣いに感謝したものの、どうせわたしが撃っても当たらない、自分の足でも撃ち抜くのがおちだといって受け取らなかった。

するとその門人は「たとえ弾をこめていなくても、構えて見せるだけで威嚇になりますから」と、なかば押しつけるように拳銃を置いて帰ったのだ。

「なるほど、弾が入っていなければ、だれも怪我をしないか」

と洪庵はそれなりに納得していたが、結局、拳銃を所持して出かけたことはなかった。

「あんな重たいものを懐に入れていては、かえって逃げ足が遅くなる」

ひとに訊かれたときにはそうこたえるが、それは冗談まじりの口実にすぎず、本音では医者が人殺しの道具を隠し持って歩けるわけがないと思っているようだった。

ともあれ、弥吉はこのとき島村の問いに、真顔でうなずきを返した。

「ええ、たしかに短筒を持っています」

「そうか、やはりな。蘭癖犬め、しっぽのさきに火がついたと気づいているわけだ」

島村がまた語気荒く言い捨てた。弥吉は堀に眼をもどし、そっと息をついた。どんな理由にせよ、嘘を口にするのは気持ちのいいものではない。

風に揺れた水面に、ふと黒い雲が映り、弥吉は眉をひそめた。禍々しいほど暗く、あっというまに水面を覆いつくす。一拍遅れて日が陰り、弥吉が顔を起こすと、島村は挑みかかるように空を見あげていた。

三

「それにしても、あの鳥山さんとやらは容子《ようす》のええひとじゃったなあ」

とお米が嘆息するようにいった。

「またかい、お米さん。これで三日目、もう何十ぺん聞いたかな」

弥吉は雑巾を絞りながら笑った。

お米は八重夫人が摂津名塩の実家から呼び寄せた女中で、そこを買われたにちがいない物怖《ものお》じせぬ性分をしており、相手が江戸者でも上方者でも話したいときに大声で話しかける。四十前後の寡婦で、働きぶりは根気強くていねいだった。

「何十ぺんやて、大袈裟な。あんたの顔を見て、ちょっと思い出しただけやないの」

「そうかな、安蔵さんも耳にたこができてるんじゃないか」

「まあ、いけずいうて。晩御飯のとき、覚悟しときや」

「あっ、それは困る。後生だから、いつもどおり大盛りに頼むよ」

と弥吉は手を合わせた。女子衆に嫌われたらやっていけないのは、ここでも変わらない。

お米は得心したようにふふんと鼻を鳴らすと、ああ、そうや、と手を打った。いましがたきた客が土産にお茶を置いて帰った。めったに手に入らない高価なお茶で、さっそくいれようと思うから、洪庵のところには弥吉が届けろという。

「あたしが持っていってもかまわんけど、それやとせっかくのええお茶が、いつもとおんなじ味になってしまうじゃろ」

ほら、この顔を見るとな、とお米はあばたのある頰を指さしてみせた。

弥吉は洪庵のもとに押しかけてから、その身辺の雑用や医学所、役宅の下働きをこなしてきた。正式に雇われたわけではなく、いわば洪庵の私的な書生と下男を兼ねたような恰好である。もちろんお茶を出すぐらいはなんでもない。

もっとも、八重夫人がきてからは洪庵の身のまわりの世話をすることもめっきり減っていた。この機会に洪庵に銃の携帯を勧めてみようかと思う。

「ああ、ほんとにいい香りだ」

弥吉が雑巾を片づけて、手を洗い、襷をはずすあいだに、びっくりするほど爽やかにお茶が香ってきた。

「気に入ったら、あんたもあとで飲んでみるかえ」

「うん、ご馳走になりたいな」

「ほな、お饅頭も出そか。このまえお弟子さんが持ってきてくれたの、ちょうどふたつ取ってあるけん」

　とお米がにんまりして、

「それから、先生のお茶はちょっとぬるめじゃけ。なんでも朝から歯が痛むらしゅうて、まあ、お昼はちゃんと食べてたから、たいしたことはなかろうけど」

「天下一の蘭方医も、虫歯には勝てないか」

「孔子さまでも歯が痛いと機嫌が悪うなるそうじゃ。粗相せんよう気をつけていっといでな」

　お米のいれた茶を盆にのせて、弥吉は書斎にむかった。洪庵はあまり身体が丈夫なほうではないのだが、江戸にきてからは体調を崩すこともなく、見違えるほど元気に働いている。存外にこちらの水が合ったのかもしれない。

　ところが、そういうときにかぎって丈夫な歯を悪くするのだから、世の中はままならない。先生に西洋の虫歯の治し方を訊いてみようか、と弥吉はちょっと意地悪く考えた。いや、お米のいうような諺《ことわざ》があるのなら、無駄口は控えたほうがいいだろう。

　洪庵は昼食をすませて、いまは書見しているという。だが書斎にいくと、書見台のかたわらに敷いた薄縁《うすべり》に横たわり、低く寝息を立てていた。洪庵は体調を維持するために、かねてから昼寝を習慣にしている。

「どうやら、おれがこのお茶を飲むことになりそうだな」

弥吉は苦笑して、廊下を引き返した。すると、途中で八重夫人とすれちがった。書状らしきものを手にして、書斎にむかうようだ。洪庵は寝ているが、八重なら必要に応じて洪庵を起こすこともできるから、弥吉はあえてなにもいわなかった。それにいわなくても、八重ならいま夫は昼寝中だと見当がついているはずだ。

だがふとなりゆきが気になって、弥吉は立ちどまり、書斎のほうに耳を澄ました。案の定、洪庵を起こす八重の声が聞こえた。洪庵はあまり寝起きがよくない。しばらくして、洪庵のぼそぼそいう声が聞こえた。もちろん文句をいっているのではない。弥吉はこれまで洪庵夫婦が諍《いさか》うのを半句と聞いたことがなかった。

洪庵が書状を読みはじめたのか、書斎の話し声がやんだ。弥吉は満足して、また廊下を歩きだした。お茶はいれなおして、八重のぶんも用意したほうがいいだろう。ところが、こんどは咳《せき》が聞こえてきた。洪庵のようだ。はじめはこほ、こほと軽かったが、しばらくつづいたあとに、ふいに激しくなった。そしてその激しいしわぶきに、ひいっと八重の短い悲鳴が重なった。

弥吉はその場に盆を置いて廊下を走った。書斎までのわずかなあいだにも咳はいっそう激しくなる。なにか不吉な予感が胸を締めつけてくる。

書斎に駆けこんで、最初に眼を刺したのは濃い朱色だった。洪庵は薄縁のうえに上体を起こし、肩を震わせながら激しく咳《せ》きこんでいた。その鼻と口から、太い血の筋が流れている。

「水を、薬を……」

洪庵の背をさすっていた八重が、うわごとのように呟いて立ちあがろうとした。

「お待ちください。わたしがいきます」

弥吉はいったが、この役宅で薬を処方できるのは洪庵ひとりである。どこにいけば、と考えたやさき、洪庵の背中が波打つように大きく上下した。と同時に、恐ろしいほど大量の血を口から吐き出した。

「わたしは医学所に走りますから、奥さまはべつの人手を呼んでください！」

弥吉は思いなおして叫んだ。八重は半端に腰を浮かしたまま、凝然と洪庵を見おろしている。

「奥さま、頼みます！」

怒鳴るようにいうと、八重がようやくこちらをむいて、小さくこくりとうなずいた。

弥吉は裸足《はだし》で庭に飛び降りた。そのまま走りだそうとしたが、背後でわさわさと物音がする。

振り返ると、洪庵が身もだえるようにしながら書斎を這《は》い出てくる。顔色がどす黒く、咳の音が詰まるように濁りはじめている。縁側から首を突き出すと、さらに大量の血を吐いた。

「だれか、だれか……」

八重がかたわらに立って、力のない声を絞っている。ひとを呼びにいきたいが、洪庵のそばを離れられないのだろう。

弥吉もおなじ思いだが、なかば眼をつぶって駆けだした。

「おい、だれか、だれかきてくれ！」

がむしゃらに叫びながら、医学所の建物にむかう。背後に響く咳が、いっそう苦しげになる。咳きこむばかりで、まともに息が吸えないようだ。と思うと、なにか喉の奥に詰まったように、咳がやんだ。一瞬、不気味な静寂が訪れた。

医者として一人前の腕を持つ書生を探すのに、どれだけかかったろう。弥吉が古参の書生を引き連れて役宅に駆けもどったとき、洪庵はすでに事切れていた。

四

文久三年（一八六三年）六月十日、緒方洪庵は医学所頭取の役宅で急逝した。長年、胸に痛みを抱えていたが、大量の血がそこから溢《あふ》れたものか、他の臓器からこみあげたものかは、はっきりしない。いずれにせよ、その血による窒息が直接の死因となった。

八重は夫の苦悶《くもん》する姿に、いっとき取り乱したが、末期を見届けたあとは、無為に打ちひしがれることはなかった。洪庵の妻として、そして武家の妻女として、気丈に役目を果たしていった。

弥吉は指図を受けて、江戸にいる適塾の門人のもとに知らせに走った。役宅には門人たちの居宅の場所を知る者が思いのほか少なく、洪庵の使いで走りまわっていた弥吉の経験がこんなときに役立った。

知らせの口上は「急逝」ではなく「急病」だった。このあたりはやはり武家の仕来りなのだろう。弥吉にはよくわからないが、知らせを受けた門人が、べつの門人に知らせを送り、たちどころに「急」は伝えられた。

医学所の頭取助を務める松本良順や取締方の伊東玄朴らのところには、若党たちが使者に立っていた。洪庵が居候していた伊東の屋敷はおなじ御徒町にあり、眼と鼻の先といっていいほど近かった。

だが素早く動いたのは、やはり門人たちだった。弥吉が役宅に帰ってまもなく、ぞくぞくとひとが集まりだした。いま江戸で行き来のある門人だけで、五十人に余る。弥吉はこんどは応接の手伝いにまわり、玄関で下足を揃えたり客を案内したり、台所に呼ばれて洗い物をしたり湯を沸かしたりと、息つくひまもなかった。

弥吉が出迎えた門人のなかに、ひときわ異相の人物がいた。柏原学介から数えて九代前の塾頭、村田蔵六である。村田はこれまで何度も洪庵を訪ねてきていたから、弥吉も十分に顔を見知っていたが、一度見れば忘れられない人相だった。なにしろ顔を縦に見渡すと、眉から下より眉から上のほうが長いのだ。

塾頭の人相でいえば、三代前の福沢諭吉もなかなかあくの強い顔をしていた。なみはずれて鋭い眼光と強情そうな下唇を持っている。福沢はつい二、三日前にも洪庵に会いにきていたから、まさかという思いが強かったらしく、死顔を見るまでは驚きと疑いがなかばするような表情をしていた。

いずれにせよ門人たちの嘆きは深く、みなが立ち去りかねるようすで、そのまま通夜をする恰好になった。やがてほかの弔問客が訪れはじめると、役宅はひとであふれ返った。百人近くいるだろうか。座敷はもちろん台所まで客の姿で埋まり、玄関にも陣取る者がいて、ひとの出入りもままならないありさまだった。

弥吉はふと眼を丸くした。玄関の敷台の端に、村田と福沢がならんで腰かけて話しこんでいたのだ。二人とも門人屈指の俊才なのだが、いまひとつ反りが合わないといわれている。ましていま村田は尊王攘夷の旗頭である長州藩に勤め、かたや福沢は幕府に出仕して渡米、渡欧の経験もある筋金入りの開明派である。

「なにをしゃべっているんだろう?」

手をとめてしばらく眺めると、案の定、あまり話が弾んでいるふうではない。村田は太い眉をむっつりとひそめ、福沢は皮肉な笑いを口元に浮かべている。だが周囲の人声にまぎれて、二人がなにを話しているかはわからない。福沢は遠慮のない声を出す男なので、たいへんだとか、あきれ返るとか、そんな言葉の片端だけが聞こえた。

台所と薪置場を往復して、玄関先にもどると、柏原がそこにいる門人たちに詫びをいいながら出てくるところだった。弥吉はきていることに気づかなかったが、柏原は急ぎ弔問をすませて帰らねばならないらしい。柏原はいま洪庵の勧めで、奥医師石川桜所について修業している。弥吉の姿を眼にとめると、すっと歩み寄ってきて、

「先生が大坂を発たれるとき、こうなることだけが怖かった。無念だ」

柏原は眼のふちを真っ赤にしていた。怒りをぶつけるように役宅を一瞥《いちべつ》して足早に立ち去るのを、弥吉は言葉もなく見送った。

気を取りなおして、敷台を見やると、もはや福沢の姿はなく、村田がひとりつくねんと坐っていた。人相のせいか性分のせいか、村田は見るからに気難しげである。いまも表情からはなにを思い、なにを感じているのか、ほとんど読み取れない。だが崩れるように深く落とした肩が、いつになくすべてを語っていた。

福沢は座敷のほうにもどり、べつの男と話していた。箕作秋坪という古い門人である。箕作は福沢とおなじく幕府に出仕して、洋書調所（旧蕃書調所）の教授をつとめている。二人は欧州にも同行した仲で、いましがたとちがい話がはずんでいるようだ。

弥吉が飲み捨てられた湯呑を集めまわっていると、福沢の声が聞こえてきた。

「いや、ほんとうだ。長州は馬関でたいへんなことをやらかしたな、いまの世の中に攘夷なんぞ正気の沙汰とは思えない、まったくあきれ返るじゃないかと、そんな話をしていると、村田がいきなり眼に角を立てて怒りだしたんだ」

どうやら玄関でのことを話しているらしい。

福沢が話題にあげている馬関の出来事とは、今年の五月に長州藩が馬関海峡（関門海峡）を封鎖して、米仏蘭の艦船に砲撃を加えたことをさしている。

これよりさき、幕府は朝廷にたいして五月十日をもって攘夷を決行すると約束していたが、実際には戦意がなく、諸藩にむけて敵が来襲したときのみ打ち払うようにと軽挙を戒める旨を伝えていた。

長州藩はこれにしたがわず、期日の到来を待って、単独で攘夷を開始したのである。不意を打たれた異国船は、いずれもほうほうの体《てい》で海峡から逃走した。長州藩は幕府から暴発を譴責《けんせき》される一方、朝廷からはよく期日にたがわず攘夷をおこなったと褒勅を賜り、夷狄くみしやすしと大いに意気があがった。

攘夷志士からすれば快挙というべきこの事件を知ったとき、弥吉は複雑な思いを噛み締めた。異国船をみごと打ち払った話とともに、翌六月、報復に来襲した米仏の軍艦わずか三隻によって、長州藩の艦船や砲台が壊滅させられたと聞いたからである。

浦賀の岬で柏原学介が、たとえいま黒船を打ち払えたとしても、何年後かにはもっと強力な船が押し寄せてくるだろう。そのとき、この国の守りは粉微塵に打ち砕かれてしまうかもしれない、と語ったことを思い出さずにはいられなかった。

「とにかく、たいへんな剣幕だ」

と福沢の声がまた聞こえてきた。

「こう眼を吊りあげてな。なにをいうか、けしからん、長州ではちゃんと国是が決まっている、異国船を打ち払うのはあたりまえだ、防長の士民がことごとく死につくしても許しはせん、どこまでもやるのだ、と息巻くのだぞ」

箕作は眉をひそめて、あいまいに相槌を打っている。なにかこたえたようだが、声が小さい。弥吉は素知らぬ顔で近づき、聞き耳を立てた。

「よくわからんが、まさか本心ではあるまい。村田は長州にいって強硬派のあやうさを知り、身を守るために攘夷の面をかぶっているのではないか」

箕作はそんなことをいっていた。村田は以前、幕府の蕃書調所や講武所で教鞭を執っていた。いわば箕作の同僚でもあった。その村田がにわかに玉砕覚悟の攘夷を唱えるなど、耳を疑う思いなのだろう。

「そうだ、村田が長州に呼ばれたときには、あの攘夷のまっただなかにいって大丈夫かと案じたものだ。身を守るために、まわりの馬鹿騒ぎに調子を合わせて、力むふりをしているだけかもしれん」

福沢はそういいながら、首を横に揺らして、

「しかし、むこうにいって毒を喰らわば皿までと、本心から攘夷に変節せんともかぎらん。とにかく、わからんものは用心するべきだ。村田とはしばらく付き合いを控えよう。へたな話をして、物騒な連中に告げ口されてはかなわんからな。みんなにもそういって、村田は本音が知れるまで別にすることにしよう」

ひどいものだ、と弥吉は思った。なにもこんな夜に門人どうしの仲を裂くような相談をしなくてもいいではないか。

けれども、福沢たちの用心を度の過ぎたものと非難はできなかった。げんに弥吉自身が攘夷の大義名分のもと、刺客として適塾にもぐりこんだのだ。

弥吉はふと思った。いまの福沢の言葉や村田が捲し立てたという攘夷論を、洪庵が聞いたらどんな顔をするだろう。だがそれは意味のない問いだった。洪庵のまえでは、二人ともそうしたことを口にするはずがない。

湯呑が山積みになった盆を抱えて、弥吉は台所にもどった。

集まるときには、ばらばらに駆けつけた門人たちだが、夜が明けると、ぞろぞろとひと連なりに帰っていった。ほかの客もそれにならい、役宅からにわかに人影が消えた。祭りの人混みのなかになにかの拍子でぽっかりと隙間ができる、そんな感じに似ていた。

「ひとの流れには、潮の満ち引きみたいなものがあるな」

安蔵が空の座敷を覗いていった。無口で不愛想なことは、自分でもわかっているのだろう。安蔵はこれまでおもてには姿を見せず、そのかわりひと晩中裏方を取りしきっていた。顔にこそ疲れの色を見せないが、さすがに声にはほっとした響きがあった。

「さて、いまのあいだに交代で休んでおくか。つぎに客がきはじめたら、なにごとも待ったなしになるぞ」

たしかに、いましがた帰った門人たちも、つぎにくるときには身なりをあらためているだろう。こちらもそれを迎える支度をせねばならないが、弔問客に粗相がないようにするためにも、取れる疲れは取っておくほうがいい。

「じゃあ、どうぞ安蔵さんから」

と弥吉はいった。

「いや、おれはあとにする」

「そういわないで。安蔵さんが休んでくれないと、おれたちも気兼ねで休めないから」

「かまわん、おれはつぎの段取りを女中頭と打ち合わせてから休む。みんな起きたらすぐにたっぷり用事をいいつけるから、覚悟して早く寝るようにいっといてくれ」

安蔵がいうと本気なのか軽口なのかよくわからない。とにかく、弥吉はいっしょに働いていた男手にひと息つくよう声をかけてまわった。そして、手伝いにきていた医学所の書生が帰ると、役宅は嘘のように静かになった。

開け放したままの玄関や雨戸から風が流れこみ、無人の廊下や座敷を吹き抜けていく。さっきまでの熱気のせいか、いやにひんやりと肌にしみた。

弥吉が下男部屋にもどろうとすると、その風に乗ってすすり泣きが聞こえてきた。洪庵の幼い娘たちのようだ。弥吉は思わず立ちつくした。すると、べつのほうからもかぼそい泣き声や、低く押し殺すような嗚咽《おえつ》が聞こえてきた。

弥吉は歩きだそうとしてよろめき、壁に手をついた。そのままうつむいてきつく眉根を寄せ、唇を嚙み締める。だがこみあげた感情が、それを突き破って眼から口から溢れ出した。

弥吉は泣いた。泣きに泣いた。

騒　乱

一

奇怪な噂が立った。

緒方洪庵が尊王攘夷派の天誅によって殺されたというのである。

どうやら洪庵が没した日の、その夜のうちから囁かれはじめたらしく、十日も経《た》たないうちに、江戸にいる門人の多くが耳にすることになった。

もちろん医学所にも噂は流れこみ、洪庵の遺族の耳にも入った。子供たちの驚きと戸惑い、怒りは、見ていて痛々しいほどだった。弥吉たち使用人もなにごとかと憤り、寄るとさわると噂の出所を話し合った。

むしろ妻女の八重は泰然として、なだめ役にまわっていた。こうした噂はここからと出所をひとつに定められるものではない。あの口からこぼれた言葉やこの口から洩れた話、そういうものがひとつに流れ合わさり、まことしやかにひろまっていくのだ。

とはいえ、その複数の出所のひとつが、かつての適塾生だとわかったときには、さすがに八重も顔色を変えた。大谷清一というその元塾生は、洪庵が斬られて死んだと言い触らしていた。まるで自分がその場に居合わせたかのようにである。

弥吉も話を聞いて、思わず拳を握り固めた。大谷はかつて不行状があって破門されたらしい。八重にすれば、我が子のように思う塾生に二度まで裏切られた思いがしたことだろう。

八重は実家に宛てた手紙にも、あらぬ噂を立てる者がいるけれど取りあわぬようにと書き添えねばならなかった。江戸から流れ出た噂がいつ摂津の名塩まで届くともしれず、あらかじめ知らせておかなければ不安を招きかねなかったのである。

また大坂では適塾生が師匠の訃報を知らせにまわるとき、攘夷家による天誅に遭難したのではないことを口上のあとにつけ加えていた。噂は千里を走るというが、大坂でも早くもこころない囁きが広がりはじめていたのだ。

もっとも、このての噂につきまとわれるのは、洪庵ひとりにかぎったことではなかった。医学所頭取の前任者にあたる大槻俊斎が昨年急逝したときにも、やはり天誅によって暗殺されたと噂された。

大槻は病死だった。天誅云々はまったく根も葉もないことだが、つまるところ蘭学者はいつ命を狙われてもおかしくない危険な境遇におかれていたのである。

そういう事情は洪庵の後任として昇格が確実視される、頭取助の松本良順の場合も変わらなかった。まして先任者が二代つづけて急死したとなれば、出世を願う気持ちも複雑だろう。どことなくぴりぴりとした松本の屋敷に使いにいった帰り、弥吉はうしろから小走りに近づいてきた男に肩をつかんで引きとめられた。

「でかしたな、弥吉さん」

振りむいた弥吉にそういったのは、土佐藩士の島村省吾だった。

弥吉はえっという顔をした。島村に会った驚きもあるが、いわれたことの意味を咄嗟につかみかねたのだ。だがその意味がわかると、弥吉の顔はさらに強張った。

「このまえは真意を疑うようなことをいってすまなかった」

このとおりだ、と島村が頭をさげた。弥吉の表情の意味を取り違えたようだ。人目のある通りで、武士が庶民に頭をさげるなど不都合、不面目のようだが、島村はおなじ志士という思いがあれば、そういうところには頓着しない。

だが弥吉は表情を変えられなかった。困惑と腹立たしさに血が逆流している。いままで唾棄する思いで聞いていた噂の渦中、へたをすればその中心に自分がいるかもしれないのだ。

「だれに聞かれたんですか、その話を？」

「だれに聞くもなにも、緒方洪庵が頓死したことは周知の事実。これまでの経緯を知っていれば、これがきみの手柄であることは容易に察しがつく」

島村はわけ知り顔でうなずいてみせた。

「では、このことは島村さんひとりの考えですか。その、察しがつくというのは？」

「うむ、そうだな。この件について、弥吉さんのことまで知っているのは、江戸ではいまのところわたしひとりじゃないか」

「そうですか……」

弥吉はわずかに息をついた。

島村はそのようすをまた誤解して受け取ったらしい。

「みなに知られていないことが不満かな。手柄を自慢したい気持ちはわかるが、ここは我慢してほしい。弥吉さんの名前が噂に乗ってぱっとひろまり、町方の耳にでも入ったら、たいへんなことになる」

「ええ、はい……」

弥吉は曖昧にうなずいた。たしかにおかしな噂がひろまれば、幕府の監視の網にかかり、果ては奉行所の追捕《ついぶ》を受けかねない。またそうでなくても、そんな噂が洪庵の遺族や門人たちの耳に入るだけで、弥吉はだれの顔もまともに見ることができなくなってしまう。

だが弥吉にとって、そうしたことは些細な問題にすぎなかった。たとえ事実無根の流言であっても、自分の名が緒方洪庵を殺した男として語られるなど、とうてい堪えがたい。それこそが、弥吉のもっとも強く正直な思いだった。

「もちろん、わたしもうかつに口にはしない。そう、だれが大切な同志の身を危うくするものか。だから、きみもその点は安心してくれていい」

「…………」

「とはいえ、このことを知ったら、河内の吉井さんたちは、さぞや発奮するだろうな」

弥吉はまたもや顔が強張った。島村がなにかいうたびに、胃の底に鉛の塊が沈んでいくようだ。その重く冷たい感触は、弥吉をひどく疲れさせた。

「弥吉さんは、まだしばらく江戸にいるのかな」

「ええ、そのつもりです」

八重たち家族は、当分のあいだ医学所の役宅に住まうことが許されていた。洪庵の成人した息子が幕府に出仕することで、そのまま住みつづけることができるかもしれないという話もある。

「そうか。まあ、慌てて帰省したらあやしまれるだろうし。それなら、弥吉さんにはもうひと仕事頼もうかな」

「仕事？」

「このまえ見くびるようなことをいったばかりでなんだけれど、弥吉さんの腕を見こんで頼むよ」

と島村が眼を輝かせて笑った。このまえと打って変わった親しげな口ぶりが、弥吉にはなおさら胃ノ腑に重かった。

「じゃあ、詳しいことはあらためて知らせるとして、とにかくここで会えてよかった。ことを起こす直前に訪ねて、また直後に顔を見せれば、わたしはもちろん弥吉さんまで不審に思われかねない。そう思って、医学所にいくのを控えていたんだ」

「それなら、ここにはなにをしにきたんです」

と弥吉は訊いた。ちらと道を振り返って、

「もしや、松本先生に関わりが？」

「ああ、そういえば、そんな名前の蘭学者がいたな。この近くに住んでいるのか。しかし、こっちにきたのは別件。わたしは近々、京にもどるつもりだ。いまはまだ話せないけれど、そこで大きな仕事が控えている」

二

島村省吾からの使者がきたのは、それから六日後のことだった。

弥吉がおもてを掃こうと役宅の門のくぐり戸を出ると、ぼんやりと老人がたたずんでいた。物乞いかと思ったが、老人は椀を差し出すかわりに、弥吉さんかねと訊いた。そうだとこたえると、老人はじゃんけんをするように右の拳を出し、握り締めていた結び文を弥吉の手に押しつけた。

　老人が志士の仲間かどうかはわからない。もしそうなら、かなりの曲者《くせもの》だろう。駄賃を渡すと、とても演技とは思えない、本当に嬉しそうな顔をしたのだ。弥吉はそそくさと掃除をすまし、箒を片づけるのもまだるい思いで、おもての通りにもどると、医学所を十分に離れてから結び文をほどいた。

　島村は詳しいことはあらためてといった。だがそこに記されていたのは、たった四文字だった。

「福沢諭吉」

　弥吉はぎょっとした。たった四文字だが、意味するところは明白。これが島村のいう、もうひと仕事なのだ。

　またひとを殺せというのか、と弥吉は頬をゆがめた。事実はともかく、島村からすればこれは弥吉の二度目の殺人になる。大切な同志だとかいいながら、島村は志士として役目を託するのではなく、たんに人殺しの道具として使おうとしている。

　弥吉は首を振って、結び文を見なおした。記された四文字のなかにほかの意味を探そうとしたが、それだけだからこそ読み違えようがなかった。島村はこの人物を殺せといっている。そして名を記すだけで、その意味が弥吉に通じると知っている。

戸惑いのあとに、怒りがこみあげてきた。弥吉は結び文を握りつぶした。だが怒りは急激に冷めた。わずか一年余りまえ、弥吉は幸蔵たち同年の仲間を押しのけるようにして、洪庵を殺害にいく役目をつかんだのだ。

島村にどうみなされようとしかたがない。というより、人殺しの道具に使われて当然なのではないか。弥吉はてのひらを開き、つぶれた結び文を見つめた。びりびりに破り捨てると、肩を落として医学所に引き返した。

それから数日が忙しさと迷いのうちに過ぎ、ようやく十日後、弥吉は日本橋本石町に使いに出たついでに芝のほうまで足を延ばした。

福沢諭吉は江戸に出てからしばらく築地鉄砲洲にあった中津藩の中屋敷に住んで蘭学を教えていたが、いまは芝の新銭座町に小さな家を借りている。そこに書生をおいて、英学を教えはじめたという話である。

洪庵の急を知らされたとき、福沢はこの新銭座町の家から下谷の医学所まで、かなりの距離を文字どおり走って駆けつけた。だがその道を逆方向にたどる弥吉の足取りは、まるで這うように鈍かった。福沢の顔は医学所で何度も見たことがあるが、家を訪ねるのははじめてになる。こんな用件でいくことになるとは、とため息が出た。

暑い日だった。江戸と大坂では、日射しがちがう。風もちがう。江戸のほうが、どちらも乾いている気がする。暑くても、大坂にいるときほど肌がべとつかない。それに木が多いせいか、空気が澄んでいる。

　適塾の二階の物干台から眺めた大坂の町なみは、土地が細かく区切られてぎっしりと建物が詰まっていた。開けている場所といえば、ところどころに見える寺や神社ぐらいだが、それもたいした広さではなかった。

　ところが、江戸には町ごとすっぽり入るような大名屋敷が、それこそ数えきれないほどある。そして、そういう屋敷には、大坂の蔵屋敷とはちがう豪壮な御殿がそびえ、ありあまる敷地に鬱蒼《うつそう》と木々が生い茂っている。

　この芝も沿道の町屋のむこうは、武家屋敷や広大な寺院だった。江戸のひとたちはそんな町なみを平然と歩いているが、弥吉はいまだに肩身の狭い思いがする。もしかすると洪庵も城勤めはもとより、こうした空気に馴染めなかったのかもしれない。

　福沢の家は聞いていたよりまだ小さかった。仮住まいのつもりかもしれないが、れっきとした中津藩士であり、幕府に用いられる身であるとは思えない質素な家屋である。こういうところは、師匠の洪庵と似ているのかもしれない。

　弥吉が勝手口から訪《おとな》うと、女中とおぼしき若い女が出てきた。だがそのあとすぐに書生が出てきて、女のことを奥さまと呼んだので、弥吉は眼を丸くした。書生は女をかばうようにまえに出て、弥吉に疑いの眼をむけた。

　だが福沢の妻女はかまわないからと書生をさがらせて、主人のもとに弥吉を案内した。

お客さまなのだから、おもてから訪ねていらっしゃればよかったのに、と気さくにいった。

福沢諭吉は書斎にいた。弥吉が部屋に入ると、いくぶん煩わしげに机から顔をあげ、こちらに膝をむけた。仕事のじゃまをしたらしい。

それを読んでいたのか、机のうえに書物が一冊と、それよりはるかに分厚いものが、手元にもう一冊置かれている。たぶん手元にあるのが、ウェブストルという英語の字引だろう。渡米したときに、通弁の中浜万次郎とともに一冊ずつ買ってきたのだが、これがウェブストル輸入の一番にちがいないと、洪庵のまえで自慢していたのだ。

弥吉の視線に気づいたのか、福沢はちらと手元に眼をやると、

「先生のところの書生だね」

といった。下男なら使用人だが、書生ならいわば兄弟弟子である。

弥吉は勝手に洪庵のもとに押しかけた、なかば書生、なかば下男のようなもので、胸を張って「はい」とはこたえにくいが、そういう事情を話しにきたのではない。

「じつは」

と弥吉が口を開くと、福沢がぞんざいに手を振って制した。

「わかった、いうまでもない」

「えっ？」

「どうした、不審か。ならば、なにをいいにきたか当ててやろう」

福沢はそういうと、脇息《きょうそく》を使うように机の端に肘をのせて、

「洪庵先生が天誅家に殺されたという噂が巷《ちまた》にひろまっている。その尻馬に乗るお調子者がいて、つぎはおれあたりが狙われそうだから気をつけろというのだろう」

「は、はい……」

弥吉は舌を巻いた。福沢の推測は、ほとんど真実を言い当てている。弥吉は自分が島村の指示にしたがわなくても、べつのだれかが福沢を襲うおそれがあると考えて、用心をうながしにきたのだ。

それにしても、福沢の知力の冴《さ》えはなみはずれたものだった。米国から帰国した際にも、出迎えた軍艦奉行の家来に、留守中に日本でたいへんなことがあったといわれて、

「いうてくれるな。たいへんといえば、これは水戸の浪人が掃部《かもん》様（井伊直弼）の屋敷に暴れこんだというようなことではないか」

と、ほとんど桜田門外の騒動に近いことを言い当ててみせたという。

こうしたあたりも、師匠の才幹に通じるところがあるのかもしれない。ただし福沢はそういうおのれの知力の冴えをひけらかすところがあるから、洪庵にたいするときのように敬慕の念を抱けないというのが、弥吉の正直な気持ちだった。

この質素な住まいにしても、洪庵は豊かになっても暮らしを変えないが、福沢なら相

応に贅沢をするだろうという気がする。それはどちらがよいということでもないが、やはり師匠と弟子でかなり個性がちがうのはたしかだった。

「まったく、攘夷家の阿呆どもは度しがたい」

と福沢は辟易した口ぶりでいった。

「おれとおなじ幕府の翻訳方で働いている手塚という男が、長州の屋敷でなにか外国の話をしたら、そこの若い連中が怒って、斬り捨てると騒ぎだした。それで手塚は屋敷から逃げたのだが、連中は刀を振りかざして追いかけてくる。手塚はもうこれはいかんと、冬の日比谷外の身を切るような寒さの濠《ほり》に飛びこんで、ようやく助かった。それから、おなじ翻訳方で東条という、こいつは長州の男なのだが、この男の家に攘夷家が押しこんできて、東条は裏口から命からがら逃げたというのが、つい先だってのことだ」

弥吉もその噂は耳にしていた。やはり蘭学者のなかでも幕府に雇われている者は狙われやすいのだ。

「先年、亜米利加に渡ったときにも、艦長が物珍しさで蝙蝠傘《こうもりがさ》を買って、どうだろう、これを持ち帰って差して歩いたらといったが、そんなことをすれば新銭座の艦長の家から日本橋までいくあいだに不逞《ふてい》浪人に斬られるぞと、笑い話にもならなかった。まったく、天誅だのなんだのと、ろくでもないものがはやる」

福沢は不機嫌に言い捨てて、指先で机をとんと叩くと、

「弥吉くんだったな。きみは連中の気持ちがわかるか」

「えっ、どうしてわたしが？」

弥吉は思わず息を呑んだ。

だが福沢はあきれたように鼻息を吐いて、

「そうじゃない。連中に共感するかどうかではなく、連中の心理がどういうものかわかるかという話だ」

「いえ、わたしには……」

「だろうな。では、教えてやろう」

と福沢は尊大にうなずいて、

「いま、おれから見て、きみはちっぽけな存在だ。はっきりいって、取るに足らん。だがきみがここで匕首を抜いて、おれの胸に突きつければ、事情は一変する。おれにとって、きみはにわかに大きな存在になる。取るに足らん男が、おれという人間に匹敵する重要人物になるわけだ」

「…………」

「これは錯覚のようで、そうではない。その瞬間だけは、おたがいにとって真実だ。だからその魅力に取り憑かれて、天誅なんぞという愚劣な真似を繰り返す連中が出てくる。なにせ、なんの努力もせずに、刃物一本で、相手とおなじ重みを自分に感じることができるのだからな。いや、それどころか、相手の生死を握ることで、優越感を覚える輩もいるだろう。震える相手を見て、おれはこいつより大物だと満悦するわけだ」

福沢は口のなかが苦くなったような顔つきで、また机をとんとんと叩いた。

「ひとを殺すことを屁とも思わん、そんな神経を持つ連中には、天誅というのは手軽で便利な道具だ。相手が大物になればなるほど、自分もなにか大きなことを成し遂げたように思える。しかし、これこそ錯覚だ。連中はなにかが成し遂げられるのを妨害しただけにすぎん。結局、連中にも、連中のやることにも、握っている刃物以上の価値などないのさ」

弥吉は身体中の血がとまったように感じていた。大坂市中の人気《ひとけ》のない道で、洪庵の背中を見つめながら、懐の包丁を握り締めていたときのことを思い出している。

「まあ、おおかたの連中はそういう自覚もなしに、攘夷だ大義だと浮かれて暴れているわけだが、真に連中を動かしているのはかくのごとき心理だ。目的は手段を正当化せんという、初歩の道理もわかっておらん」

どうした、おれの意見に不服か、と福沢が眉をひそめた。

「いえ……」

と弥吉は首を振ったが、自分の顔が蒼褪めているのか紅潮しているのかもわからなかった。

「まあ、とっくりと考えてみることだ。きみも先生についていたなら、それなりの見識があるだろう。たしか、しばらく適塾にもいたと聞いているぞ」

「いえ、わたしは身のまわりのお世話をするぐらいで、学問の手ほどきは受けていません」

「なんだ、そうか」

と福沢はにわかに興味の失せたさまで、机に身をあずけて、視線をあらぬほうに流した。とん、とん、と机を叩いて、おもむろに弥吉に眼をもどすと、

「蘭書はいくらか読んだのか」

「いえ」

「では、英語はもとより手つかずだな」

「はい」

「ならば、医学の知識もろくにあるまい。先生の医学や蘭学の業績は知っているのか」

弥吉はうつむいて首を横に振った。

「それでも、大坂から先生を追いかけてきた。たしか、そうだな?」

「はい、恥ずかしながら」

「べつに恥ずかしがることはない。そばにいて先生の立派さがわかったのなら、まずは十分だ」

福沢はそういうと、ひとりうなずいて、

「先生は町医者を天職と思われていた。まさしく、そうであったろう。こんなところに引っ張り出してはいけなかったのだ」

ふいにその眼がわずかにうるみ、福沢は照れたように顔をしかめた。

「なにも知らずとも、『扶氏医戒』のことぐらいは知っているな」

はい、と弥吉はこたえた。それはたしか洪庵が翻訳した、西洋の医者の訓戒のようなものだ。

「よし。ならば、あれを読め。あれこそが、洪庵先生だ」

福沢は坐りなおして、ひたと弥吉を見据えた。

三

緒方洪庵が大坂で開業した年、独逸《ドイツ》でとある書物が出版された。ベルリン大学教授フーフェランドが五十年にわたる医療の経験を記した内科書『医学必携』のハーヘマンによる蘭語訳本である。

洪庵はこれを手にして感銘を受け、その内容を広く国内に知らせるべく翻訳にあたった。これが『扶氏経験遺訓』である。扶氏とは著者のフーフェランドのことをさしている。

洪庵はさらに原著の巻末にある「医師の義務」と題された文章に共感して、十二ヵ条に抄訳した。これが福沢のいった「扶氏医戒」、正式には「扶氏医戒之略」という。洪庵の洋書翻訳における業績は、最新の医療実践を記した『扶氏経験遺訓』と、病理学を解説した『病学通論』が双璧といえるだろう。

弥吉はそのふたつの原書を読むことはもとより、訳本の内容を理解することもかなわない。ただ「扶氏医戒之略」の写しを手に入れて、繰り返し読んだ。福沢の家を訪ねたあと、ほぼひと月のあいだ、余暇はすべてそれにあてた。

八月に入って、洪庵の嫡男、緒方洪哉の医学所教授への登用が内定した。同月内にも正式な沙汰があるという。

これまで八重は慣れない土地で先行きも見えず、寡婦の悲しみのうえに幾重にも心労を重ねてきた。けれども、これで家族の暮らしも落ち着いたものになる。弥吉も安蔵やお米たちとともに、ほっと息をついた。

しかし結果として、弥吉は洪哉の教授姿を見ることはなかった。幕府の沙汰より早く、弥吉のもとに一通の手紙が届いたのだ。郷里の先輩であり同志である吉井儀三が、京都から発したものだった。

手紙には弥吉の壮挙をたたえる言葉とともに、「われらも立つ」と記されていた。その簡潔な文章に、ただならぬ決意が感じられた。儀三の温和な顔を、弥吉は思い浮かべた。なにかたいへんなことが起きようとしている。直感はわずかも揺るがなかった。

弥吉はその夜のうちに荷物をまとめ、未明、ひそかに医学所の役宅を出た。およそ一年前、迷いと期待を胸に辿った道を、漠然とした焦りに急《せ》かされて引き返す。さほど未練があるつもりはなかったが、ふしぎと江戸を離れがたかった。わずかな月日ながら、江戸での暮らしには、それだけの重みがあったのかもしれない。

弥吉は知らずしらずのあいだに、街道沿いの景色に江戸の名残りを見ていた。そしてまた、すれちがう旅人に、洪庵やその家族、門人たちの姿を重ねたり、安蔵やお米、医学所の書生たちに似た人影を探しているようだった。

それでも箱根峠を越えると残してきたひとたちのことより、このさきにいる仲間の顔が瞼に濃く浮かぶようになった。弥吉は息も継がずに坂を踏みつづけた。足腰が何度も悲鳴をあげたが、耳を貸さなかった。へばりそうになるたび、疲れにまさる激しさで焦りが胸を掻きむしった。

吉井儀三は大言壮語をする男ではない。こころざしを語るにも、つねに言葉を選び、声音を抑えていた。その儀三が「立つ」というのだ。なにごとにせよ、それは安易な事柄であるはずがない。たとえば弥吉が村を出るときに帯びていたような使命や天誅を名乗る凶行などとは比較にならない、大事に臨もうとしているにちがいない。

さらに儀三は「われらも」と書いていた。弥吉にたいしてその言葉を使うとき、それはもちろん長野村の同志をさしている。庄屋の吉年米蔵をはじめ、若者組で時勢を論じ合った仲間たち。その全員ではないにせよ、少なからぬ人数が儀三と行動をともにしていることはたしかに思われた。

そして、こうした推測を裏づけるように、弥吉の脳裡《のうり》に島村省吾の声がよみがえっていた。ひと月余りまえに路上で出会ったとき、島村は近々京にもどり、そこで大きな仕事が控えていると話していたのだ。その話と儀三の手紙とのあいだになんの繋がりもないとは、とうてい思えなかった。

弥吉が京についたのは、八月十七日の夕方である。

足を磨り減らすようにして都に入ると、ひとに尋ねて、休まず方広寺をめざした。その寺の南門前には土佐の脱藩志士が多く住み、境内には同藩の練武場もあるという。儀三は手紙で京での所在を明らかにしていなかったが、土佐藩士の島村にあたればなんとか居場所なり動静なりをつかめるかもしれない。

方広寺は洛東にあった。弥吉は日暮れまえの人出で賑わう道を三条、四条と南にむかい、六条のあたりでいましがた渡ったばかりの鴨川を東に渡りなおした。道を教えてくれたひとはその橋を正面橋と呼んでいたが、かつてはそこからはじまる方広寺の参道が大仏殿の正面に通じていたらしい。

弥吉は参道を進んで仁王門に行き当たると、そこで道を折れてまた南にむかい、めざす南門の側にまわりこんだ。

島村の顔と声が、あらためて脳裡によみがえっている。とにかく土佐のひとを見つけて、島村のことを訊いてみよう。そうしないことには、なにもはじまらない。いまのところ弥吉は儀三たちのことはおろか、ほとんど右も左もわからないありさまなのだ。

だが南門の界隈《かいわい》の空気は、弥吉が想像していたものとはちがっていた。島村に聞いたとおりなら、そのあたりは日焼けした土佐人がいそがしく動きまわり、いささか荒っぽい土佐弁の飛びかう、活気にあふれた場所のはずだった。

けれど弥吉が見たのは、ごくあたりまえな門前町の景色だった。そういう意味での賑わいはあるが、時局を感じさせる活気も土佐人の姿も見当たらない。

当てがはずれた。弥吉はそう思いながら、ぼんやりと門前に突っ立っているわけにもいかず、方広寺の境内に入った。

方広寺は豊臣秀吉が大仏を祀《まつ》るために建立した寺で、往時には奈良東大寺にまさる巨像が安置されていたという。広大な境内には、その秀吉を祀る豊国神社もあるが、大仏は幾度かの災禍を経て、いまは仮殿に小さくおさまっているらしい。

弥吉はしぜんと本堂のほうに足をむけたが、思いなおして土佐藩の練武場を探すことにした。とはいえ、それがどの方角にいけばあるのかもわからない。まさか訪ねることになるとは思わなかったから、島村が話題にあげたときにも詳しく訊かなかったのだ。

ためしに参拝客に尋ねてみたが、みな首をかしげるばかりだった。ここで土佐藩がなにをしているのか、練武場とはなにか、と問い返してくるひともいる。弥吉はなんとなく剣術道場のようなものを思い描いていたのだが、あらためて考えてみると、建物があるかどうかもさだかでなかった。

当てもなく歩きまわるうちに、日が暮れた。夜闇とともに、ひんやりとした空気がおりてきた。探しものを諦めさせる、うそ寂しい暗さだった。

弥吉はうなだれぎみに背を丸めて、南門のほうに引き返した。ここまで一刻を争う気持ちできたのに、やっと辿り着いた京で時間を無駄にするとは思わなかった。これではなんのために歯を喰い縛って道を急いだのかわからない。足腰を突き動かしてきた焦りの奥から、じわじわと疲労がにじみ出てきた。

夜空に月が昇りはじめた。明るく大きな月で、それだけが救いといえた。慣れない土地で心細くなりだしている。

弥吉は南門に近づくと、重たげに顔を起こして、月明かりの揺らめく境内に眼を配った。なかばすがるような思いで、土佐人の姿はないものかと探したが、あたりは冷たく静まり、祭りのあとのような閑散とした気配が漂っていた。

境内に行く当てがないように、門を出ても当てはない。だがとりあえず、つぎは寺の周辺を探す番だろう。弥吉はうつむいて南門をくぐろうとした。そして、眼を伏せるまぎわに門前の通りに人影を見た。武士ではない。町人の身なりである。探していた土佐藩士や脱藩志士ではないが、眼の端に映ったその輪郭に見覚えがあった。

弥吉は足早に門を出て、人影を追った。

人影はなにか落とし物でもしたかのように、すこし歩いては立ちどまり、きょろきょろとあたりを見まわしている。かと思うと、空を見あげて首をかしげ、すたすたと歩きはじめる。だが近づく弥吉の跫音に気づくと、ふいに走りだした。

「待てよ、幸蔵だろ、幸蔵！」

弥吉は叫びながら追いかけた。けれども、人影はとまらない。いっさんに走りつづける。

「おれだ、弥吉だ！　待てよ、幸蔵なんだろ」

弥吉も痛む足で道を蹴りながら、声を張りあげた。

すると、人影がようやく勢いを落とし、首をまわして振りむいた。

「弥吉、弥吉なのか？」

四

「なんでおまえが、こんなところにいるんや」

　幸蔵が探るような眼つきをした。弥吉より背が高く、ふだんは見おろすようにするのだが、いまは背を丸めて、上目遣いにこちらを見ている。

　弥吉は不審な思いで見返した。

「それを訊きたいのは、おれのほうだ。ここでなにをしてる。どうして呼ばれると逃げた?」

「べつに逃げたわけやない。ただ、京にはいろんなやつがいるからな」

「儀三さんといっしょに、こっちにきたのか」

「そうや、しばらくまえにな」

　と幸蔵はまた周囲を見まわして、

「それより、おまえこそどないしたんや。ここやのうて、江戸にいるはずやろうが」

「ほんの十日ほどまえには、江戸にいたさ。けど、儀三さんの手紙を読んで、矢も楯《たて》もたまらず飛び出してきたんだ」

　弥吉は手紙を受け取ってからのことをかいつまんで話した。

「ああ、そういうたら、儀三さんが手紙を書いてたな。なるほど、それで仲間の一大事と見て帰ってきたわけか」

　幸蔵がやっと得心したようにうなずいた。だがどこか気のない口ぶりで、

「けど、遅かったな。儀三さんは、とうに出立したで」

「出立？　どこに？」

弥吉は思わず一歩詰め寄った。

幸蔵はぎくりとしたように身体を退いて、あいまいに顎を左右に揺らした。

「ううん、ひと口ではいえんなあ。それより、おまえはもう飯を喰うたか」

「いや、まだ」

「金はあるんか」

「すこしなら」

「ほんなら、とにかく飯を喰おや。いまさら慌ててどうなるもんでなし、腹が減ってはなんとやらやで」

幸蔵はそういうと、くるりと背をむけ、ひとりさきに立って歩きはじめた。

弥吉は唇を噛んだ。腹ごしらえなどあとにして、一刻も早く事情を知りたい。だがひと口ではいえないといわれたら、たぶんそのとおりなのだろうし、せっかく巡り合えた仲間と言い争いたくもない。ため息をついて、幸蔵のあとにつづいた。

幸蔵は片側に高い塀の連なる門前の通りを、灯の色の見える鴨川のほうにむかった。境内の角の辻をすぎて町屋に差しかかり、軒行燈や提灯の光がまばゆく重なる一角までくると、細い路地を抜けて、裏道にある古びたうどん屋に入った。

「ほんまに金はあんのやな」

　幸蔵はしつこく念を押して、うどんを注文した。待ちながら箸を握り、うどんが運ばれてくると、丼を抱えるようにして、がつがつと食べはじめる。

　弥吉は薄く澄んだ出汁《だし》の色を見て、ふっと懐かしさがこみあげたが、やはりそれを味わう気分ではなかった。申しわけのように箸をつけて、幸蔵に話をうながした。

「慌てるな」

　幸蔵は丼から顔をあげず、小声で言い捨てた。

「ここでは話せん。話せることやない」

　うどんをすする合間にぼそりぼそりといい、弥吉がまだ半分も食べないうちに出汁まですっかり飲み干して、

「もう一杯、ええか」

　よほど腹が減っていたらしい。明かりのしたで見ると、幸蔵はやつれて眼が落ちくぼんでいた。痩せ細るほどではないにせよ、しばらくまともに食べ物を口にしていないようだ。

「ああ、かまわん」

　弥吉は箸を置いてうなずいた。幸蔵のようすを見ていると、いっとき食欲もしゃべる意欲も失せてしまった。

幸蔵は二杯目もおなじ勢いで食べきり、それで人心地がついたのか、うどん屋を出たときには、いつもの弥吉を見おろす姿勢になっていた。ついてこいと手振りすると、またぞろさきに歩きだす。

大きなげっぷをして、幸蔵は細い路地を抜けた。そして迷わず、きた道を引き返した。弥吉はその背中をじっと見つめて歩いた。幸蔵とは大坂にいたとき一度顔を合わせただけで、しばらく腹を割って話していない。子供のころから喧嘩友達のような間柄だが、村にいたときとはすこし雰囲気が変わったような気がする。

もっとも、雰囲気が変わったのは、こちらもおなじかもしれない。一年ほどのあいだに、おたがいにいろんな経験をしたわけだ。話さなくても、それだけはわかる。

方広寺の門前までくると、幸蔵は通りを見まわし、ちらと弥吉に目配せして、南門をくぐった。境内に入るとすぐに、こっちだと顎をしゃくって、塀沿いの暗がりに踏みこんでいく。

弥吉は思わず立ちどまり、洞窟のような暗がりを覗きこんだ。首をかしげて、あとを追った。訝しさと興味がなかばしている。

高い塀が月光をさえぎり、眼の高さはともかく、腰からしたはほとんど真っ暗だった。だが幸蔵は慣れたようすで歩いていく。やがて塀際に大きく枝を張る木の陰までくると、濃い闇のなかに幸蔵の姿が隠れて、ここや、と声だけがした。

「ここなら雨露をしのげるし、ひとに話を聞かれる心配もない」

眼が慣れてくると、幸蔵が地面を指さしているのが見えた。どうやらそこで野宿をしているらしい。木の根元と塀のあいだに、筵《むしろ》が何枚か重ねて敷いてある。

「坐れよ。これを貸したるから」

幸蔵が藁束《わらたば》のようなものをつかんで、こちらに放ってよこした。地面にひろげてみると、米俵かなにかをほどいたものらしい。弥吉はそのうえに胡坐をかいた。

「あそこのうどんは美味《うま》いやろ。京やとうどん一杯にもべらぼうな値段を取る店があるけど、あそこは安うて美味いんや」

幸蔵はいいながら腰をおろすと、塀に背中をあずけて、木のほうに足を伸ばした。満腹して、いまにも居眠りしそうな恰好だった。

弥吉はそちらに膝をむけ、幸蔵の横顔に眼を凝らしながら、まえのめりに上体を傾けた。

「さあ、聞かしてくれ」

「ああ、聞かせる。聞かせるけど、なにから話したもんか……」

「なにからなにまで、知ってることを全部だ」

「そういわれても、こみいった話やからなあ」

「おい、勿体《もったい》をつけるな」

と弥吉は声を尖らせた。

「べつに、勿体なんぞつけへんけど」

と幸蔵がいいながら、こちらを見た。弥吉と眼が合うと、さすがに気が差したのか、塀から背中を離して、胡坐に坐りなおした。

「おまえは、なにも知らんのか」

「知らん。いや、話を聞いてみないことにはわからんが、たぶんなにも知らんのだと思う」

「どっかで噂を小耳に挟みもしてへんか」

「江戸ではこれという話を聞かなかったし、京までの道中では町の噂に耳を貸すひまもなかった」

「そうか、ほんまに知らんのやな。ほな、しゃあない、教えたろ」

幸蔵はうなずいて、いったん口をつぐんだ。おもむろに腕組みして、よう聞けよ、と露骨に勿体をつけた。

「近々、大和に行幸がある」

弥吉は息を呑み、瞼をしばたたいた。聞いた言葉の重みを咄嗟に測りかねている。

「天子さまが、大和に？」

「そうや。これまで賀茂神社や男山の石清水八幡宮への行幸があったんは、おまえでもさすがに知ってるやろ。けど、そんなもんとはわけがちゃうぞ。天子さまが京をお出になられんのやからな」

「うん、それは一大事だ！」

「けど、驚くんは、まだ早い。こっからが肝心なところや」

と幸蔵はいって、またちょっと口をつぐみ、

「天子さまは大和で神武帝山陵と春日大社に参拝されたあと、お供をする諸大名を集めて御親征の軍議を開かれる。攘夷の御親征や。天子さまはそこから大名を率いて、さらに伊勢神宮に行幸される。けど、まだそれで終わりやない。そのまま江戸にくだり、幕府にたいして攘夷不履行の罪を糺《ただ》しはるんや」

「えっ……？」

弥吉は絶句した。なにか大きなことという予感はあったが、ここまでとは想像もしなかった。これはもう一大事どころではない。天下を覆す最大事である。

幸蔵は弥吉の顔つきを眺めて、満足げにうなずいた。

「どうや、おそれ入ったやろ。おまえが大坂や江戸でぐずぐずしてるあいだに、世の中はこんなにも動いていたんや。ひとつ忠告してやるが、いまさらちっぽけな手柄を自慢しても、笑われるだけやぞ。みっともない吹聴《ふいちょう》はやめとけよ」

手柄というのは、緒方洪庵の急死にかかわることだろう。吹聴するどころか打ち消したい話だが、いまはそんなことをいっているときではない。

弥吉は気を静めるように息をついて、坐りなおした。幸蔵の顔を見ながら、慎重に訊いた。

「たしかに、おそれ多いことだな。けど、行幸先で一度軍議を開いただけで、お供の大名たちがいっせいに幕府に叛旗をひるがえすだろうか。外様《とざま》だけならまだしも、親藩や譜代もいるだろうに」

「その心配は無用や。天子さまのまえでは、外様も親藩もあらへん。みんなおなじ家来やからな」

と幸蔵はわけ知り顔でいった。

「ついでに教えてやるが、徳川というんは天子さまから征夷大将軍、つまり夷狄を征伐する大将に任じられて、諸国の大名を従えてるんや。そやさかい、天子さまが攘夷の御親征をしはるなら、将軍はお払い箱。大名は上から下まで、天子さまが直々に率いる御親兵となるわけや」

「うん、それは……」

理屈はそうかもしれないが、と弥吉は眉をひそめた。

「けど、何百年とつづいてきたことが、そう簡単にひっくり返るかな」

「べつに、これはおれの勝手な思案やないぞ。儀三さんが土佐のひとたちと、そんな議論をしてたんや。とにかく、大和行幸は、おれたち志士にとって、このうえない快挙や。

おれたちの長年積み重ねてきた努力が、ついに実るんやからな」

「わかった、いうとおりだ。で、儀三さんが出立したというのは、どういうことだ。天子さまのあとについて、大和にいったのか」

「なにいうとんのや、行幸はまだこれからやで。儀三さんは、その露払いというわけでもないけど……」

と幸蔵は言い淀《よど》んでうつむいた。やっぱりひと口ではいえんな、と独り言をこぼす。

「露払いというと、さきに大和にいったのか。神武帝の御陵や春日社に？」

「そうやけど、ちがう。説明したるから、おまえは黙っとけ」

と幸蔵が手を振り、腕を組みなおして、

「おまえは知らんやろうけど、京はいま長州の天下や。さきの賀茂や男山への行幸も長州と結ぶ尊攘派の公家の働きかけで実現したし、こんどの大和行幸もだいたいおんなじ流れで話が決まったということや」

大和行幸の詔勅は、八月十三日にくだされた。主導したのは、尊攘派公家の代表格である三条実美で、もとより長州の後押しを受けていた。

ただちに準備が開始されたが、これもやはり長州藩が中心となった。同藩士の桂小五郎や久坂玄瑞などが学習院に詰めて作業にあたり、資金の手配や供奉《ぐぶ》の列の調整を進めて、行幸は八月下旬から九月上旬に出発するものと決まった。

そしてこれよりまえの八月上旬、吉井儀三は隣村の有志とともに上京していた。大和行幸が具体化しつつあることを知り、現地で状況をたしかめて、土佐の脱藩志士吉村虎太郎たちと決起の談合をするためにである。

「決起?」

と弥吉はまた瞼をしばたたいた。

「そうや、それでおれは槍持ちがわりに、儀三さんのお供をしてきたんや。こっちには向田村の庄屋の水郡さんや、新家村の鳴川さん。富田林村の仲村さんもきてたで」

と幸蔵は地元の名士を数えあげながら、その仲間だといわんばかりに鼻をうごめかした。

儀三たちは談合の結果、詔勅の布告を待って、行幸にさきがけて大和に入ると決めた。「皇軍の御先鋒」となるのである。当面の目的地は、南大和。行幸の経路が北大和になるため、自分たちは南大和をあらかじめ平定して、天皇を迎えようと考えたのだ。

詔勅布告の翌日、十四日の午後早くに、儀三たちは方広寺の境内に結集した。総勢は四十人。公家の前侍従中山忠光を盟主とし、土佐藩士の島村省吾も決起に加わっていたという。やはり儀三の手紙と島村の言葉のあいだには繋がりがあったのだ。

「で、そのまま出立したのか。とうにといったけど、それならひと足違いじゃないか」

と弥吉は身を乗り出した。たった三日前、儀三はこの境内にいたのだ。

「ひと足違いというたら、ひと足違いやしれんが、とうにというたら、とうにやろ。おれにはもう、ずいぶんまえのことに思えるわ」

　幸蔵はどことなく投げやりな口ぶりでいった。

「それで槍持ちがわりのおまえが、どうしてここにいるんだ。儀三さんといっしょに大和にいかなかったのか」

「もちろん、おれもいきたかったで。天子さまの御先鋒になるやなんて、志士としてこのうえない誉れや。けど、ここに残って、行幸が出発するまで、なりゆきを見守ることにした。どんだけ不足でも、だれかがやらなあかん役目やろ」

「まあ、そうだな。けど、その役目を果たすあいだ、寝泊まりする場所も呑み喰いする金もないのか」

「ばかにすなよ。ちゃんとした役目やから、宿でも金でも好きに用意してもらえたけど、こっちはええから大事な軍資金は御先鋒のみんなで使うてくれと、おれが儀三さんに進言したんや」

　と幸蔵が口を尖らせた。

　ふうん、それでおれの軍資金を使って、うどんを二杯喰ったわけか、と弥吉は思ったが、口には出さなかった。

「よし、話はわかった。それじゃ、おまえもこのさきたいへんそうだけど、おれも路銀が残り少ないから、悪いがもううどん代も置いていけないぞ」

と腰を浮かす。

「おい、どこにいくんや」

「いまから伏見にいって、三十石の夜船に乗る。三日の遅れを、ちょっとでも取りもどしたいからな」

「おまえも御先鋒になって、大和にいくんか」

「そんなつもりで道中してきたわけじゃないけど、こうして話を聞いたら知らんふりはできないだろ」

弥吉は藁の敷物を丸めて、幸蔵に返そうとした。

だが幸蔵はそれを押し返すと、弥吉の袖の端をつかんで、

「慌てんな、まだ話のつづきがあるんや」

「つづき?」

「そやから、とにかく坐れよ」

弥吉は短い話なら立ったまま聞いてしまいたかったが、見おろした幸蔵の顔が暗がりのなかに青白くぼやけている。

「ほら、ちゃんと敷物もひろげて」

と幸蔵が袖を引いた。

「わかった、坐ればいいんだろ」

弥吉が腰をおろすのを見届けて、幸蔵はわずかに声を低めた。

「今日聞いたばっかりの話やけどな。どうやらお公家の三条さんが、御先鋒の一行を引きとめるために使者を送ったらしいんや。勇み足やから、もどってこいと」

「引きとめる？　ほんとか」

「ああ、たぶんな。使者の名前まであがってたぐらいやから。筑前か久留米の藩士で、平野とかいうひとらしいで」

「それには、やっぱり長州の意向が働いてるのか」

「さあ、それは聞いてないけど、たぶんそうやないか」

「ふうん……。話を聞いていると、この御先鋒というのは大和行幸の手柄を長州にひとり占めさせないために、土佐のひとたちが抜け駆けしたみたいだな。それでまた長州が手柄を横取りされまいと、土佐の抜け駆けをじゃましてる」

と弥吉は首をひねった。御先鋒の組織を主導したのは、土佐の吉村だというし、方広寺に集まった四十人も、およそ半数が土佐の出身者だったらしい。

「どうかなあ、おれにはようわからんけど。とにかくそんなことやから、おまえが慌てて追いかけても、儀三さんたちが引き返してくるのと行き違いになるやもしれん。そやから、坐れというたんや」

幸蔵はそういうと、また塀に背中をあずけて、木の根元に足を伸ばした。欠伸《あくび》をしながら、顎をさすって、

「ああ、しゃべり疲れたわ。おれはもう寝るで」

「待てよ、儀三さんたちがもどってくるのはたしかなのか」

「そら、もどってくるやろ。偉いひとがいうてんねんから。そやさかい、ぐずぐずいわんと、おまえも寝ろや。長旅で疲れてるんやろ。そこらへんにあるものなら、どれを敷いても被ってもかまわへんで。さきのことは、明日またゆっくり考えようや」

眼を閉じた幸蔵の横顔を、弥吉はじっと睨んだ。が、長くはつづかなかった。たしかに疲れている。頭にも胸にもさまざまな思案や感情が渦巻いていたが、いったん腰を落ち着けてしまうと、それらすべてを呑みこむほどの眠気がすぐに押し寄せてきた。

五

翌朝、弥吉が眼醒めたとき、京の情勢は一変していた。朝廷から長州派の公家が駆逐され、それまで発せられていた詔勅の多くが、天皇の本意にあらざるものとされたのである。

騒ぎは御所の周辺にはじまり、火の粉が飛び散るように、たちまち町中に噂と動揺が

ひろまった。これまでわがもの顔で御所に出入りしていた長州藩士たちが、今朝にかぎって門前払いを喰わされ、薩摩藩兵と一触即発の状態になっているという。

「まさか、そんなこと」

「ほんまやったら、とんでもないことになるで」

弥吉と幸蔵は手分けして、事実の確認と情勢の把握に走りまわった。そして驚いたのは、京の人びとがおそろしく政情に敏感なことだった。どこにいっても、すでに御所の異変の話で持ち切りになっている。何百年と権力闘争を間近で眺め、幾度となく戦禍をこうむってきた、都びとならではだろう。

はじめはどれだけのことを聞き込めるかとあやしんだが、弥吉はむしろあふれ返る噂話に取り囲まれた。それらを聞きあさり、聞きくらべ、事実を浮かびあがらせようと頭のなかで篩《ふるい》にかける。おなじように奔走する尊攘志士たちとも情報を交換した。もっとも、警戒心からたがいに顔色を窺い合うだけで終わることも少なくなかった。

一方、幸蔵は多少なりとも京に土地勘があるからと、御所のほうを探りにいった。噂の真偽を、その眼でたしかめるつもりらしい。危なくないかと訊くと、幸蔵は弥次馬のうしろからちらっと覗くだけやと笑った。町の人びとが見物している場所までは、近づいても大丈夫なのだろう。

午後遅く、二人はあらためて方広寺の境内で落ち合った。どちらも灰色の顔をしていた。疲れのせいではない。深い失望の色である。朝一番に耳にした噂は、やはり本当だった。最悪の事態が、二人のまえで繰り広げられていたのだ。

この日、八月十八日の早朝、長州藩士が警備を担当する堺町御門にいくと、すでに薩摩藩兵が門を固めていた。長州藩士の入門を防ぐためだった。九つある御所の門は、いずれも薩摩藩をはじめ会津藩や淀藩、京都所司代の兵に守備され、長州藩士はもとより長州派の公家たちも参内を禁じられた。

むろん長州藩士も門前払いを喰わされて、おとなしく引きさがったわけではない。武装して薩摩藩兵と睨み合った。幸蔵が見にいったときには、大砲まで引っ張りだして、いまにも合戦がはじまらんばかりだったという。

だがすでに大勢は決していた。なにより、孝明天皇が長州藩の排斥を決意していたのである。

この政変は、薩摩と会津の協力によって引き起こされたものだった。両藩は公武合体派の中川宮親王を通じて、天皇に長州の専横を訴え、その排斥を願った。これにたいして、孝明天皇は宸翰《しんかん》（直筆の文書）をもって勅許を与えたのである。

薩摩や会津が長州を門外に押しとどめるあいだに、御所では朝議が開かれ、正式に長州派公卿《くぎょう》の処分や長州藩の御門警備の解任、さらに長州藩士や浪人の京都からの一掃などが決定された。そして大和行幸と御親征も事実上の中止が決まった。

詔勅というものは、天皇がみずから筆をとってくだされることはめったにない。たいていは口頭で述べられたことを側近が文書にする。このため側近を一派で固めてしまえば、天皇が口にしなかったことまで詔勅として発することもできる。

実際、この政変の直前まで、孝明天皇の周囲は長州派の公家で固められ、天皇の真意をないがしろにして、自派に都合のいい詔勅を繰り返し発していた。

大和行幸の詔勅も、そのひとつだった。天皇の言葉に基づかずにつくられたもの、すなわち偽勅だったのである。

「どうやら、こういうことらしいぞ」

と幸蔵は声をうわずらせた。

「天子さまはたしかにだいの西洋嫌いやけど、攘夷というのはあくまで幕府が指揮してやるべきもんやと考えてはる。そやさかい御親征はもとより、討幕なんぞはもってのほかとお考えらしい」

「儀三さんは知ってるのか。天子さまの御真意や大和行幸が偽勅だったことを？」

弥吉も声が震えた。偽勅という言葉を口にするたびに、唇から血の気が引き、いまはもう白っぽくなっている。

「どうやろ、土佐の吉村ってひとはやり手らしいから裏の事情まで知ってたかもしれんが、儀三さんらはひとえに天子さまの御決意と信じてたんやないか。いっしょにいたかぎりでは、そんな気がするで」

吉村虎太郎というひとのことは、名前を聞くだけで会ったことがない。弥吉は島村省吾の顔を思い浮かべた。土佐のひとたちは、どこまで事情を知っていたのだろう。大和行幸を長州の策謀によるものと承知のうえで、その尻馬に乗ったのか。それとも、偽勅と知らずに身命を賭《と》して決起したのだろうか。

いずれにせよ、長野村の仲間が京の政争に巻きこまれたことは疑いなかった。いったい村から何人がこの決起に加わるつもりだろう。かれらはすでに儀三たちと合流したのか。それとも、制止の使者のほうがさきに追いついたのだろうか。

「なあ、飯を喰いにいかへんか」

と幸蔵が腹をさすり、

「おれはもう知恵どころか、じきに声も出んようになるわ」

「そうだな、おれもだ」

二人は肩を落として、昨日のうどん屋に足をむけた。

通りを歩くあいだも、うどん屋についてからも、弥吉は繰り返し考えていた。長州藩兵は御門を塞ぐ薩摩藩兵に大砲をむけたというが、それはすなわち御所に砲口をむけることになる。万が一、大砲が撃たれていれば、勅命によって討たれるべきは、幕府ではなく、長州になっていたかもしれない。そして、そうなれば長州の画策に乗じようとした土佐や長野村の仲間も、おなじ転落の道をたどっていただろう。

　これが尊王なのか。これが異人の手から国を守ることなのか。

　すっかりのびきってしまったうどんを半分ほどすすると、弥吉は箸をとめていった。

「おれは、やっぱり大和にいく。いまから、儀三さんたちを追いかける」

　幸蔵も昨日の勢いはなく、うどんをまだ食べきっていなかった。

「けど、ゆうべいうたように、行き違いになるやしれんぞ」

「そうなれば、さいわいだ。無駄足になっても、惜しいことはなにもない」

「もし引き返してきてへんかったら、どうするんや」

「そのときは、追いついて引きとめる」

「引きとめる？　御先鋒をかい。あほなこといいな。儀三さんだけならともかく、お公家さんや土佐の連中がおまえのいうことを聞くと思うか」

「聞いてもらう。でなけりゃ、このままみんな天子さまの御真意にそむくことになってしまう。そうだろ？」

「それはまあ、御親征がないのに、先鋒を気取ってもはじまらんけど……」

「なあ、おまえもいっしょにいかないか。こうなったら、京に残っていてもしょうがないだろう」

　弥吉がいうと、幸蔵はびっくりしたように頰を引きつらせた。

「おれが、なんで？」

「おまえは行幸のなりゆきを見守る役目なんだろ。それなら、おれひとりで話すより、おまえもいっしょのほうが、みんな納得してくれるんじゃないか」

「そら、そうかもしれんけど……」

「それに、もともと儀三さんたちとは、奈良で落ち合うつもりだといってたよな？」

「ああ、そうや」

「それなら、事情が変わったから、落ち合う場所も変わったと思えばいい」

「わかった。いくよ。おれもいく」

幸蔵が不承不承にうなずいた。うどんの残りをかきこんで、丼と箸を置きながら腰を浮かすと、

「寺に置いてある荷物を取ってくるから、おまえは払いをすまして、店のまえで待っといてくれ」

「払い？　ああ、わかったよ」

弥吉はにが笑いして、懐の財布を叩いた。わびしく軽い音がした。

幸蔵は背をむけかけたが、思いなおしたように振りむいて、

「そういや、儀三さんはいま長野一郎と名乗ってる。味もそっけもないけど、いかにもあのひとらしい変名やろ」

「それなら、おれは長野二郎にするかな」

「やめとけ。長野村の男は知恵がないもんと思われるで」

幸蔵を見送ると、弥吉はどうにかうどんを食べきり、二人分の払いをすませて、店のおもてに立った。だがいくら待っても、幸蔵はもどってこなかった。寺に迎えにいこうかと思ったが、そのたびに小さく首を振った。

雨がぽつぽつと降りだした。弥吉はうつむいて、まだしばらく待った。自分のためかもしれないし、幸蔵のためかもしれなかった。やがてだれにいうともなく、いくかと呟いた。細い路地を抜けると、しだいに大粒になる雨のなか伏見の船着場をめざした。

おなじ夜、おなじ雨のなか、長州の藩士や志士たちも、三条実美ら七人の公卿を連れて京を落ちた。

暴　発

一

文久三年八月十四日、洛東の方広寺を出発した皇軍御先鋒を自負する一行は、伏見街道を南にむかい、夕刻に伏見の京橋に着いた。足をとめたのは、伏見湊《みなと》といわれる川船の船着場である。一行は荷船問屋魚久に入ると、三艘の三十石船を手配した。そして、かねて準備の武具を積み込み、闇夜の淀川を大坂にくだった。

淀川は大坂に入ると大川と呼ばれ、中之島に流れを裂かれて、いったん北の堂島川と南の土佐堀川にわかれたあと、ふたたび安治川として合流する。

翌十五日、一行は土佐堀川にかかる常安橋の南岸に船を着けた。船宿坂田屋に荷物を運びこむと、朝食をとり、身支度を整える。ここであらためて船を雇い、安治川から天保山沖に出て、海路で堺にむかうのである。

弥吉はその行程をひとりで追った。

堺からさきのことは大雑把にしかわからないが、そこまでの予定は幸蔵から詳しく聞いている。とはいえ、どこまでが本当の話かと案じながら、伏見湊で船を待つあいだに魚久を訪ねると、話のとおりに一行の足取りがたしかめられた。

弥吉はほっと息をつき、すぐに気を引き締めた。一行とおなじく夜船で大坂にくだる。ただし、雇い船のようなわけにはいかない。乗合の三十石船が着くのは、中之島の手前の八軒家浜になり、そこからは徒歩で常安橋にむかう。

大坂の朝だった。見るものすべてが懐かしく、弥吉は胸が高鳴った。川沿いに天神橋のたもとから、難波橋、栴檀木橋のたもとを過ぎると、適塾が近い。わずかひと筋南の通りに、あの格子戸が立っている。弥吉はきつく下唇を噛み、北のほうに顔をそむけて足を急かした。

常安橋に着いたのは、四ツ（午前十時）にさしかかったころだった。今日は十九日、一行の到着からは丸四日の遅れになる。

常安橋は南詰に長州藩の蔵屋敷があり、このあたりの船宿には志士が多く出入りしているらしい。坂田屋を訪ねると、応対に出てきた番頭は露骨に返事をしぶった。京都の政変を知って、警戒しているようだ。

だが弥吉が河内の長野の出で、知人の消息を知りたいのだと話すと、番頭はにわかに表情をやわらげた。

「そうですか、長野のおひと。あのあたりなら、よう存じてます。わたしは若いころに、三日市の宿場で働いておりましてな」

「それで、知人は長野一郎と名乗っているらしいのですが」

「長野、一郎。ああ、いらっしゃいましたな、そういうお客さんが。思い出しました。たしか物静かなお方ですな」

「ええ、きっとそうです。どんなようすでしたか」

「いえ、それがまあ、静かにされていたので、かえって眼についたのですが、なにせ忙しくしておりましたから、詳しいことは……」

と番頭は困り顔をして、

「立派なお公家さまや熱心に書き物をなさるお方もいらっしゃいましたが、正直、あとはもうてんやわんやのありさま。みなさまたいそう気勢をあげてらして、二階でがちゃがちゃ物音がしたかと思うと、鎧《よろい》を着たお客さまが駆け降りてきたり、土間で刀を振りまわしたりと、主人の庄助もあたふたのしどおしでした」

「それで、みなはこちらに泊まっていったのですか」

「いえ、その日の夕方にはご出立なさいました」

「夕方に……」

泊まってくれていれば、一日分の距離を詰めることができたが、夕方に発ったなら数刻分しか縮まらない。

「はい、明石船を二艘仕立てましてな。みなさまじつに勇ましいいでたちで、まるで壇ノ浦にでも出陣なさるようでした」

「明石船？　間違いありませんか」

明石船は名のとおり大坂と明石を往来する乗合の帆掛船である。

「間違いありません。わたしが手配しましたから」

弥吉は番頭に礼をいい、首をかしげて坂田屋を出た。

「堺には、いかなかったのか？」

にわかに行く手の景色がぼやけたようだが、立ちどまって考えていてもはじまらない。明石船の船着場にいって、一行を乗せた船を探すと、一艘は折悪しく出たばかりだったが、もう一艘が半刻（一時間）ほどして帰ってきた。

船からおりてくる日焼けした船頭に、弥吉は飛びつくようにして話を訊いた。

「ああ、あの連中なあ。たしかに乗せたで」

と船頭は顔をしかめた。

「お偉いひともいたようやが、なにしろいきがった連中でなあ。船番所で訊かれたときには、馬関にいく勅使やとか、明石から山陽道をくだるとかいうてたけど、沖に出たとたんに、堺にいけとぬかしよる。こっちは明石船や、他所《よそ》にいきたきゃ、ほかの船に乗れよ、といってやりたかったが、多勢に無勢なうえに、相手は二本差しや。しぶしぶ堺に送ってやったわい」

そうか、船番所の眼を晦《くら》ますために、明石船に乗ったのか、と弥吉は合点した。

船頭の話によると、一行は船中で「軍令」を発したようだ。そうして出陣の目途や軍紀をあらためて確認したらしい。

「湊に船を入れたけど、わしはあっちのほうは不案内やさかい、なんという場所かはわからんな。湊に流れこむ川があって、その川尻の橋のたもとに楡《にれ》の木が生えてたから、そいつに船を繋いでおろしてやった」

「場所の名前はわからなくても、そこまで送ってもらうことはできるかな」

「おい、また無茶をぬかしよんな。たとえおれがうんというても、ほかの客が黙ってへんで。それともなにか、にいさんひとりで船を貸し切るか」

「いや、すまない。どっちにしても、できない相談だった」

弥吉はひとりよがりに気づいて詫びた。もちろんお金もないが、それより相手の迷惑を考えていなかった。

「堺ぐらい、自分の足で歩いていかんかいな。にいさんひとりなら、へたに船を探すより、そっちのほうが早いで」

たしかに、ここから堺まで急いで歩けば二刻（四時間）とはかからないだろう。

「ありがとう、そうする」

弥吉がうなずくと、船頭はひょいと手を振って、

「連中、堺の湊でどこか宿に入って、朝飯を喰ってから出かけるつもりみたいやったな」

といいながら背をむけた。愛想は悪いが、親切な男だった。

船着場を離れると、弥吉は徒歩で堺にむかった。

道は大坂市中で堺筋、市中を出ると紀州街道と呼ばれる。黙々と南に足を運び、堺湊に着いたのは、七ツ（午後四時）ごろだった。

弥吉もこのあたりに土地勘があるわけではないが、さいわい船を繋いだという楡の木がすぐに見つかった。聞いているときには、どこに船を繋ごうとおなじに思えたのに、そういう話が意外にも役立ったのだ。

朝方に三十石船をおりてから、ここまで一度も坐っていない。さすがに足が棒になっている。弥吉は楡の木陰に腰をおろして、ひと息ついた。

つかのま居眠りしたようである。

慌てて立ちあがり、近辺で話を聞きこんだ。すると、陸にあがった一行は高張提灯をかかげて町に入り、二軒の旅籠に分宿したらしい。

「ああ、それなら扇屋と朝日野の二軒や。なんでも、馬を用意せえとかいうたけど、驢《ろ》馬《ば》しかおらんとこたえたら、そんならいらんてことになったらしい。この商人《あきんど》の町で馬

の一頭や二頭、手配でけんわけがあるかいな。横柄な客に、旅籠も迷惑してたんやろうな」

大きな荷物を背負った行商人は、そういって笑った。

扇屋という旅籠でたしかめると、一行は朝食後に町の通りに出揃うと、隊伍を組んで出立したという。やはり戦支度のまま、西高野街道にむかったようだ。河内で水郡善之祐や長野村の仲間たちと合流するつもりなのだろう。

それが、十六日の朝。いまは、十九日の夕。およそ三日半の遅れになる。弥吉は草鞋《わらじ》の紐を締めなおして、あとを追った。

西高野街道は堺にはじまり、下高野、中高野の両街道と順に合流しながら、狭山を経て、長野村にいたる。ここで京都の石清水八幡宮からつづく東高野街道と合わさり、いよいよ高野山にむかうひと筋の道となるのである。

堺の町を抜けて、西高野街道をたどると、にわかにあたりの景色が身近に感じられた。空気が肌になじみのある湿り気を帯び、耕された土が鼻に濃くにおい、木々を包む葉の色が眼に青々としみてくる。

弥吉は思わず足元を見つめた。河内の土を踏むのは一年四ヵ月ぶりだった。

二

長野村に着いたのは、とうに日が暮れて、月が高く昇ったころだった。

村は全戸の田畑を合わせて十四町余り。ぽつりぽつりと灯の色がともり、月光を浴びて大きな屋根を広げているのが庄屋吉年米蔵の屋敷。そのさきに長野神社の古木がそびえ、伊勢神戸藩の代官所が黒くうずくまっている。いつもどおりの静かな夜だった。

弥吉は一軒の農家の戸をほとほとと叩いた。そしてななめに後退《あとずさ》りすると、すこし離れた場所で待った。

やがて戸が開いて、案の定、幼馴染の五之助が顔を覗かせた。五之助は末っ子で、酒を呑むたびに、親父や兄貴に顎で使われているとぼやく。げんにこの家の戸を叩いて、五之助の父や兄が出てきたことはなかった。なぜか母もめったに顔を出さず、かわりに祖父が戸を開くことがあった。

弥吉は口のまえに人差指を立てながら、五之助に近づいた。

「おっ、弥吉やないか」

五之助が眼を瞠った。月が明るいせいで、眼を慣らすまでもなく、すぐにそうと見定めたようだ。

「しっ」

「お、おう、すまん」

「いまは親父さんたちに会いたくないんだ」

と弥吉は囁いた。

「なんや、だれがきた？」

戸口の奥から太い声が響いた。五之助の父親だった。

「甚助や」

五之助は家のなかを見返して、若者組の仲間の名をいった。弥吉や五之助より一歳下の、いわば弟分である。

「いまごろなんの用や」

「それをいまから訊くところ」

「遊びなら、断れよ」

怒鳴っているように聞こえるが、それが五之助の父親の地声だった。

「わかってる」

五之助はおもてに出てくると、ぺろりと舌を出してみせた。

「会いとうないわなあ、あんな口うるさい親父。倅《せがれ》のおれでも、そうなんやから」

「いや、いまはだれにも会いたくないんだ」

「だれにも？」

「とくに、おれの親父にな」

「そうか」

五之助はにんまりして、戸口にもどり、なかに声をかけた。

「来月やる石川の土手の修繕のことで、文吉さんたちと話があるから、ちょっと顔を貸せってさ」

「文吉たちとか？」

「そうそう」

「とかいうて集まって、おかしな相談するんやないやろうな。おい、間違《まちご》うても、八木のところの倅みたいに飛び出していくんやないぞ」

「戦なんぞ巻きこまれるときには嫌でも巻きこまれるんやから、われから鼻突っこむようなあほなまねはさらすなと、そうやろ？」

「わかってたら、ええ」

五之助は戸を閉めると、こんどはため息をついた。

「いこか」

「うん」

二人は暗い道を歩いた。弥吉が黙っているせいか、五之助も口元をうごめかせるだけで声は出さない。やがて小島のようにこんもりと盛りあがる塚までくると、二人は道をはずれて裏手にまわり、草むらに腰をおろした。昼は子供の隠れ処《かくが》、夜は大人の逢引に使われるが、いまはさいわい口を吸い合う男女はいなかった。

弥吉は胡坐をかいて、五之助の顔に眼を凝らした。

「儀三さんがきたな？」

「ああ、きたよ。そらもう、たいへんな騒ぎやった」

五之助はしゃべりたくてうずうずしていたのだろう、自分でもびっくりするほどの大声を出して、慌てて口をてのひらで塞いだ。

「とにかく、騒ぎになったわ」

と声を落としていった。

「そうだろうな。村じゃ、侍を見るのもめずらしいぐらいだから」

「それがまた悪いことに、真夜中に松明《たいまつ》をかかげて、ずらずらとあらわれたんや。ここで合戦がはじまるんやないかと、女子供は泣き喚くわ、爺《じい》さん婆《ばあ》さんは腰を抜かすわ、犬がぎゃんぎゃん吼え立てるわ、いっときは天地をひっくり返したみたいになってな。それでいまは騒ぎ疲れてこのありさまや」

「どこの家の爺さんが腰を抜かしたんや。おまえの話はいつも尾鰭《おひれ》がつくからな」

と弥吉は苦笑した。

「それぐらい驚いたってことや。とにかく、こっちは大騒ぎ。むこうは街道を三日市の宿場のほうに、ぞろぞろと行進していったで」

「三日市宿に？」

「ああ、庄屋さんの話やと、観心寺にいくってことやったけど、なんでやろ。骨休めや腹ごしらえは水郡さんの屋敷でたっぷりしてあるはずやし、ひょっとして合戦のまえに飯盛女の尻をくすぐりにいったのかな」

「庄屋さん？　水郡さん？　悪いけど、もういっぺん最初から順を追って話してくれへんか」

「ああ、いいよ」

　五之助はうなずいて、えっと、と腕組みした。

「最初、最初……、えっと、狭山の北条さまの話は聞いてるか？」

「いや、知らん」

「じゃあ、そこからはじめるか」

　堺から西高野街道をたどった儀三たち一行は、四ツ（午前十時）ごろ、狭山の報恩寺に足をとめた。そして主導者のひとりである吉村虎太郎が狭山藩陣屋を訪ね、藩主北条氏恭に面会を求めた。きたるべき天皇御親征を知らしめ、その先鋒である一行に協力を要請するためにである。

狭山藩主は面会を断り、かわりに家老を報恩寺にむかわせた。一行の盟主である中山忠光は、これにたいして狭山藩の先鋒への参陣を命じ、向田村庄屋の水郡善之祐宅で返答を待つとした。

一行は報恩寺を発ち、八ツ（午後二時）ごろ、水郡の屋敷に入った。ここで水郡親子をはじめ隣村の有志が一行を出迎え、そのまま隊伍に加わった。

「この村からは？」

と弥吉は口を挟んだ。

「四人やな。庄屋さんを筆頭に、酒蔵の昇之助さん、八木の八兵衛さん、それから儀三さんとところの書生の耕平が押っ取り刀で馳《は》せ参じたわ」

と五之助はいった。

「晋平さんは、いかなかったのか？」

晋平は若者組のなかでも強硬派を自負していた。洪庵暗殺に関しても、だれよりも激しい言葉を口にしていたのである。

「ああ、あのひとはいざとなると、腹が痛いとか足が痛いとかいうて、家から一歩も出てこんかった。昨日になってやっと顔を見せたけど、組のみんなに白い眼で見られて、いまはまた家で頭から蒲団をかぶってるわ」

「そうか、あのひとがな……」

「そういえば、儀三さんは一行のなかにいたけど、幸蔵の姿は見えんかったな。あいつ、ほんまに晋平に似てるから、どこかでこっそり逃げ出したんとちがうか」

と五之助が眉をひそめた。幸蔵はふだんから晋平の弟分のように振る舞い、二人そろって大口を叩いていたのだ。

「いや、幸蔵はべつの役目で、京に残ったんや」

と弥吉はいった。

「へえ、べつのなあ。どんな役目か知らんけど、あいつで大丈夫かいな」

と五之助はいいさして、

「けど、どうしておまえがそんなことを知ってるんや」

「京で会うたんや、幸蔵に。江戸から帰ってくる途中、ばったりと」

「そうや、よう考えたら、おまえは江戸にいるはずやったな」

「十日ほどまえまでは。けど、儀三さんの手紙を読んで、急いで帰ってきた」

「聞いたで、江戸でのこと。緒方洪庵とかいう蘭学者をやっつけたんやろ。お手柄やったやないか」

「いや、洪庵先生は病気で亡くなられたんや。急なことやったけど、おれがどうこうというのは、勘違いしたひとがひろめた噂や。正直、迷惑してる」

「なんや、そうか。褒めて損したわ」

しげた。

五之助は笑って、胡坐の膝をぽんと払った。えっと、どこまで話したかな、と首をか

「水郡さんの家に一行が着いて、そこに庄屋さんたちが馳せ参じたところまでや」

「そうそう、で、そこに狭山藩から武器やらなにやらが届けられて、譜代大名を恭順さ

せたぞと、わっと盛りあがったらしい」

狭山藩は皇軍御先鋒という旗印を無視できず、甲冑《かっちゅう》十領、槍十五筋、ゲベール銃

(小銃)十挺《ちょう》などを贈り、天皇の御親征の際には参陣する旨を伝えた。一行は近隣にあ

る下館藩領の陣屋にも使者を出し、おなじく武具食糧を供出させた。

同日夜半、御先鋒の一行は陣太鼓を打ち鳴らして水郡宅を出た。そして、長野村から

三日市宿へとむかったのである。長野村では庄屋吉年の手配で、百人分の弁当が用意さ

れていた。

「そういえば、耕平のことでは、ひと悶着《もんちゃく》あったんや。耕平が儀三さんについていく

っていうのに、梅さんが首を縦に振らんのや。耕平までいなくなったら、医業が立ち行

かんようになるからとな」

吉井梅は儀三の母である。老いてなお凛《りん》としたひとで、書生の耕平だけでなく、若者

組の男たちも梅には頭があがらない。

「それで耕平が庄屋さんに泣きついて、堺にいる儀三さんの兄さんまで巻きこんで、よ

うやくいかせてもらえることになったんや。庄屋さんも冷や汗をかきっぱなしで、一貫ほど痩せたって話やで」

「そうか。じゃあ、村からは、あわせて五人が加わったんやな」

と弥吉はうなずいた。もっと大勢が参加しているのかと心配していたが、杞憂《きゆう》にすんだようだ。いざとなると晋平のように尻込みしたり、親に引きとめられたりしたのだろう。それに弥吉が留守にしていた一年余りのあいだに、若者組の空気も変化したのかもしれない。

「で、おまえはどうするんや。儀三さんを追いかけるんか」

五之助が上目遣いに、弥吉を見た。

「うん、追いかける。けど、加わるためやない。引きとめにいくんや」

弥吉はそういうと、五之助の肩に手をかけて、ぐっと力をこめた。

「頼みがある。いまからする話をよく聞いて、しっかりと憶えてくれ」

「なんや、急にこわい顔して。とにかく、手を離せよ。ひとに見られておかしな噂を立てられたら、明日から道を歩かれへんようになるで」

と五之助が身体を引いた。

「おい、ほんまにしっかり聞いて憶えてくれよ。たいへんなことになってるんや」

弥吉は念を押して、京で見聞きしたことをできるかぎり詳しく話した。

皇軍御先鋒の一行が、孝明天皇の大和行幸を前提としていること。その行幸が長州の画策によるものだったこと。また御先鋒が勅命によるものではなく、土佐浪士の主導による決起であり、長州には支持されていなかったこと。

だがいずれにせよ薩摩と会津が起こした政変により長州が京を追われ、天皇に大和行幸や親征の意志がないことが明らかになったこと。

「いいか、御親征がなければ、先鋒は無用やろ。それに、そもそも天子さまが倒幕をお望みではないんや。だから儀三さんたちは、いまはもうなんの大義名分もない。もしこのまま幕府を相手に蜂起したら、ただの謀叛人《むほんにん》になってしまう。そやから、おれはみんなを引きとめにいくんや」

五之助は腕組みして、眼を細めて聞いていた。話を終えた弥吉が、もう一度口を開こうとすると、五之助はそれを手振りで抑えて、そのままごしごしと額をさすった。

「やっぱり、そうか」

「やっぱり？　おまえ、なにか知ってたんか」

弥吉は思わず身を乗り出した。

「いや、おれはなにも知らん。けど、祖父《じい》ちゃんにいわれたんや。帝《みかど》さまが戦に出るなんぞ、おとぎ話にも聞いたことがない。ましてその御先鋒が、こんな村の次男坊や三男坊なわけがない。そんなけったいな話に耳を貸すなよって」

「お祖父さんが、そんなことを」

「白状すると、おれもちょっとは御先鋒というのに色気があったんや。おまえの手柄の話も聞いてたしな。けど、祖父ちゃんにそういわれて、いっぺんに熱が冷めた」

「………」

「で、おれに頼みってなんや？」

「ああ、そうや。いま話したみたいな事情やから、村のだれも儀三さんたちを追いかけていかんようにしてほしいんや。御親征がなくなったことをみんなに説明して、いや、おまえの祖父ちゃんの話をするほうがいいかもしれんけど」

とにかく、頼む、と弥吉はまた五之助の肩に手をかけた。

「わかったから、そう力むなよ」

五之助が手を押し返して、にっと笑った。

弥吉は浅く笑い返すと、てのひらをさすりながら、

「それと、もうひとつ頼まれてくれへんか」

「なんや、遠慮すんな」

「握り飯がほしい。十個ばかり……」

三

握り飯を五つ、弥吉はつぎつぎに頰張った。ひたすら顎を動かしつづけて、見るからに苦しげに呑みこみ、手渡された瓢《ひさご》を呷《あお》って、慌てて口を離した。

「酒か」

「酒や」

「酒はなあ」

「そういわんと、持っていけよ。どこで呑みとうなるかわからんし、じゃまになったら途中で捨てたらええ」

と五之助が放り投げる仕草をする。

「わかったよ。けど、いまはこっちや」

と弥吉は腰に提げた吸筒をはずして、水を飲んだ。そうして人心地がつくと、いまごろ口のなかに村の米と村の水の味が広がってきた。残りの五つの握り飯を竹皮に包みなおし、細長くした風呂敷にくるんで肩に斜交《はすか》いにかける。

「世話になった。おおきに助かった」

立って、深々と頭をさげた。

「お安い御用や」

「あとは、頼むぞ」

「わかった。まかしとき」

　と五之助がうなずいて、

「おまえもしっかりかりな。庄屋さんたちを無事に連れ帰ってくれ。けど、無茶はすんなよ。気ぃつけていけ」

　弥吉はうなずき返して、五之助の顔をふと見なおし、

「親父は、どうしてるかな」

「親父さん？　ああ、変わりないで」

「変わりなしか。じゃあ、こんどのことも亀みたいに首を竦めて、嵐が通りすぎるのを待ってるわけや」

「ええやないか。うちの親父みたいに若い者の顔を見るたび、おまえは馬鹿をせんやろなと説教するより、なんぼかましやで」

　二人は笑いを交わして、そのまま別れようとした。が、こんどは五之助が呼びとめた。

「さっきはあんなことというたけどな」

「あんなこと？」

「江戸での手柄のことや。褒めて損したというたけど、洪庵とかいうひとが死んだん、

おまえのせいやのうてよかった」

「おまえが大坂にいくときにも思たんや。どんなに立派な理由でも、おまえに人殺しは似合わんで」

「………」

弥吉は足早に村を抜けて、大沢街道に入り、まっすぐ観心寺をめざした。

儀三たちを追って三日市宿にいくと、遠まわりになるうえ、大沢街道に出るまでに、細い山道を歩くことになる。時間も体力も、すこしでも節約しておきたかった。

実際、弥吉は一行と距離を詰めていた。一行が観心寺に着いたのは、おそらく十七日の昼前後。いまはまだ十九日の夜だから、二日半の遅れになる。堺では三日半の遅れだったから、いっきに一日分が縮まったのだ。

しかも、一行は河内勢を加えたうえに、人足を五、六十人ほども雇って、いまは百人をこす人数になっているという。それなら、身軽なひとり歩きはいっそう有利に追いかけることができるだろう。

ただし観心寺に着けば、そこに一行が滞在していようといまいと、弥吉はどこか場所を探して野宿するつもりでいた。

一行はひとまず五條をめざしているようだが、観心寺からさきは、弥吉にとってふたたび見知らぬ道、見知らぬ土地である。つぎはどこに野宿できる場所があるか、いってみなければわからない。そうなるまえに、できるだけ疲れを取っておきたかった。

檜尾山観心寺は南朝後村上天皇の行在所にもなった尊王の寺である。後醍醐天皇の勅により金堂が造営され、楠木正成も三重塔を寄進している。ただこの塔は造営なかばで正成が戦死したため、一重だけで建築が終わっていた。討ち取られた正成の首は、この寺に届けられて、いまも首塚に祀られている。

一行は、きっとその正成の首塚に参ったにちがいない。

弥吉はそう思いながらひたひたと夜の街道をたどり、半刻（一時間）ほどして山門のまえに立った。高く分厚い扉は閉じられていた。弥吉は左右を見まわし、左手のやや低くなった築地によじ登り、転がり落ちるように境内に入った。

膝をついて、身体を起こす。顔をあげると、近くに見えるのが中院だった。たしか楠木家の菩提《ぼだい》寺である。そして中院のむこう、山門のまっすぐ奥に金堂がそびえている。正成の首塚は、金堂からずっと右手のほうにあるはずだ。

弥吉が憶えているのはそれぐらいで、月明かりに煙る堂塔の影のどれが数刻のあいだ夜露をしのぐのにふさわしいか見当もつかない。どれにしようかとぼんやり考えているうちに、築地に背をあずけて眠りこんでしまったらしい。

「おい、おい、弥吉やないか」

揺り動かされて、弥吉は闇の底から引きもどされた。はっと眼を開いて、あまりの眩しさに、また閉じる。もう一度、ゆっくりと瞼をあげると、そこに長野村の庄屋吉年米蔵の顔があった。

「おい、弥吉、どうしておまえがこんなところで寝てるのや」

弥吉はまだ頭がぼんやりして、夢のなかで庄屋に会っている気分だった。揺り動かされると、いっそう眼のまえの顔がぼやける。だがふいにわれに返り、弾《はじ》かれたように身体を起こした。

「庄屋さん、どうしてここに？　みんな、まだここにいるんですか」

吉年は中背だが、かなり肥満している。右脇に抱えこむような恰好で杖を握り、それに体重をあずけてうずくまっていた。だぶつく肉に顎をうずめて、弥吉を睨んだ。

「なんや、藪《やぶ》から棒に。訊いているのは、こっちやぞ」

「話はあとです。それより、みんなは？　庄屋さん、教えてください」

「ふん、ひとの話はあとまわしか。これやから、若い者は困る。ものには順序があるぞ」

と吉年は鼻息を吐いたが、弥吉の顔色を眺めて、しぶしぶ顎を縦に揺らした。

「わかった、わかった、訊きたいことがあるのやな。こたえてやるから、なんでも訊きなさい」

そういわれて、弥吉はようやく落ち着いた。

「すみません、庄屋さん、ご挨拶もせずに」

無沙汰を詫びて、江戸から帰ってきたいきさつをかいつまんで話した。

「そうか、儀三の手紙を読んで、飛んで帰ってきたか」

吉年はたちまち眉を開き、笑みを浮かべてうなずいた。村人から頼りにされる、ふだんの温厚な庄屋の顔があらわれた。

「それにしても、江戸で手柄を立てて、すぐまたこうして仲間のために駆けつけてくるとは、あっぱれなこころがけや」

「いえ、おれはただ、みんなの顔が見たかっただけで」

「ほほう、おまえが謙遜をするとは、これまた驚かされる。やっぱり子供には旅をさせるものやな」

それに引きかえ、わしは、と吉年は顔をしかめた。

「千早の峠越えで腰を痛めて、このていたらくや。みなについていけんようになって、ひとり引き返してきた」

「えっ？　それじゃ、儀三さんたちは、ここにはいないんですか」

「そりゃもう、とうにおらんが……」

と吉年はいいさして、また腰をさすった。杖を握りなおすと、苦しげに立ちあがり、

「場所を変えよう。うずくまって話すのはつらい」

弥吉はすぐには動けなかった。吉年の言葉が頭に響いている。赤ん坊のような歩幅でよちよちと歩いていく大きな背中を呆然《ぼうぜん》と眺め、やっと立ちあがった。

「庄屋さん、みんなはいつここを発ったんですか」

「二日、いや、もう三日前になるな」

吉年はこたえて、ふむ、日が経つのは早いものや、とひとりごちた。

弥吉は追いついて、庄屋の横顔を覗きこんだ。

「ということは、十七日。三日市宿を出て、ここにはいっとき立ち寄っただけなんですか」

「そうや、なにせみなが湯気がのぼるほど勇み立っていたからな。ひとつ場所になど、とうていじっとしてはおれん。中山さまが楠公の塚のまえで戦勝を祈願されて、いよいよ士気も高《たこ》う出立したわけや」

「五條にむけて？」

「おお、よう知ってるな。ところが、わしはこのとおりのありさまや。峠のふもとの百姓家で一日休ませてもろうて、どうにか立てるようになったが、昨日は千早からここまで歩くのが精一杯。みっとものうて、迎えも呼べん」

中院の裏手のほうにいくと、吉年は大ぶりの石を見つけて腰をおろした。なにやら由緒ありげな石なのだが、腰が痛くて、そんなことにかまっていられないらしい。

弥吉がまえに立つと、吉年はため息まじりに、歩いてもつらい、坐ってもつらい、寝転べばすこしは楽やが、寝返りを打つのがまたつらい、とこぼした。

「ほんに情けない。もうすこし働けるつもりでいたが、寄る年波には勝てんな。とにかく、見得を切って出てきた手前、これでは恰好がつかん。もう一日ここで休んで、なんとか見られる姿になってから村に帰るつもりや」

「そうですか、ええ、大事にしてください。で、儀三さんたちは、五條でなにをするつもりなんですか」

「うむ、それや。皇軍御先鋒の初陣として、奸賊《かんぞく》を退治する」

「奸賊？」

弥吉は思わずまえのめりになった。

「五條の代官のことや。首尾よういってたら、あの日の夕方にはみごと討ち果たしてるやろう。いや、かならずや討ち果たして、いまごろ五條には菊の御紋の御旗《みはた》がひるがえってるはずや」

「そんな……」

五條代官所は周辺の幕領、およそ三百ヵ村七万石を支配している。一行がここを襲ったとすれば、御先鋒の大義名分を失ったいま、幕府から叛徒の烙印《らくいん》を押されるのはもちろん、朝廷からも勅意に背く逆賊とみなされかねない。

弥吉は眼のまえが暗くなった。いや、まだそうと決まったわけではない。襲撃のまえに思いとどまることもありうる。

「庄屋さん、京からだれか追いかけてこなかったですか」

「京から？　ほう、加勢がくるのか」

「そうじゃなくて、みんなを引きとめにくるんです。平野というひとや、ほかにも同行者がいたかもしれませんが」

「いや、そんな連中は知らんな。あの日、ここの境内に馳せ参じた者が幾人かいたが、引きとめる者などひとりもおらなんだぞ」

吉年がむっとした口調でいった。

「庄屋さん、ちがうんです。京で大きな事件があって、事情が変わったんです。だから、みんなを引きとめなきゃならない。おれも、そのためにきたんです」

弥吉はやっと自分の目的をいうことができた。だがなかば覚悟していたとおり、吉年はそれを仲間への裏切りと受け取ったらしい。眼を怒らせて、弥吉を睨みあげた。

「なんや、おまえは江戸からはるばる、みなの足を引っ張りにきたのか」

「ちがいます。江戸を出たときは、そんなつもりじゃなくて。けど、京で事情が変わって。庄屋さん、怒らずに、とにかく話を聞いてください」

弥吉はこれまでのいきさつを詳しく、とくに京の政変については二度繰り返して話した。

こんどは、吉年が絶句した。きつく杖を握り締めて、じっと足元の地面を見つめる。大きな身体を揺らしもせず、腰の痛みもいっとき忘れたようだ。

弥吉は焦る気持ちを抑えて待った。庄屋の驚きの激しさがどれほどなのか、わが身におきかえても容易に想像できない。

吉年はやがて眼を伏せたまま、ゆっくりと首を振り、絞り出すようにいった。

「信じられん」

「庄屋さん……」

「信じられん、が、おまえがいうのなら本当やろう。作兵衛に似て、おまえは正直な男や。それに江戸からわざわざ、こんな嘘をつきにくるわけがない」

弥吉はひさしぶりに父の名を聞いた。似ているといわれて嬉しかったことはないが、いまはふしぎにすんなりと耳に入った。

「たいへんなことになったな。御先鋒の旗揚げだけならともかく、代官所を襲ってからでは、もはや早まったではすまされんぞ」

吉年はようやく事態を理解したようだ。たるんだ頬が灰色に強張っている。吉年は五十前後だが、ひとまわり老けたように見えた。

「ああ、せめてあと数日、決起が遅かったら。しかし、いうても詮無いことや。とにかく、こうしてはおれん」

一刻も早く村に帰らねば、と腰を浮かしかけて、吉年はあいたたと顔をしかめ、石のうえにずしりと尻餅をついた。しばらく声も出ないようすで腰をさすり、用心深く尻を据えなおすと、弥吉の顔を見あげた。

「おい、わしを村まで送ってくれ」

「えっ？」

「背負えとはいわん。肩を貸すだけでええ」

「けど、おれは五條に……」

「まあ、聞け。わしは村に帰って、このうえ早まったことをせんよう、みなに言い聞かせねばならん。それにまた、儀三たちのために軍資金やら兵糧やらを手配せねばならんのや。おまえは、わしを手伝え」

「なにをいってるんです、庄屋さんはおれの話を聞いてなかったんですか。この決起にはもう幕府と戦うための大義名分がないんですよ」

「わかっておる。ここまで狭山藩などがおとなしく物資を差し出したのも、こちらに皇軍御先鋒の金看板があったればこそ。それが看板倒れとわかれば、むこうはすぐさまてのひらを返すやろう。五條にいる仲間は、いまや孤立無援。遅かれ早かれ、幕府の追討を受けることになる。だからこそ、わしが軍資金や兵糧を調達せねばならんのや」

弥吉は庄屋の顔を見なおした。吉年はこのわずかなあいだに、このまま仲間に味方すると覚悟を決めたのだ。たとえ叛徒や逆賊の汚名をこうむることになろうともである。

「どうした、弥吉、わしの手伝いをするのは不服か。仲間のためにひと肌脱ごうとは思わんのか」

「…………」

「いや、待て。考えてみれば、いまさらおまえまでが咎人《とがにん》の仲間入りをすることはない。わしを村まで連れもどったら、兵糧などのことはええから、みなの鎮め役にまわれ。とりわけ若者組の仲間に、無茶を考えるなとよく言い聞かせるのや」

吉年はそういうと、片手で杖を突きなおし、もう片手を伸ばして、弥吉の腕をつかんだ。

「さあ、立たせてくれ」

「けど……」

「おまえはさっき、みなを引きとめるというてたが、それはでけへん相談やぞ。話したとおり、いまさら追いかけても手遅れや。それに万にひとつ、代官所への討ち入りがまだやったとしても、中山さまのご決意がこの期におよんで覆るとは思えん。そうでのうても、みなのあの気勢はおまえの力で押しとどめられるもんやない」

「……そうですか」

弥吉はうつむいた。だが首を横に振ると、ゆっくりと吉年の手を引き離した。

「すみません、庄屋さん。それでもおれは五條にいきます」

四

観心寺の山門を出て、石見川沿いの道を上流側へとむかう。吉年の話では、休みなく歩けば二刻（四時間）余りで五條に着くようだ。

とはいえ、足を進めるごとに、道は険しくなる。汗をにじませて半刻ほど歩くと、道が二手にわかれた。小深という土地である。右は大沢峠、左は千早峠を越えて、いずれも五條につづいている。

御先鋒の一行はここで道なりに二手にわかれて、中山卿の率いる本隊は千早峠のほうに進んだという。弥吉もそちらの道を選んだ。にじり寄るように金剛山麓に近づき、千早街道に入ると、まもなく小さな村にさしかかる。吉年は仲間に担がれて峠をくだり、このあたりで身体を休めたらしい。

村落を抜けると、道はいっそう狭く険しくなった。ひとが通らなければ、たちまち草木に塞がれてしまうだろう。もっとも、一本道だから悪路でも迷うことはない。

だが弥吉はその道をなんのために辿っているのか、わからなくなりはじめていた。吉年のいうとおりなら、ことはすでに起きてしまっている。どうあがいても、過ぎたことは引きとめようがない。もはや追ってもしかたないのでは、という考えがいやでも頭をよぎる。

実際、吉年にはおまえの力ではとめられないといわれた。また、いまさら咎人の仲間入りをすることはないとも。だがそうした言葉を聞きながら、弥吉は五條にむかう決意を固めたのだ。ここで引き返せば、それこそ仲間を裏切り、見捨てたことになる。

しかし、それなら仲間と会って自分はどうするつもりなのか、いったいなにをしたいのか、それが弥吉自身にもよくわからない。

江戸を発つときには、とにかく儀三たちがなにをするのかたしかめるつもりでいた。たしかめて、それからどうするかは決めていなかった。いくら思案しても、あらかじめ結論の出せることではなかったからだ。

京に着いて、儀三たちが決起したと知ったときも、あとを追うと決めただけで、そのさきに明確な考えがあったわけではない。おそらく仲間に会えば、そのまま流れで決起に加わっていたと思うが、それもかならずとはいいきれない。

だが直後に状況は一変して、弥吉は仲間を引きとめるために京を発った。無駄足になるかもしれず、それより悪い状況が待ち構えているかもしれないが、思案よりも行動することが急がれたのだ。

ただ仲間の説得については、さほど懸念していなかった。決起したのは、尊王の心篤《あつ》い同志たちなのだ。大和行幸が偽勅であり、孝明帝が御親征を望まず、あくまで幕府による攘夷を求めていると知れば、当然ながらみなが勅意を重んじて、皇軍御先鋒の旗をおろし、粛々と帰途につくだろう。

ところが、現実は弥吉の想像もしない方向に進んでいた。攘夷親征の先鋒であるはずの一行が、黒船や異人ではなく幕府の代官所を襲うという。そして、その襲撃はおそらく三日前に終わっている。孝明帝の真意を知らないまま、倒幕の戦いをはじめてしまったのだ。

もはや事態はただ御先鋒の旗をおろせばすむという状況ではない。ではどうすればいいのか。弥吉にはよくわからない。あくまで情勢の変化を説き、勅意にしたがうよう説くべきなのか。それは正しいことなのか。あるいは、それは本当に自分のやりたいことなのか。

儀三たちは、いずれ孤立無援になる。吉年はだからこそ自分は支援をつづけると、迷いもなく決めた。そのいさぎよさや仲間を思うこころは、いまも弥吉の胸を強く揺さぶっている。

「四の五のいわずに、みんなといっしょに立てばいい」

と胸裡で声がする。

「仲間を助けるのに、小煩い理屈などいるものか」

と応じる声もする。

だが一方で抗う声も聞こえてくる。

「眼をつぶってしまえば、正しい道が見つからないぞ」

あるいは、こんな声もする。

「いっしょに奈落に飛びこむのが、仲間を助けることになるのか」

そうした声がつぎつぎに打ち重なるばかりで、こたえはどこからも出てこない。

道は千早城址《じょうし》のふもとにさしかかっていた。楠木正成がわずか千人の城兵で、鎌倉幕府の大軍と戦ったあたりである。

正成の奇抜な戦いぶりは、このあたりの土地の者ならだれでも知っている。たとえば攻め寄せる敵兵に石や丸太を落とすだけでなく、城兵の糞尿《ふんにょう》を浴びせかけたという。藁人形をならべて囮《おとり》にしたり、攻城用のはしごに油をかけて、敵兵ごと燃えあがらせたともいう。

もとより正成は尊王の志操をもって、幕府に叛《そむ》いたのである。その点では、儀三たちと変わらない。正成が後醍醐帝の意をくんでいたように、儀三たちの決起も孝明帝の望むところであったなら、と弥吉は荒れた坂を踏みながら唇を嚙んだ。

ふいになまあたたかい風が首筋を撫でた。と思うと、その首筋にぽつりと雨粒が落ちる。また、ぽつり。つぎに落ちてきたのは、ぼたりと大粒だった。

弥吉は振り分け荷物から、油紙の合羽を出した。羽織るそばから、ぼたぼたと雨粒が肩を叩いて痛いほどだ。弥吉は道端に寄って、なるべく木々の枝葉で雨を避けながら歩いた。それでも湿った身体や濡れた足元が、じわじわと重くなってきた。

気がつくと、夕方のようにあたりが薄暗かった。それがぱっと明るくなり、転瞬、雷鳴が轟《とどろ》いた。木々を包むざわざわという雨音に、鋭い亀裂が入る。また行く手の空に稲妻が走り、遅れて雷鳴が轟いてくる。

「大丈夫、遠い……」

弥吉は呟きながら首を竦めた。その頭上で、真っ白な閃光《せんこう》と雷鳴が同時に弾けた。天を割るような轟音《ごうおん》が響きわたり、わなわなと地が震える。

弥吉は跳びあがるように息を呑み、やみくもに歩みを急かした。いっとき胸の迷いも、足の重みも忘れていた。

驟雨《しゅうう》がやんだのは、千早峠を越えてまもなくだった。黒雲が流れ去り、雷鳴の余韻をかき消すように、青葉のにおいをのせた風がそよいだ。

弥吉は合羽を脱いで、水滴を振り払った。合羽よりも、なかの着物のほうが汗で濡れていた。胸元をくつろげて風を入れると、汗ばんだ肌にひんやりと心地よかった。

ふと苦笑して、弥吉は道を振り返った。どうやら、一番の難所を雷に追い立てられていっさんに越えたらしい。

短く息をついて、足早に坂をくだりはじめた。道はところどころに水が浮いて、木洩れ日にきらめいている。濡れて黒い道に薄い鏡をならべたようだ。なるべく鏡を踏まずに歩いた。それでも何度か滑って尻餅をつきかけたが、歩みを緩めなかった。

早く仲間の顔を見たい。それだけは迷いも揺れもない思いだった。いくら考えても、こたえは出ない。だがみなに会えば、おのずとこころが決まるだろう。

やがて山道を抜けて、村落に出た。道沿いの斜面に、小さな田畑が段々に拓かれている。人影はない。見渡すかぎり、家も田畑も道もひっそりとしている。

しばらく歩いて、ようやく田んぼのなかに男女の姿を見つけた。弥吉はほっとして、声をかけてみようと近づいた。だが男女はともに弥吉に気づくと、くるりと背をむけた。うしろ姿がはっきりと会話を拒絶していた。

それからまたしばらくいくと坂道が緩やかになり、左右の土地が見通しよく開けてきた。高い日が雨あがりの村を眩しく照らしている。けれども、景色は悄然《しょうぜん》と静まり、まばらに見える人影はどれも重苦しく用心深げだった。

弥吉は眉根を寄せ、口を引き結んで黙々と道を踏んだ。

おなじ百姓としてわかる。この村はいま怯《おび》えている。なにかに恐怖して、じっと息を殺している。村人が見せているのは、豪雨や旱魃《かんばつ》のような抗いがたい猛威にさらされ、それが過ぎ去るのを待っているときの姿だった。

扇を開くように視界が広がり、岡八幡宮の鳥居のまえを過ぎると、いちだんと景色が明るくなった。五條の中心地に近づいたのだ。青垣のような山々が身を退いて、空も遠くまで見渡せる。

弥吉はふと立ちどまり、怪訝な表情で一点を見つめた。

小首をかしげつつ、その場所にむけて歩きだした。やがて泥沼を渡るように足取りが重くなり、じわじわと顔から血の気が引いたが、むしろ眼つきは鋭さをました。いくぶん首をまえに突き出し、まばたきもせずに凝視する。

弥吉はまっすぐ進んだ。その場所はもうすぐそこだった。それはもうはっきりと見えていた。

生首がならんでいる。五人。いずれもどす黒く変色して、無数の蠅がたかっていた。

五

晒《さら》されているのは、五條代官所の役人たちの生首だった。

代官鈴木源内を筆頭に、元締の長谷川岱助、取次の木村祐治郎、用人の黒沢儀助と伊東敬吾。五人は髻を落とされて髪がざんばらに乱れ、どす黒い顔は生気の欠片《かけら》も残っていないのに、いまにも眼と口を開いて呻《うめ》きだしそうに見えた。

閉じられない鼻の穴から、しきりに蠅が出入りしていた。蠅は、黒い蠅も青い蠅も、大きい蠅も小さい蠅も、丸まると太っていた。ぶんぶん、ぶんぶんとうるさく飛びまわっては、また好き勝手に生首にたかる。

かたわらに高札が掲げられ、代官たちの罪を数えあげていた。この者たちは、「違勅の幕府の逆意を請け」「皇国を辱め」「夷狄の助と成り」「聚斂《しゆうれん》の罪も少なからず」、だから誅戮《ちゆうりく》を加えたのだという。

「聚斂の罪？」

と弥吉はひとりごちた。鈴木代官たちは、殺されねばならないほど、きびしく年貢を取り立てたのか。首を斬り取られて、晒されねばならないほど、領民にたいして無慈悲だったのか。

いや、そうではあるまい。鈴木たちがどんな人物だろうと、代官所に討ち入ることは決まっていたのだし、たとえ領民に慕われていても、やはり斬殺され梟首《きようしゆ》されたにちがいない。ようするに、鈴木たちはその日その場にいたから殺されたのだ。

弥吉はぎょっと後退りした。大きな蠅が二、三匹、こちらに飛んできたのだ。汚いというよりも、なにか恐ろしいものが迫ってきたかのように、大きく顔をそむける。そのまま背を丸めてうつむくと、胃ノ腑からこみあげてきたものを道端に吐いた。

思い知らされていた。これまで倒幕や決起、討ち入りというのは、自分にとってたんなる言葉でしかなかった。だがいまその現実の光景が眼のまえにある。それはこころを昂揚《こうよう》させるものでも、快哉《かいさい》を叫びたくなるものでもなかった。

それは死体と蠅だった。

「おい、きさま、なにをしている。このあたりの者ではないな」

尖った声が、いきなり背中に突き刺さってきた。弥吉はまたもや、ぎょっと身を硬くした。首台に眼が釘づけになって、まわりが見えていなかった。漂う腐臭に鼻を、たえまない蠅の羽音に耳を塞がれて、近づいてくる気配にも跫音にも気づかなかった。

「おい、きさま！」

弥吉はこたえようとした。だが胃から喉にかけて、まだひくひくと引きつっている。手拭いで口を押さえながら、身体を起こして振りむいた。

男がこちらを睨んでいた。真新しい具足に大小の刀を帯び、朱塗りの槍を握っている。若いが、眉間の皺が深い。威すように槍をしごいて、頭ごなしに問いただした。

「きさま、さっきから大罪人どもの首を眺めて、おかしなようすをしていたな。返答しだいでは、捨ておかんぞ」

だがすぐに男のむこうから、べつの呼び声がした。

「弥吉さん、長野村の弥吉さんじゃないですか」

弥吉は首を伸ばして、そちらを見やった。すると、男のあとを追うように、小柄な人影が息をはずませながら近づいてくる。やはり具足を身に着け、短い手槍を握っている。

若者というには幼い顔に、弥吉は見覚えがあった。

河内の向田村の庄屋水郡善之祐の嫡男、英太郎。たしか齢《とし》はまだ十二、三のはずだ。

弥吉は驚きすぎて、また声が出ない。水郡は南河内でも屈指の豪農で、この決起にも近郷の同志を率いて参加していた。いわば河内勢の頭目である。だがまさか幼い息子まで同行しているとは思わなかった。

いや、そういえばどこかで親子ともに隊伍に加わったと聞いた気もするが、げんに眼にするまではまったく実感がわかなかった。

「弥吉さん、はるばる江戸から駆けつけてくれたんですか」

「お、おう、まあな……」

「それはすごい。さすが、江戸で大役を果たしたひとだ」

英太郎はつぶらな眸を輝かせ、うっすらと頰を上気させた。

「なんだ、顔見知りか」

と険相の男が割って入り、英太郎に顎をむけた。

「はい、河内の同志です」

「河内か。しかし、江戸がどうとかいっていたが」

「そうです。河内を離れて、江戸や大坂で奔走されていたんです」

英太郎がはきはきとこたえる。

「ふうん、奔走な。見えぬところでなにをしていたか、知れたものではないが」

「岡見さん、なにをおっしゃるんです」

「で、信用はできるのだろうな」

「もちろんです。頼りになる仲間で、土佐の島村さんとも知り合いです」

水郡の屋敷には諸国の志士が出入りし、また滞在や寄宿する者も多い。弥吉も幾度か庄屋の吉年や若者組の仲間といっしょに訪ねたことがあり、そのときに水郡親子をはじめ志士や他村の仲間とも知り合いになった。若者組だけなら村どうしで張り合ってばかりだが、こころざしを同じくすることが村の垣根を越えさせたのだ。

「島村か。そういえば、あいつもしばらく江戸にいたらしいな。で、遅れ馳せながら駆けつけたというわけか」

険相の男は値踏みするように弥吉を眺めまわして、よしとうなずいた。英太郎に眼をもどすと、

「それなら、おまえはこの男の面倒を見てやれ。あとの見まわりは、おれひとりでいく」

「よいのですか。まだ半分も終わっていませんが」

「かまわん。御政府の威光で、どこも静かなものだ」

男はそういうと、槍の石突でどんと道を突き、二人に背をむけた。首台のほうを一瞥

して、肩で風を切りながら歩きだす。そのうしろ姿に、「では、お願いします」と英太郎が頭をさげた。

「おかげで、助かった。うっかりすると、おれまで首級にされかねないところだった」

弥吉は苦笑まじりにいった。

「まさか、そんな。たしかに、みんなちょっと気が立ってますけど」

と英太郎は眉をひそめて、

「あの方は、水戸脱藩の岡見さんです。ああいってましたが、岡見さんも昨日駆けつけたところなんですよ。なんでも荒木流の槍の免許皆伝だとか」

「それで、朱槍をしごいていたわけか。そういえば、英太郎くんも槍や剣術を熱心に稽古していたな」

「いえ、わたしなんか、ものの役に立ちません」

こんなものを握っていても、と英太郎は手槍を見つめた。そして思い出したように、ちらと首台のほうに眼を流すと、

「気分はどうですか。さっきは苦しげにされていましたが」

「もう大丈夫だ。ああいうのをはじめて見たから、ちょっと驚いた」

と弥吉はいいながら、はたと気づき、五人の生首のほうを見て、胸裡で手を合わせた。

「無惨ですね。わたしもいまだに面とむかっては見られません」

英太郎は声を落とした。

「ましてこの手でひとの首を斬り取るなんて、中山さまの御指図でもできるかどうか……」

「ああ、おれも自信はないな」

「父の話では、明日には首をおろすそうです。そうすれば、村のひとたちがねんごろに葬ってくれるでしょう。どうやら、鈴木代官はよくできたひとだったようですから」

「そうか……」

弥吉はふたたび胃ノ腑から、わだかまるものがこみあげた。だがそれは吐き気ではなく、なにか重苦しい感情のようだった。

「とにかく、本陣に案内します」

英太郎が気を取りなおしたようにいった。

「うん、頼む。早くみんなの顔を見たい」

「そうか、久しぶりなんですね。みんなも弥吉さんの顔を見たら喜びますよ」

英太郎はいっとき翳《かげ》りが差していた眸をまた輝かせて、弥吉の顔を見あげた。

「そうだ、弥吉さんはまだ知りませんね。わたしたちはいま、天誅組と名乗っているんです。幕府とその奸臣に天誅をくだす。どうです、弥吉さんが加わるのにふさわしい名前じゃありませんか」

六

皇軍御先鋒の一行すなわち天誅組は十七日の夕刻に五條代官所を襲い、代官鈴木源内のほか数名を殺害したのち、金品や書類を運び出して建物に火を放った。まさしく倒幕の火の手をあげたのである。

天誅組はついで代官所にほど近い桜井寺に入り、ここを本陣と定めた。集結したのは、およそ百五、六十人。ただし人数には雇いの人足もふくまれる。

翌十八日、桜井寺の門前に「五條御政府」の表札が掲げられた。五條代官の支配地を天皇の御料とし、親政のはじまりの場と定めたのだ。表札のわきには、菊花紋の御旗や「七生賊滅天後照覧」と記した幟《のぼり》がひるがえっていた。

鈴木代官たちの首を晒したのも、この日である。

天誅組は桜井寺の本堂で、あらためて軍の編成を発表した。主将は前侍従の中山忠光卿。直下の総裁に、土佐の吉村虎太郎、備前の藤本津之助、三河の松本謙三郎の三名が就く。そのほか側用人や監察など諸役が定められ、島村省吾は伍長に任じられた。

河内勢では、水郡善之祐が小荷駄《こにだ》奉行、息子の英太郎が伍長。そして長野村の仲間では、長野一郎こと吉井儀三が伍長兼薬役に就いていた。儀三はやはり河内勢の主軸のひとりとして、立場を重んじられているようだ。

「儀三さんが力を貸してくれたら、みなを説得できるかもしれない……」

にわかに期待が膨らんだが、弥吉が本陣を訪れたとき、儀三の姿はなかった。儀三だけでなく、主将、総裁をはじめとする、おもな顔ぶれはほとんど出払っていた。増援の兵を募るため、この日の早朝に十津川郷にむかったのだ。

「また、ひと足違いか」

弥吉は思わず唸った。あとほんのすこし急いでいれば、と思う。だがことなる足運びできて会うひとや聞く話が変われば、かえって五條にくるのが遅れていたかもしれず、この一歩は届きそうで届かないものだったらしい。

河内勢は水郡親子など数名が留守居をつとめていたが、長野村の仲間で本陣に残っていたのは、造り酒屋の息子の昇之助だけだった。儀三よりひとまわりほど年上で、庄屋の吉年を除けば、長野村から参加した仲間では最年長になる。

弥吉はよほど落胆が顔色にあらわれていたのだろう。昇之助は挨拶をかわすと、さすがに苦い口ぶりでいった。

「儀三でなくて悪かったな。まあ、ええわ。庄屋さんが抜けたかわりに、おまえがきてくれたんや。ここは素直に喜んどこ」

昇之助は村でも指折りの熱心な尊攘家だが、そのぶん家業に腰が据わらず、吉年の家に同居していたところに、この挙兵の報が舞いこんだ。吉年は昇之助の妻の父、つまり舅《しゅうと》である。実家では昇之助が決起に加わることに、もはやなにも口出ししなかったという。

巡視にもどる英太郎と別れ、弥吉は昇之助に案内されて本陣を見てまわった。桜井寺には六十人ほどが残っていた。具足を着けて寺務所や本堂をいそがしく動きまわっているのが隊士、数人ずつにわかれて境内にたむろしているのは人足と思われた。

隊士のなかには隣村の伝兵衛や弁蔵がいて、弥吉の姿を見ると手を取って喜んでくれた。二人とも顔見知りぐらいなので、熱意のこもる歓迎ぶりに、弥吉はいささか面喰らった。一方、面識のない隊士たちのなかには、鋭い眼でこちらを睨んだり、いまごろきてなんだという顔をする者もいた。

ここまで御先鋒の名をかかげて行軍してきて、実際に代官所の襲撃や政府の旗揚げをおこなった隊士たちには、強い連帯感が生じているようだった。と同時に、いまだ冷めやらぬ昂揚感に包まれていて、そのいずれもが新参者には容易にとけこみがたいものに感じられた。

昇之助も案内しながら、休みなくしゃべりつづけていた。もともと弁舌の達者なほうで、それが家業に就くのをじゃましているといわれたほどだが、弥吉とは年齢が離れているせいで、これまで長く話したことはない。大袈裟な言い方になるかもしれないけれど、村にいたときとはひとが違って見えた。

いまは本陣にいないが、八兵衛もおなじかもしれない、と弥吉は先輩の丸顔を思い浮かべた。八兵衛は尊王攘夷の思想を昇之助から学び、それをまるごと弥吉に教えこんだのだ。ほかにも三日市宿の飯盛女について伝授してくれたが、それらはもう遠いむかしのことに思われた。

「年貢を半分や」

と昇之助はいった。五條御政府は支配地が天皇の御料となった祝いとして、領民に秋の年貢を半減すると決め、さらに困窮者への手当てや村役人の理非の糾明、領民の賞罰をおこなうなど、代官所にかわって善政を布《し》いているのだという。

「こういうことを、どこかのお偉方やのうて、わしらが決めるんやぞ。これこそまさしく、新しい世の中のはじまりやないか」

境内で松の丸太を半分に割ってくり抜いている人たちを見て、弥吉はなにをしているのかと首をかしげた。昇之助に訊いてみると、木製の大砲を作っているらしい。御政府こと天誅組は周辺の藩に恭順を求めつつ、幕府軍との対決の準備を進めていた。

弥吉はそれにも驚いたが、木砲の製造を指揮する林豹吉郎という人物が、いっとき適塾で下働きをしながら蘭語を学んでいたと聞いて、さらに驚いた。豹吉郎は見たところ五十近いから、かなり以前のことだろうが、蘭語の学習はともかく、弥吉とおなじような境遇にいたわけだ。

日が暮れて、英太郎と三人で焚火《たきび》を囲んでからも、昇之助はしゃべるのをやめなかった。むしろ満を持していたようすで、代官所襲撃のありさまを詳細に語りはじめた。

弥吉はそうした話を聞くたびに、口を挟みたくなるのをこらえていた。観心寺を発つまえに、庄屋の吉年にいわれたのだ。

「ええか、みなに追いついても慌てるなよ。どんな雲行きかわかるまで、めったなことを口にするのやないぞ」

それでもことは一刻を争うという気持ちのほうが強かったが、五條に着いて代官たちの生首を目の当たりにしたとき、吉年の言葉の意味がわかった。

儀三たちは村で議論していたときとちがう、なにか大きな一線を踏み越えたさきで行動している。やみくもに自分の知っていることや考えていることを訴えても、仲間の胸には響かない。吉年のいわんとしたことが、弥吉にも肌で感じ取れたのだ。

三条卿が遣わしたという制止の使者は、ここまでたどり着いたのだろうか。そして、そのあとに起きた京の政変のことを、ここにいるひとたちは知っているのだろうか。弥吉はまずそれらをたしかめようと考えたが、昇之助の話にうまく割りこめずにいた。

ただ昇之助の話しぶりを見るかぎり、自分たちが大義名分を失い、孤立無援となったことを知っているとは思えなかった。同様に、昼間に挨拶をかわした伝兵衛や弁蔵も、そうした不安を抱えているようには見えず、いまも夜の境内には祭りのような興奮がざわざわと波立っている。

ただ英太郎だけが幼い顔にぬぐいがたい翳りを帯びていた。不安ではなく、なにかわだかまりがあるようだ。昇之助が逃げた代官所の役人の話をはじめると、その翳りはいっそう深くなった。

木村という役人は太腿に槍傷を負いながら、かろうじて襲撃の渦中から逃げ出した。となり村まで辿り着くと庄屋宅で手当てを受け、さらにべつの村の年寄八木某の家を経て、近くの寺に匿《かくま》われた。四人の隊士がそのあとを追い、八木の家までの足取りを探り当てて、役人の居場所をいわねば火をかけると脅した。

八木はなんとか言い逃れて、いったん隊士を引き取らせると、寺に駆けつけて木村に危機を知らせた。すると、木村はこのうえ迷惑はかけられないと、手負いの身体を寺から運び出させて、追手を呼びにいかせた。駆けつけた隊士は木村の首を斬り落とすと、それを刀の切先に刺して本陣まで練り歩いたという。

「なあに、心配せんでも幕府相手の戦はこれからや。手柄をあげる機会は、このさきなんぼでもあるで」

と昇之助は弥吉の肩を叩いて陽気に励ました。

すると、英太郎が暗い顔を昇之助にむけて、

「ですが……」

「なんや」

「…………」

「どうした、遠慮せんといわんかいな」

「はい」

と英太郎はうなずいたが、いおうとしたのとはべつのことを口にしたように見えた。

「代官所は落としましたが、手柄ばかりじゃありません」

「ああ、あの按摩《あんま》のことか」

と昇之助が顔をしかめた。

「そうです、嘉吉という按摩さん。たまたま代官所にきていたせいで、討ち入りに巻きこまれて。それで、あのひとも首を取られてしまった」

「たしかに、あれは運が悪かったな。けど、間違いとわかって首は女房に下げ渡したし、葬料として米五斗と金子五両をくれてやったから文句はないやろ」

「昇之助さんのおかみさんは、もし昇之助さんが間違いで殺されたら、米五斗と金子五両をもらって納得しますか。あの女のひとは夫の首を抱えて、あんなにも激しく泣きじゃくっていたじゃないですか。米も金子もいらないから、夫を生きて返してくれと思っていたはずです」

「おい、なにをいうてるんや。御政府の裁定にけちをつけるつもりか。いくら水郡さんの惣領《そうりよう》でも、口にしてええことと悪いことがあるぞ」

「…………」

英太郎がうつむいて口をつぐんだ。

弥吉はふと思い出して、腰に提げた瓢の酒を昇之助に勧めた。長野村で五之助に押しつけられたまま、ここまで呑まずにきたのだ。

「やっ、こいつはありがたい。遅まきながら、祝杯といくか」

昇之助はたちまち機嫌をなおして、勢いよく瓢を呷った。はじめて話が途切れたようである。

弥吉は足元に落ちていた小枝を拾って、火にくべながら、

「ところで、おれよりまえに京からひとがきませんでしたか」

「おう、きたぞ。昨日の昼前や。鉄砲玉のように飛びこんできたから、なにごとかと驚いたんやが、主将の中山さまや総裁方としばらく話したあと、これまた『ずどん!』とぶっ放されたみたいに飛びだしていった」

昇之助は口を拭ってそういうと、なんや舌に馴染むと思たら、これはうちの酒やないかと、さすがに造り酒屋の息子らしく言い当てて、またぐびぐびと瓢を呷った。

「きたのは、ひとりですか」

と弥吉は訊いた。

「なんというひとりや」

「ああ、ひとりか、わかりますか」

「たしか、古東とかいうたな。儀三に聞いたところでは、京に居残ってた同志らしい」

京都にいた同志が急遽《きゅうきょ》、五條に駆けつけたとすれば、政変のことを知らせにきたのではないか。そう考えるのが、まず妥当に思える。しかし、それにしては早すぎはしないか、と弥吉は胸裡で首をかしげた。いや、大勢が明らかになったところで京都を発って、まっしぐらに五條をめざせば、それぐらいで辿り着けるかもしれない。

それにしても、肝心の制止の使者はどうなったのか、と思ったとき、昇之助がふうと満足げに息をついて、こちらに瓢を返してきた。

「そのあと入れ違いに、またひとがきた。こんどは四人や」

「そのひとたちも、京から？」

「そうや。河内で水郡さんの家に寄って、そこからは富田林村の三浦という医者が案内してきたわ」

三浦主馬も弥吉たちと同様に水郡宅に出入りしていた志士のひとりである。

「四人が着いたあと、主将や総裁のほかに、水郡さんたちも呼ばれて、軍議が開かれた。で、今朝方、そのなかの平野というひとが、また京にとんぼ返りしていったんや」

「平野というひとがきていたんですか」

　弥吉は思わず身を乗り出した。

「ああ、そうや」

「なにをしに？」

「そんなもん決まってるやろ。天誅に加わりにきたんや。平野というひとは帰ったが、あとの三人はここに残ってるで」

「えっ？」

　弥吉は耳を疑った。御先鋒の軽挙をいさめにきたひとたちが、そのまま隊伍に加わったのだろうか。そんなことがありうるのか。胸裡でいくら首をかしげても、こたえらしきものすら浮かんでこない。

「わしらは近在の村にも御触れを出して、天誅に加わる者を集めてるんや。加われば、名字帯刀が許されて、五石二人扶持《ごこくににんぶち》をもらえる。おまえもこうして馳せ参じたからには、今日から晴れて名字帯刀の身分やぞ」

　昇之助は具足をがちゃがちゃ鳴らしながら、弥吉の肩を抱えて力まかせに揺さぶり、英太郎のほうに、なあ、そうやろ、と勢いよく笑いかけた。

「はい……」

　英太郎がうつむいたまま小声でこたえる。

「どうした、そうしょげ返るな。さっきは、わしも言い過ぎた。おまえのやさしい気持ちは、ひととして立派なもんや。しかし、あんまり女々しいことばっかりいうてると、士気にかかわるからな」

　酔いがきざしたのか、昇之助は声が大きい。ふいに立ちあがると、小便してくるといって歩き去った。

　弥吉はちらと英太郎の横顔を見て、なにげなく訊いた。

「昨日は昨日で、なにかと慌しかったみたいだな。軍議のこと、親父さんから中身は聞いているか」

「いえ、なにも」

　英太郎は力なく首を振った。だがわずかに顔を起こして、弥吉を上目遣いに見ると、

「けれど、重大なことが起きたんだと思います。軍議のあと、父の顔色が変わってましたから」

「そうか、水郡さんが顔色を変えるとなると、たしかにただごとじゃないな」

「たぶん、さきの古東さんか、平野さんたちが、なにか知らせをもたらしたのでしょう。こんなことをいうとまた叱られそうですが、よくない知らせじゃないかと心配です。そのあと急に十津川で兵を募ることになり、主将をはじめ三総裁がそろって出陣されたのです。弥吉さんのいうとおり、ただごととは思えません」

「しかし、なにがあったかは、みなには知らされてないんだな」

「はい、父もそうですが、軍議に出ていたかたたちは、決まったことを指示するだけです。軍議の内容は知らせません」

「うん、そうか……」

弥吉は京都で見聞きしてきたことを英太郎に話そうかと考えた。五條にきてから顔を合わせたひとたちには、面識のあるなしにかかわらず、昂揚感に冷水を浴びせるようなことを言い出しにくかったが、英太郎ならそれほど取り乱さずに事実を受けとめそうな気がした。

英太郎がこちらを見ている。弥吉は政変の話が喉まで出かかった。だがまだわからないことが多すぎる。いま話しても自分とおなじ混乱のなかに英太郎を引きずりこむだけかもしれない。それよりまず父親の善之祐のほうに会って、古東や平野というひとたちがなにを伝え、軍議でどんなことが話し合われたかをたしかめるべきだろう。

水郡善之祐はここに残ってはいるが、留守居を補佐する役目に就いて武具や兵糧の調達に奔走していた。弥吉は一度離れたところから、ちらっと姿を見ただけである。いまはどこにいるのだろう。英太郎に訊いてみようと思ったとき、背後から重い跫音が響いてきた。

振りむいて、弥吉は見あげなおした。怖いほどの巨漢が近づいてくる。仁王のようだ。

それしか思い浮かばない。かがり火の光に赤く照らしあげられた顔は、大づくりな眼鼻を際立たせるように濃い影がさし、見るものを威嚇するように厳めしい。

弥吉はわれしらず首が竦んだ。巨漢は明らかにこちらを見ている。いや、睨んでいるというべきか。だがその容姿を裏切るように、聞こえてきた声は穏やかだった。

「きみが江戸からきたという、弥吉くんか。ここにくる途中、仕置場で岡見に会ったろう。あの男に聞いたのだが」

「そうです、はい、弥吉です」

弥吉はぎこちなくこたえ、それから慌てて立ちあがった。立っても、まだ仰け反るほど見あげねばならない。何者だろう。これまでに会った志士や仲間とはくらべものにならない凄味がある。

「ふむ、やはりそうか」

巨漢がうなずいて、弥吉の顔を覗きこんだ。わずかな沈黙が、ひどく重苦しい。英太郎もわきに立って、固唾を呑んでいる。

だがそこに昇之助の声が能天気に飛びこんできた。

「やあ、安積さん、ちょうど噂をしていたところですよ」

「噂を？」

「ええ、こいつが京からきたひとはいないかと訊くから、古東さんや安積さんたちのことを話してたんです」

昇之助は巨漢にそういうと、弥吉のほうをむいて、

「このひとがさっきいってた、三浦さんに案内されてきた――」

「安積五郎」

と巨漢がいった。

「平野というひとは京にもどったけど、安積さんと三浦さん、それに池田という若いひとが、ここに残ったんや。な、そんな話をしてたやろ」

と昇之助がまたくちばしを挟み、こんどは安積のほうをむいて、

「こいつは江戸から駆けつけたけど、生まれも育ちも河内、わたしとおなじ村の者です」

昇之助と安積は、齢はおなじぐらいのようだが、貫禄にはかなり開きがある。しぜんと遠慮した物言いになるらしかった。もっとも、声はあいかわらず大きい。

安積は昇之助の話を横に聞きながら、眼はつねに弥吉を見おろしていた。

「ほう、きみは京から使者がくると知っていたわけだ」

「いえ、そういうわけでは」

と弥吉は咄嗟にごまかした。

「では、知らずに訊いた？」

「はい、たまたまそんな話になっただけで」

「きみは江戸から駆けつけたというが、やはり東海道で京を通ってきたのかな」

「そうです」

「で、京に着いたのは？」

「十七日に」

「発ったのは？」

「えっと……」

「今日着いたということは、昨日。それとも、一昨日の遅くにかな」

「いいえ、十七日の夜船で、伏見から大坂にくだりました」

　と弥吉はいった。嘘である。実際に京を発ったのは、政変が起きた十八日の夜だ。だがこの場の状況がはっきりするまで、政変の日に京にいたことは、ひとまず隠しておくほうがいいように思えた。庄屋の吉年が助言してくれたとおりだった。

「十七日？」

　と安積が片眉を吊りあげた。もう片方の眼は細めているだけかと思ったが、安積は隻眼だった。

「はい、十八日の明け方に大坂に着いて。ところが、五條が目的地と知らなかったので、そこからが手間取りました」

「ふむ……」

「そのうえ河内まで帰ってきたら、こんどは村で家族の足どめを喰らって」

「なるほど、そういう苦労は志士と呼ばれる連中なら、だれしも多少なりと経験がある。義をもって立つというのも、なかなかすんなりとはいかんものだ」

安積は嘆息すると、「いや、じゃまをした」といいおいて、巨軀をひるがえし、本堂のほうにもどっていった。

弥吉はぐったりと腰をおろした。湿った息をつくと、手拭いを出して額を押さえる。

「どうした、冷や汗をかいたか」

と昇之助がとなりに腰かけながら、

「いや、じつはわしもあのひとには気おくれする。どうも、金剛寺の仁王像に睨《ね》めおろされてるようなあんばいや」

「ほんとに、そっくりですね」

弥吉は笑ってみせたが、うまく頰が弛《ゆる》まなかった。

英太郎は立ったまま、安積の立ち去ったほうをぼんやり見ている。

「おい、それをもうひと口くれ」

昇之助がまた瓢を借り受けて、こんどは空になるまで返さなかった。

医　戒

一

　夜が明けても光が射さず、ひとの起きだす物音に眼を醒まされて、弥吉は朝がきたことを知った。

　蒲団部屋か物置に使われていたらしい、塗籠《ぬりごめ》の間狭な一室だった。弥吉はうしろ手に縛られ、胡坐をかいて壁にもたれている。その恰好でいっとき眠るともなく、朦朧《もうろう》としていたようだ。

　昨夜、昇之助たちと別れたあと、弥吉は寺務所の板ノ間で平隊士にまじって横になり、うとうとしかけて、すぐに叩き起こされた。そのまま別室に連れていかれて、短い尋問を受けたのち、こうして閉じこめられたのだ。それだけでも信じがたいが、板戸のむこうには見張りまでついていた。

「陣中に酒を持ちこみ、みだりに兵に勧めたこと」

　が弥吉の犯した罪なのだという。たしかに寺の食堂には、飲食すべからず、ただし営中において食事のときは苦しからず、陣屋備付の物を用いるべし、と張り紙がしてあった。酔って放談したのも、軍紀に触れたことになるらしい。

だが弥吉はそれが捕らわれた理由だとは思えなかった。それだけのことで見張りをつけて監禁するなど大袈裟すぎる。なにかほかに理由がある。そう確信しながら、そのなにかについて見当がつかないせいで、思案の隙間に不安が膨らんだ。

昇之助のことも心配だった。酒を持ちこんだのは弥吉だが、それを呑んで大声で話していたのは昇之助なのだ。おなじ部屋に捕らわれていないからといって、安心はできない。うしろ手に縛られた手首の痛みが、軍紀という言葉をにわかに非情なものに感じさせた。

半刻（一時間）余りしたころ、ひとがきた。

桜井寺の留守居は池内蔵太が務めていた。池は土佐の脱藩郷士だが、長州に近い人物で、御政府では側用人に任じられている。そして、河内勢の頭目といえる水郡善之祐が留守居を補佐しているから、弥吉はだれかくるなら水郡だろうと思っていた。

だが板戸を開いた人影は、水郡よりもはるかに大きかった。廊下から流れこむ光に、仁王を思わせる魁偉《かいい》な輪郭が浮かびあがる。安積五郎が頭をさげて部屋に入ってきた。辞儀したのではなく、そうしなければ鴨居に額をぶつけてしまうのだ。

安積が灯をともした手燭《てしょく》を持っていたので、弥吉はすこし奇妙な気がしたが、戸は開け放しにされず、すぐにぴしりと閉め切られた。

　ふたたび暗くなった部屋に手燭をかざして、安積は近づいてきた。覆いかぶさるように前傾して、弥吉のまえの床に手燭をおくと、それを挟んでどっかりと腰をおろす。小さな炎が、安積の顔を不気味に照らしあげた。

「まずことわっておこう。きみを捕まえたのは、おれの指図だ」

　安積がじっと弥吉に眼を据えた。

「だがむろん留守居役の了解は得ている。水郡さんはそこまでせずともといったが、事情が事情だけに、すぐに納得された」

　弥吉は用心深く、安積を見返した。捕らえられた本当の理由はもちろん、事情というのもよくわからない。

「これからいくつか話を訊く。返答しだいでは、この場で縄を解いてやる。でなければ、本隊の帰陣を待って裁きを受けることになる」

　こころしてこたえるように、と安積はいった。

「まず、きみが京を発った日付だが、十七日ではあるまい。どうだ？」

「いや……」

「いっておくが、おれは長年、諸国の海千山千の連中と渡り合ってきた。きみがいくら下手な嘘をついても、万にひとつも騙《だま》されはせん。どっちに転ぶにせよ、正直にこたえておいたほうがいいぞ」

声は穏やかなまま、安積の形相がひときわ凄味をました。

弥吉は息が苦しくなった。虚仮威《こけおど》しとはちがう威圧が手燭の灯のむこうからひしひしと迫ってくる。昨夜ついた嘘はすべて見破られていたのだ。

「三十石船に乗ったのはいつだ。十八日の夜か、それとも十九日か」

弥吉はたまらず眼を伏せた。

「十八日に……」

「うむ、十八日の夜船に乗ったのだな」

と安積が念を押して、

「なぜ日付を偽った。いや、こたえずともよい。きみが十七日に発ったといったのは、翌十八日に京でなにが起きたかを知っているからだ。そして、自分が知っているということを、おれに知られたくなかったからだ」

さて、そこでだ、と安積が巨軀をまえに傾けた。

「どうしておれに隠そうとしたのか、それを教えてもらおう」

弥吉は押し潰されるほどの威圧を感じたが、奥歯を喰い縛って顔を起こした。なかば捨て身の思いで、安積の眼をまっすぐに見返した。

「それは、こちらが訊きたいことです。京から知らせがきたあと、軍議を開いたそうではないですか。安積さんたちもそれに加わり、十八日の出来事を知っているんでしょう。どうして事態が急変したことを、みなに教えないんですか。もはや大和行幸も攘夷の御親征もない。そうしたことはすべて長州の独断で、天子さまの御真意ではなかった。それゆえ天誅組も大義を失い、このままでは逆賊の汚名をこうむりかねないと」

すると、安積がすっと身体を引いた。にわかに冷たく言い捨てた。

「そんなこと、教えてどうなる」

「もちろん、みなで――」

弥吉はいいかけたが、安積が太く声をかぶせた。

「われらの方針はすでに決まっている。倒幕の旗をかかげたいま、なにがあろうと正義の一挙を貫き通すのみだ。ならば、よけいな話を聞かせても、隊士の士気を削《そ》ぐだけ。離反者が出ることにでもなれば、取り返しがつかん」

「では、平隊士はただ軍議で決まったことだけを聞かされて、自分たちが大義を失ったことも知らずに戦えというんですか」

「なにをするか知っていれば、なんのためかは知らなくてよい。それが兵士というものだ」

「昇之助さんや英太郎くんたちは、いつから兵士になったんですか。同志ではないんですか」

「むろん同志だ。しかし、諸藩の賛同や支援が望み薄となったいま、隊士一人ひとりが貴重な手駒でもある」

「いや、同志だというのなら、みなに事実を話すべきです。一挙を貫き通すにしても、みなが自分のおかれた立場を知ったうえで決意しなければ意味がない。なにも知らずやみくもに突き進むなら、それこそ猪《いのしし》とおなじで正義も分別もないではありませんか」

「正義とは、軍議の決定を守ること。これは合戦なのだ。参陣したかぎり、もはや一人ひとりの勝手は許されん」

「けれど、うえに立つひとの勝手は許されるのですか」

「なるほど、きみはそういう考えなわけか」

と安積がいった。ひときわ眼光が険しい。

「みなに政変のことを伝えるつもりで、ここまで追ってきたのだな」

「江戸を出るときは、もちろんそんなつもりはありませんでした。ですが、京で騒動を目の当たりにしてからは、たしかにそうです」

「いまも、その考えは変わらんか」

「はい」

「もう一度いってみろ、この場で首をへし折ってやる」

「…………」

弥吉は思わず口をつぐんだ。

「ひとつ訊く。もし京の政変のことを知らねば、河内の仲間と会ったとき、どうするつもりだった」

「それは、はっきりとは決めてなかったけれど、たぶんみなといっしょに……」

「ならば、京の政変のことは、いまここで忘れろ。忘れて、仲間とともに槍を握れ」

「………」

「どうした、できぬのか。大義のために立つのがいやか。仲間とともに戦うのがいやか。どうしてもわれらの邪魔をしたいのか」

安積が身を乗り出してくる。弥吉は首筋が凍るように冷たくなり、膝がわなわなと震えた。安積がさらに顔を突き出し、弥吉の眼を覗きこむ。熱い息を吐きかけながら、鬚《ひげ》の伸びた顎をざらりと撫でた。ふいに立ちあがると、床を軋《きし》ませて弥吉のうしろにまわった。

「うっ……」

弥吉は息を詰めた。安積の大きな手が首に近づくのを感じる。一瞬でへし折られてしまうのだろう。逃げたいのに、震えることしかできない。

だが安積は脇差を抜くと、弥吉の手首を縛る縄を切った。

「本隊が帰ってくるまでに、もう一度よく返答を考えておくことだ」

安積が脇差を納めて、弥吉の正面にもどった。切った縄を手にしている。立ったまま手燭を取ると、壁いっぱいに安積の影がひろがり、炎のゆらぎに合わせて、ゆさゆさと部屋を揺さぶった。

「みだりなことはするまいと見て縄を解いたが、おとなしくしていろよ」

「はい……」

弥吉は声がかすれた。短く息を吐き、深く吸った。首筋も手首も硬くなったまま、わずかに痺《しび》れている。

「河内の仲間が見舞いにきても、政変のことは決して話すな。ひと言でも洩らせば、そのときこそ首根を折るぞ」

二

主将中山忠光に率いられた天誅組の本隊は、吉野山中に進軍して天ノ川辻にあらためて本陣を布き、ここから十津川郷や高野山に募兵あるいは援助、援軍を求める使者を送った。

天ノ川辻は熊野と高野にむかう街道が交差する要衝で、付近の天辻峠が紀ノ川と熊野川の分水嶺《ぶんすいれい》となる要害の地でもある。十津川郷士を味方にして、ここできたるべき幕府の討伐軍を迎え撃つのが、天誅組のあらたな戦略だった。

十津川郷には、総裁の吉村虎太郎と伍長の保母建、五條の志士乾十郎がむかった。十津川は尊王の歴史の古い土地で、そこに暮らす郷士たちは神武天皇を道案内した八咫《やた》烏《がらす》を一党の祖とあがめている。以来、朝廷に仕えて、遠くは壬申の乱で大海人皇子（天武天皇）を助けて戦功をあげ、近くはまさにこの直前に百名ほどが上京して禁裏の守衛についていた。

吉村はこの郷士たちにたいして通達を発し、「火急の御用につき」として、十五歳より五十歳までの男子に天ノ川辻本陣に参集するよう求めた。理由なく遅れた者は厳罰に処すとも記していた。郷士たちはこれに応じて、二十五日の朝までにおよそ千二百名が参陣した。

このときすでに天誅組は暴徒として朝廷から鎮圧の命が下されていたが、十津川郷士はまだそのことを知らなかった。吉村たちのいう勅命による御親兵という言葉を信じて、天子さまのためならと仕事を置いて馳せ参じたのである。

一方、高野山には槍一番組長の上田宗児が、隊士と人足あわせて四十人ほどを率いてむかった。ひっそりと静まる山内に抜き身の槍や鉄砲を手にして物々しく踏みこむと、金蔵院で応対した総代に中山卿の書状を渡して、一山を挙げて味方せよと迫った。

僧侶たちは恐慌した。返答しだいでは、山を焼かれかねない。協力を約束する返書を作成するかたわら、ひそかに紀州藩に助けを求めた。上田はそうとも知らず、望みどおりの返書を携えて意気揚々と引き揚げた。僧侶たちはただちに紀州藩兵を山内に迎え入れて、天誅組の再度の来襲にそなえた。

ともあれ、総裁吉村の働きによって十津川郷で期待をうわまわる兵力を手に入れると、天誅組はにわかに方針を変えた。天ノ川辻で討伐軍を迎え撃つのをやめて、五條に引き返したのだ。これなら天険を頼りにしなくても、まっこうから討伐軍と渡り合えると見込んだらしい。

だがこの数日のあいだに、五條を取り巻く情勢はいっきに切迫していた。

孝明帝は大和行幸を仕組んだ三条実美を国賊と憎み、それに便乗した天誅組の決起にも怒りを隠さなかった。「和州浮浪の一件」として「容易ならざる事、右はどこまでも追討申しつけ候」と勅命をくだし、郡山藩、高取藩、柳生藩、津藩など、周辺の諸藩が、天誅組討伐のために出兵の準備をはじめていたのである。

桜井寺の本陣では、そうした情勢を仔細《しさい》につかんでいたわけではないが、それでも日ごとに空気が重たくなっていた。そして、その空気は弥吉が監禁される塗籠の部屋にも流れこみ、暗がりのなかで迷いをいっそう深くした。

弥吉はこらえきれなくなっては立ちあがり、かぎられた場所をぐるぐると歩きまわった。やがてまたうずくまると、膝を抱えて、無力を嚙み締めた。その耳朶《じだ》に鬨《とき》の声のようなどよめきが響いてきたのは、二十五日の昼下がりだった。

はじめは事情がわからず、弥吉は戸板のきわで身を硬くして、なんの騒ぎかと耳を澄ました。討伐軍が攻めてきたのか。それとも、近隣の村が一揆を起こしたか。想像は不吉なほうへとむかったが、まもなく本隊が帰ってきたのだと気づいた。

本陣に澱《よど》んでいた重たい空気が、いっきに吹き飛ばされたようだった。実際、留守居の隊士たちは歓喜していた。わずか百名ほどで出陣した本隊が、十津川郷士を隊伍に加え、十倍する大軍となって帰ってきたのである。

弥吉は緊張と期待が同時に膨らんだ。そして緊張に圧倒されてしまうまえに、期待していたことが起きた。吉井儀三が、塗籠の部屋の戸を開いたのだ。

「儀三さん！」

弥吉は立って戸口に駆け寄り、儀三の手を取った。

「久しいな」

と儀三が力をこめて握り返してくる。

「ご無沙汰しています。お元気そうでなによりです」

「ああ、このところよく歩いて足腰が達者になった気がする。もっとも、おまえははるかに遠くから駆けつけてくれたわけだが。おれの手紙を読んでと聞いたぞ」

「はい、居ても立ってもいられず」

「そうか。ともあれ、よくきた」

儀三はうなずくと、弥吉の手を押しもどすようにして、いくぶん声を落とした。

「しかし、なにか行き違いがあったそうだな。水郡さんから話を聞いた。安積というひとからも」

儀三がそういうあいだに、うしろからもうひとり若い男が入ってきた。長野村の八兵衛だった。ここでは武林八郎と名乗っているという。

八兵衛は儀三のむこうから覗きこむようにこちらを見て、弥吉と眼が合うと、丸顔を大きくほころばせた。儀三が振りむいて戸を閉めてくれというと、八兵衛はいったん戸板に手をかけたものの、

「ああ、そうや」

と額を叩いて、そそくさと部屋を出ていった。手燭を持ってもどってくると、こんなに堅苦しゅうせんでもええやろうにとこぼしながら戸を閉める。

「まあ、坐れ」

儀三にいわれて、弥吉は部屋の奥に腰をおろした。儀三と八兵衛が、ならんでまえに坐る。部屋が薄暗くなると、儀三と対面できた昂奮もいくらか醒めたようだった。儀三もおなじ心情なのか、手燭の灯に照らされた表情が沈んで見える。

「聞いたところでは、おまえはこの天誅組の決起に異論があるらしい」

どういうことだ、と儀三はいった。

「いや、異論というわけでは」

「ならば、賛同しているのだな」

「いえ、それは……」

と弥吉はこたえに困りながら、

「いろいろあって、ひと口ではとてもいえません。それに安積さんから口止めされているることもあるんです」

「京の政変のことなら、わたしはすでに知っている。八兵衛にも、いましがた聞かせたところだ。だから遠慮せずに、ありのままを話すといい」

弥吉は二人の顔を見なおした。政変のことを知ったうえで、今後のことをどう考えているのだろう。しかし、儀三はいま質問でなく返答を待っている。

「それじゃあ、すこし長くなりますが」

弥吉は坐りなおすと、これまでのいきさつを詳しく話した。儀三はほとんど表情を動かさずに聞いていた。そのわきで八兵衛は相槌を打ったり眉をひそめたりといそがしく、二度ばかり口を挟んだ。だが話を聞き終えると、二人ともそろって深刻な表情でじっと弥吉を見つめた。

「やはり、おまえはここに政変のことを知らせるためにきたのか」

儀三が苦しげに口を開いた。

「はい」

「それで、いまはどう考えてる」

「………」

弥吉はすぐにはこたえなかった。そのことを考えると、首筋がひんやりする。胸裡に眼をむけてしっかりと見なおした。唇を嚙んで、拳を握り固める。息を吐いて、また唇を嚙む。覚悟を決めて、声を絞り出した。

「いまも、おなじです」

儀三がわずかに身じろぎした。まばたきをせずに弥吉を見つめる。

「みなに政変のことを伝えるというのか」

「はい、そうしたいと思います」

「それが仲間の士気を削ぎ、団結にひびを入れることになるとしてもか」

「士気や団結が大切なことは、よくわかります。けれど、みなが本当のことを知ったうえでなければ、本物の士気、本物の団結とはいえないんじゃないですか」

「状況がどう変わろうと、われらの奉ずる大義名分は変わらん。ならば、よけいなことは知らなくていい」

儀三がいうと、八兵衛が身を乗り出して、

「そうやぞ、弥吉。わしはさっき政変のことを聞いたばっかりやけど、それでなにが変わったわけでもない。幕府を倒して、天子さまの御親政を願う気持ちは、いまもおんなじや」

「天子さまが倒幕を望んでおられなくてもですか」

「それこそ、逆賊の会津や薩摩が流した大嘘や。大和行幸はまぎれもなく、天子さまのご叡慮《えいりよ》。政変のあとに発せられた詔勅こそ偽物や」

そうに決まってる、と八兵衛は鼻息を荒らげた。

だが会津と薩摩が主導した長州派の排斥は、孝明帝が直筆の文書により勅許を与えたものだった。そして、政変後にはこれまで長州の工作で発せられた偽勅と一線を画するために、「去る十八日以来申し出で候儀は、真実の朕の存意に候間、この辺、諸藩一同にも心得違いあるべからず」と念を押す詔勅までくだされていたのである。

「それじゃ、八兵衛さんもみなに本当のことを知らせるのには反対なんですか」

「あたりまえや、逆賊どもの悪だくみや嘘をわざわざ教えることなんぞあるかい。それにわしの覚悟は小ゆるぎもせなんだが、大勢いるなかには話を聞いて逃げ腰になるような意気地なしがおらんともかぎらんからな」

八兵衛がいうと、儀三も眉根を寄せて、

「さらにいえば、いまの情勢はいっときのこと。われらは日を待たず長州が勢力を盛り返して、御所から会津や薩摩、それに与する奸臣《かんしん》を駆逐するものと見ている」

弥吉は眼を伏せた。われらというのは、軍議に出ていたひとたちのことだろう。儀三もほかの幹部とおなじように、平隊士はなにも知らず、ただ幹部の命令にしたがえばいいと考えているのか。まさか、そんなことが……。

「なあ、弥吉、悪いことはいわんから、そんな考えは捨てろ」

八兵衛がさとす口調でいい、ふいに表情を暗くした。

「でないと、おまえも上田とおなじ憂き目を見るぞ」

「上田？　鬼住村の上田さんですか」

「ああ、そうや」

「あのひとがどうかしたんですか」

鬼住村の上田主殿は庄屋の次男で、江戸で水戸学を修めた俊才だった。齢はたしか儀三とおなじ。長野村の庄屋吉年との交際から、弥吉たちとも知り合い、とくに八兵衛とはことあるごとに激しい舌戦を繰り返してきた。見たところ犬猿の仲のようだが、仲間内ではあんなに仲のいい犬と猿はいないといわれていた。

だが八兵衛は投げやりにいった。

「あいつは死んだ。手討ちにされたんや。おまえと似たようなことをいったせいでな」

「えっ？」

弥吉は声が詰まった。突飛すぎる話だった。いったいなにがあったのか。そもそも河内勢に上田が加わっているとも聞いていない。もしや幕府側についたのか。いや、そんなことは考えられない。上田がここにいるとすれば、味方でないはずがない。

弥吉は問いかける眼で二人を見た。八兵衛はそっぽをむいたまま、口を結んでへの字に曲げている。儀三はちらとそちらを見て、重苦しく息をついた。

「事実だ。上田は反逆の罪により、斬首された」

上田主殿は天誅組に参加していたが、河内勢の一員としてではなかった。たまたま十津川郷に滞在していたところ、吉村虎太郎による親兵の徴募がおこなわれ、郷士たちとともに応じたのである。

だが天ノ川辻に参陣したものの、上田は天誅組の立場や方針、強引な徴兵方法に不審を抱いていた。そこで郷士の玉堀為之進とともに幹部にたいして、五條代官の梟首《きょうしゅ》や陣屋の焼き討ちは天皇の意に沿うものなのか、この徴兵は本当に勅命によるものなのかと問い、十津川勢は朝廷の意向をたしかめたうえで進退を決めたいと訴えた。

主将中山卿は激怒した。元侍従に郷士風情が盾突くとはなにごとか。勅命といわれたら、そう信じてひたすら畏れ入ればいいのだ。

総裁吉村も郷士内に同調者が出るのをおそれて、ただちに二人を捕らえた。上田と玉堀は斬首され、その首は天辻峠に晒された。異論を唱えればこうなる。十津川勢への見せしめだった。

「なんてことを……」

弥吉は頭のなかでなにかが暴れるような、激しい頭痛にも似た感覚に襲われたが、かろうじて言葉を継いだ。

「儀三さんたちは、それを黙って見ていたんですか」

「しゃあないやろ、あいつが悪いんや。せっかく千人を超える郷士が集まって、おおいに気勢をあげてたのに、水を差すようなことをぬかすから」

と八兵衛が吐き捨てた。

「けど、上田さんのいったことは正論だし、勅命のこともあらぬ疑いじゃなくて、ほんとは的を射ていたわけでしょ」

「的を射ていたからこそ、捨て置けなかったのだ。あのまま放置すれば、十津川勢のみならず、隊士たちまで動揺させかねなかった」

儀三はそういうと、声音を厳しくして断言した。

「上田は大義を軽んじ、私見を言い立てる奸物だった。それゆえ軍紀に照らして、厳罰に処したのだ」

弥吉は思わず、儀三の姿を見なおした。だれか知らないひとなのではと思ったが、やはりそこにいるのは儀三だった。

「正論をいう者を殺し、勅命を騙《かた》るのが大義ですか」

弥吉は声を震わせた。まえのめりに床に手をついて、

「おれたちが村で語り合っていたこころざしは、そんなものじゃなかったはずです」

「若者組では、こうも話したはずだ。攘夷や倒幕は、なにかひとつの大きな計画で一挙に成し遂げられるものではない。いくつもの小さな計画があり、いくつもの決起があり、そうしたことを繰り返すうちに、やがて機が熟して、ついに成し遂げられるのだと。そして、われらは坐して成就のときを待つのではなく、立っていかに小さくとも一石を投じようではないかと」

「それは、もちろん憶えていますが……」

「天誅組の皇軍御先鋒としての決起は、おまえも知ってのとおり、京の政情の急変によって頓挫した。だがわれらの奉ずる大義が誤りだったとは思わんし、いま立ったことにも悔いはない。このさきはいかに死力をつくそうと、情勢を転ずることはかなわぬやもしれんが、わたしは喜んで捨て石になるつもりだ」

と儀三はいった。すると、八兵衛が拳をかためて、どんと腿を叩いた。驚くほど大きな音が、塗籠の部屋に響いた。

「そうや、ここまできたら、初志貫徹、それしかないわ。京のことなんぞ知ったことか。上田は可哀相やったけど、どうせわしらもすぐにあとを追うんや」

弥吉はふたたび眼を伏せた。儀三も八兵衛も窮地に陥ったと知って、迷わず覚悟を決めたようだ。その気概は村にいたころとおなじく強く胸に響くし、儀三たちの覚悟にたいして異を唱えるつもりもない。ただほかの隊士たちもおなじように、それぞれが事実を知ったうえで、それぞれの覚悟を決めるべきだと思うのだ。

「どうした、弥吉、おまえもそういう覚悟で江戸を飛び出してきたんやろうが。それなら途中でなにがあろうと、初志貫徹。わしらといっしょに、幕府相手にひと戦しようやないか」

と八兵衛が膝をにじり出した。

「そうだ、おまえにも理屈はあるだろうが、それよりも大切なことがあるはずだ。仲間と立てたこころざしを思い出せ。さあ、もうよけいな理屈はいわず、みなといっしょに槍を取れ」

儀三も声音に力をこめる。

だが弥吉は眼を伏せたまま、顔を左右に揺らした。

「それは、できません」

「どうした、命が惜しいのか」

儀三がいうと、八兵衛も声を尖らせて、

「おい、捨て石になるんがいやか。おまえはいつからそんな腰抜けになった」

弥吉はまた首を振り、眼をあげて二人の顔を見た。

「死ぬのが怖いんやない。殺すのが怖いんです」

大義のため、いや、少なくとも仲間のために死ぬ覚悟ならできる。しかし、大義を振りかざしてひとを殺すことはできない。だれに、なんといわれても。

「洪庵先生のことも、そうです。いろんな噂が立ったみたいやけど、天誅に遭ったというのはでたらめ。先生は病で亡くなられたんです。もっと長生きしてほしかった。おれはこころからそう思ってます」

「弥吉、なにをいってる。おまえはこころざしを捨てたのか。まさか仲間を裏切ったのか」

と儀三が顔を強張らせた。そのとき部屋にすっと光が流れこんだ。開いた戸口を仁王のような影が塞いでいた。

三

「どうだ、話はついたか」

と安積五郎がいった。

「いや、まだ……」

儀三がぎこちなく振りむいて、小さく首を振った。

「いますこし待ってもらえますか」

安積はじろりと儀三の顔色を眺めて、

「それなら、話のつづきはあとだ。貴君らには五條に帰り着いたばかりのところを気の毒だが、ただちに出立することになった」

「それはまた突然な。どこにむけて？」

「うむ……」

と安積は口を引き結んで、弥吉のほうに眼を配ったが、隠すこともないと思ったのだろう、

「郡山藩兵が御所《ごせ》にあらわれたと知らせが入った。われらは先手を打ってこれを急襲し、戦況しだいでは、高取に兵を進めて城を落とす」

大和の御所村は五條から北におよそ四里（約十六キロ）、高取城は北東におよそ五里の距離になる。

「おお、いよいよ本物の出陣、大義の合戦ですな」

八兵衛が跳ねるように立ちあがった。

「わかりました。では、われらも支度を急ぎましょう」

と儀三もうなずいて、弥吉にむきなおると、

「本来ならおまえにも隊伍に加わってほしいのだが、正直、残念だ。かならず吉報をたずさえて帰るから、それまでにもう一度しっかり考えてくれ」

「そうや、よう考えて、道を誤るなよ」

と八兵衛が歩み寄って、弥吉の肩を叩いた。

三人が慌しく立ち去った。

弥吉はまた暗がりのなかにぽつねんとうずくまった。灯の色を見ていたせいで、さっきより闇を濃く感じる。手燭の油のにおいが、まだうっすらと漂っていた。儀三と八兵衛の汗のにおいも、かすかに残っているようだ。

「ああ……」

われしらず、声が洩れた。もう一度、いや、何度考えても、いまの気持ちは変わらない。とすれば、ここで自分の命運はつきたらしい。上田は嘘をごまかすために殺され、自分も事実を隠すために殺される。やはり首を刎《は》ねられ、晒されるのだろうか。

死にたくない。少なくとも、こんなことでは。けれども、儀三たちとおなじ気持ちにはなれない。弥吉はふいに目頭がうるんだ。そのまま声をあげて泣きたくなった。恐怖のためではない。口惜しくてたまらないのだ。

村の若者組で語り合っていたとき、倒幕とは巨大な敵に挑むことだった。草莽《そうもう》の士である自分たちが、幕府という巨人に立ちむかう。名もない小さな石として、高く分厚い壁にぶつかっていくのだ。だからこそ、みなが必死の覚悟を決め、同時に奮い立つ思いもあった。

だが実際に石が投げられたのは、二条城でも京都所司代でもなく、守りの手薄な代官所だった。巨人に立ちむかうどころか、自分たちより小さな敵に襲いかかり、大勢で血祭りにあげたのだ。

勝ち目のある相手と戦うのは当然。これが現実の戦いだといわれたら、弥吉はうなずくしかない。自分たちが村で語り合っていたことは、しょせん若者の夢想にすぎないのだろう。が、たとえそうだとしても、これがおれたちの一石なのかという思いは胸から消えない。

ましてその石はほかでもない朝廷の命により、いやおうなく捨て石になろうとしている。どうしてこんなことになってしまったのか。考えれば考えるほど口惜しさがこみあげてくる。

けれど弥吉は涙をこらえた。仲間のためにも、自分のためにも、泣くのはまだ早い。早すぎる。

突然、鋭い音がつづけざまに部屋に響いた。なにごとかと身構えたが、戸板を釘づけしているらしい。見張りについていた人手も出陣するようだ。

「逃げたりするものか」

と弥吉はひとりごちた。儀三たちとは異なるとしても、弥吉には弥吉なりの覚悟がある。眼を閉じ、きつく眉根を寄せて、釘の音がやむのを待った。

「これだけやればよかろう」

「よし、急ぐぞ。じきに御大将のご出馬だ」

そんな声がして戸板のあたりが静かになると、入れかわるようにおもてからどよめきが聞こえてきた。主将の中山卿が姿を見せたのか、隊士たちが歓声をあげたのだ。

やがていくつもの方角から鬨の声がこだまのように重なり、その底に重い跫音が響きはじめた。そして、それらが遠ざかり、弥吉は冷たい静寂のなかに取り残された。

四

暗闇のなかにふたたび物音が響いてきたのは、丸一日を過ぎたころである。なにかまとまりのない人声や跫音が、桜井寺の内外を交錯しているようだった。

弥吉は立って、耳を澄ました。味方が帰ったのか。それとも、こんどこそ敵が攻めてきたのか。すると、いきなり戸板のむこうで声がした。

「なんだ、これは。まるで獣あつかいじゃないか」

水郡英太郎の高くとおる声だった。

「弥吉さん、いるんですね。すぐに開けますから、待ってください」

そういったが、適当な道具がなかったのだろう。英太郎は手間取りながら作業して、ようやく戸板を開いた。

「すまない、助かった」

奈落から引っ張り出された心地で、弥吉は開いた戸口に眼を細めた。だが英太郎の顔色を見て、はっと息を呑んだ。幼い顔から血の気が失せ、わずかなあいだにげっそりとやつれている。

「負けたのか」

「はい」

「郡山勢にか」

「いえ、高取城を攻めようとして……」

英太郎は力なく首を振った。

天誅組は夜闇を突いて五條を出陣すると、総裁吉村の率いる一番隊を先頭に御所の郡山勢の撃退にむかった。だが途上で二番隊が道を誤り、主将中山卿のいる三番隊以降の部隊もそれにつづいて、高取城の方面に兵を進めてしまった。そして、この中山卿の率いる主部隊は重坂峠で小休止したさいに、付近を窺う不審な男を捕らえた。

男は高取藩の放った斥候だった。京都守護職から討伐の命を受け、天誅組の動静を探っていたのである。

　中山卿はそれを知ると、高取城が守りを固めるまえにいっきに攻めるべきだと、あらたな方針を打ち出した。高取城を奪取して、五條にかわる拠点とするのである。これにたいして、藤本津之助と松本謙三郎の二総裁は慎重な立場を取り、安積五郎もいったん退いて陣容を立てなおすべきだと主張した。

　だが中山卿の決意はくつがえらず、御所にむかった吉村の部隊の戦況も不明なまま、高取城にむけて進軍を開始した。ところが、高取藩はすでに天誅組を迎え撃つ準備を整えていたのである。中山卿の率いる主部隊は城下の手前で伏兵の奇襲を受け、たちまち総崩れとなって敗走した。

　一方、吉村の率いる一番隊は御所の近くに布陣して、郡山藩兵の動きを探った。だが陣所はおろか、一兵の姿も捉えることができない。桜井寺に持ちこまれたのは、虚報だったらしい。吉村はやむなく夜明けとともに兵を退いた。そして昨夜後続隊がはぐれたあたりまで引き返してきたとき、高取から敗走してくる主部隊と出くわしたのである。

「吉村さんは中山卿の馬の轡《くつわ》をつかんで詰《なじ》ったといいますが、わたしは見ていません。中山卿は十津川勢の脆《もろ》さに憤慨していたそうです。けれど、十津川勢は休みなく行軍して疲れ果てていたうえに、心構えもできないまま矢面に立たされました。それに逃げたのはみんなおなじ、それこそ五十歩百歩です」

英太郎はそういって、ふいにてのひらで口元を覆った。血の気のない顔が、いっそう蒼褪める。

「どうした、気分が悪いのか。どこか手負いがあるんじゃないか」

弥吉は英太郎の肩に手をかけ、顔を覗きこんだ。

「いえ、怪我はありません。ただ、ちょっと……」

英太郎は途切れとぎれにこたえて、かぼそい息をついた。

「高取藩の斥候は、立派な侍でした。どれだけ責められても、肝心なことは口を割らなかった。それで合図掛の隊士が、業を煮やして首を刎ねてしまったんです。しかも、その隊士はなにを思ったのか、死体から流れる血に夜食の握り飯を浸して嬉しげに食べていました。わたしはあれを見てから、水も喉をとおらず……」

英太郎はまたてのひらで口を押さえて、からえずきした。弥吉は言葉もなく、英太郎の背をさすることしかできない。

「弥吉さん、逃げてください」

と英太郎がいった。

「たのみの十津川勢は帰途に四散しました。隊士のなかにも落伍者が出はじめています。幹部の方々はいま軍議を開いて、十津川郷かそのさきのどこかに逃げる相談をしているようです。弥吉さんがいまさら敗軍に加わっても、なんにもなりません。けれど、加わらないといえば、きっと殺されます。だからいますぐ、ここから逃げてください」

「ありがとう」

弥吉は微笑んで、小さく首を振った。

「気持ちは嬉しいが、いま逃げ出すわけにはいかない。儀三さんとの話が、まだ途中なんだ」

「けど、弥吉さん……」

「英太郎くん、きみこそ死ぬなよ」

弥吉は英太郎の肩に手をかけた。そして、廊下にあらわれた大きな人影を見あげた。

安積五郎がゆっくりと近づいてきて、戸口を見まわし、英太郎に鋭い眼をむけた。弥吉は「さあ、もういって」と、英太郎の肩をなかば突き放すように押した。英太郎がよろめいて後退る。すると、安積が手を伸ばして英太郎を受けとめ、自分のほうを振りむかせた。

英太郎が頬を引きつらせる。安積はじろりと睨みおろした。ひと捻りにできるほどの体格の差である。安積は抉るように睨んで、ふうんと鼻を鳴らした。岩のような顎を横にしゃくると、英太郎の身体を放した。英太郎がよろよろと廊下を去っていく。

弥吉はふっと息を洩らし、安積に組みつこうとしていた身構えをといた。

五

弥吉はそのまま境内の裏手に引きだされて、杉の幹に縛りつけられた。薄日の射すまばらな木立には、ほかにも数人が捕らわれ、おなじように縛られていた。平隊士や十津川郷士、それに人足もまじっているようだった。

いずれも軍紀を犯した者たちで、つぎの出陣のまえに刑に処すと、安積は告げた。弥吉もそのとき裏切者として斬首される。考えは変わったかと訊かれて、いいえとこたえたからだ。訊問したのは安積だけで、儀三や村の仲間とは話せなかった。

弥吉はあえて儀三との面会にこだわらず、安積に言伝《ことづて》を頼んだ。安積なら、そうした依頼はきちんと果たしてくれそうに思えた。

弥吉は足を地面に投げだし、杉の幹に体重をあずけた。腕や胸に縄が喰いこんでわずらわしいが、久しぶりに浴びる日射しが肌に心地いい。これで最後かもしれないと思うと、温もりがありがたいものにも感じられた。

どうしてこんなことになったのか。わが身のことだけではない。なにもかもにそういう思いがむかうが、もはやそのさきは考えなかった。残りわずかな時間を無益な思案で潰したくはない。

弥吉は空を見あげ、薄日に眼を細めた。

「医の世に生活するは……」

と呟いた。

「医の世に生活するは、ひとのためのみ。おのれがためにあらずということを、その業の本旨とす。安逸を思わず、名利を顧みず、ただおのれを捨てて、ひとを救わんことを希《ねが》うべし」

すらすらといえたことに、弥吉は笑みを浮かべた。懐かしい場所に帰ってきたような気持ちがする。とはいえ、ここからはこうすんなりとはいかない。

「病者にたいしては、ただ病者を視《み》るべし。貴賤《きせん》貧富を顧みることなかれ。長者一握の黄金を以《もっ》て貧士双眼の感涙に比するに、その心に得るところ如何《いかん》ぞや。深くこれを思うべし」

つっかえながらいう。が、それも楽しい。

「その術をおこなうに当たっては、病者を以て正鵠《せいこく》とすべし。決して弓矢となすことなかれ。固執に僻《へき》せず、漫試を好まず、謹慎して、眇看《びょうかん》細密ならんことをおもうべし」

弥吉はつづけた。

「学術を研精するのほか、なお言行に意を用いて、病者に信任せられんことを求むべし。しかりといえども、時様の服飾を用い、詭誕《きたん》の奇説を唱えて、聞達を求むるは、おおいに恥じるところなり」

いかにもたどたどしく、抜け落ちや憶え違い、言い損ないもあるにちがいない。けれども、そんなことはいっこうに気にならなかった。

「病者の費用少なからんことを思うべし。命を与うとも、その命をつなぐの資を奪わば……」

「またなんの益かあらん」

ふいにかたわらで声がした。振りむくと、儀三が具足姿で近づいてくる。

「洪庵先生の『扶氏医戒之略』か」

よく憶えたな、と儀三はいった。

「うろおぼえです」

と弥吉は苦笑した。

「残念ながら、勉強しなおす暇はなさそうだし」

「どうして、そこまで意地を張る。仲間どころか、自分の命も捨てるのか。そんなにも天誅に加わるのがいやか」

「意地を張ってるんじゃありません。ただほんとに……」

「ひとを殺すのがいやだというか」

「そうです。ここまでいろんなことを見聞きしてきて思いました。ひとは相手をひととしてあつかわないと、自分までひとでなくなってしまう。洪庵先生は天の授けた命をひとの手で精一杯に守ろうとされていました。そのほうが天にかわってひとを誅するよりも、よほど天意にかなっているように思います」

「そうか……」

儀三は一歩近づき、弥吉を見おろした。

「安積さんから言伝を聞いた。来世で会ったときには、医術を手ほどきしてくれと。なにか符牒《ふちょう》でも隠しているのかと思ったが、どうやら本気らしいな」

弥吉は照れたように顔をしかめて、こくりとうなずいた。

「不出来な弟子ですが」

儀三は厳しい表情で首を振った。

「いいや、わたしは教えんぞ。なにせ、おまえとおなじ来世にはいけそうにないからな。医術を学びたければ、ほかに先生を探せ」

いいながら、腰の刀を抜くと、弥吉を縛る縄をばさりと切り落とした。

弥吉は啞然《あぜん》とした。

「儀三さん」

そのひと言だけ、ようやく絞り出す。

「いけ、弥吉」

「けれど、おれひとり……」

「おまえはここにひとりできて、またひとりで帰る。それだけのことだ。これもひとつの巡り合わせ。おまえと仲間のだれの立場が入れかわっていてもふしぎはない」

「けど……」

「おい、仲間の手でおまえを殺させるな！」

儀三がぴしりといった。

弥吉は弾かれたように立ちあがった。じっと儀三を見つめる。村にいたころより眼窩《がんか》は窪《くぼ》み、頬もやつれて、眼光は暗く鋭い。弥吉がそうであるように、儀三もまたこの一年余のうちに歩んだ道をもはや引き返しはできないのだろう。だがその眼の奥にあるものは、いまも変わらないように思う。

弥吉は足元に落ちた縄をちらと見た。そして周囲を見まわした。

「わかっている、ほかの連中も逃がしてやれというのだろう。おまえを助けるところを見られたのだ。残っていられては、わたしが困る」

儀三がそういいながら、捕らわれている男たちの縄をつぎつぎに切っていく。男たちははじめ、刀を提げて近づいてくる儀三から身をよじって逃れようとしたが、縄から抜けると、手を合わせて儀三を拝みあげ、裏門にむけてこもごもに走りだした。

「ぎゃっ！」

突然、男がひとり悲鳴をあげて倒れた。首筋から血が噴き出し、それを両手で押さえてもがいたあと、がっくりと脱力して動かなくなる。その男の死屍を飛び越えて人影があらわれ、べつの男に駆け寄りざま背中に一閃《いっせん》を浴びせた。

「みな動くな。半歩でも動けば、斬り捨てる！」

叫んで振りむいたのは、島村省吾だった。具足の草摺《くさずり》と臑当《すねあて》だけをつけた姿で、振りかざした刀から血を滴らせている。

「長野さん、これはどういうことだ」

島村は儀三を変名で呼んだ。

「見てのとおり、この者たちを逃がしてやる」

と儀三がいった。

「ばかな。こんなまねをして、許されると思うのか」

島村が吐き捨てて、こんどは弥吉に眼を据える。

「最後の機会と思って、説得にきたのだが……」

弥吉は黙って、敬慕する同志の顔を見返した。

島村は声をうわずらせた。

「弥吉さん、やはり裏切ったのか」

「…………」

「なぜだ、なぜ裏切った」

すこし離れたところでようすを窺っていた男が、いきなり駆けだした。島村がすかさず追おうとする、その行く手に儀三が立ちはだかった。

「逃がしてやれ。あの者たちを斬ったところで、いまさらなんになる。戦況が変わるわけでも、士気があがるわけでもあるまい」

「うるさい、どけ！」

　島村がまなじりを吊りあげ、血刀を構えてにじり寄る。儀三も縄を切るときに抜いた刀を手にしている。

「もう一度いう。どけ」

「よせ、話せばわかることだ」

　儀三が言い終わるまえに、島村は斬りかかっていた。二合、三合と斬り結ぶと、たちまち儀三の体勢が苦しくなった。島村の殺気を乗せた斬りこみにたいして、儀三はただ受けに徹している。それでも島村は攻撃の手を緩めず、ついに儀三は腰砕けに倒れて肩口を斬られた。

「島村さん、やめてください！」

　弥吉は両腕をひろげて、島村に駆け寄った。島村がさっと切先をひるがえして、弥吉の胸元に据える。三人の血と脂に濡れた切先である。弥吉はそれを避けず、むしろさらに半歩進んだ。そして切先のまえで胸を反らすようにしながら、じわじわと横に動いて儀三をかばう位置に立った。

「じゃまするなら、きさまから斬るまでだ！」

島村が怒鳴った。弥吉の鳩尾のうえあたりに切先を喰いこませ、そんなに死にたいか、ほら、なにかいってみろ、と迫る。

弥吉は歯を喰い縛った。島村にいいたいことはある。山のようにある。けれど、その山のなかから一握りの言葉をつかんで差し出しても、いまの島村には払いのけられるだけだろう。その事実は切先より深く胸に喰いこんでくる。

視界の隅で男がひとり、そっと動きだした。島村が気づいて、素早くむきなおった。

「逃がすか！」

男はひいっと悲鳴をあげて走りだしたが、すぐに足が縺れて転んだ。

「犬畜生にも劣る裏切者どもめが！」

島村が猛然と詰め寄り、血刀を振りかぶる。弥吉はそれを追いかけて、間一髪、転んだ男のうえに覆いかぶさった。

「なぜだ、なぜそこまでする！」

島村がさらに高く刀を大上段に振りかざす。

弥吉は振りむいて、島村を見あげた。

「洪庵先生に教えられました。ひとの命は、おのれの命をかけて助けるにたると」

「なに、洪庵だと？」

愕然《がくぜん》と眼を剝いた島村がふいに、その場にくずおれた。背後に儀三が立っていた。頸部《けいぶ》の急所に当身を入れたのだ。

身じろぎもせずにいた男たちが、それを見ていっせいに逃げはじめた。弥吉が立ちあがると、身体のしたで丸くなっていた男も亀のように首を伸ばして周囲を窺い、かと思うと兎《うさぎ》のような勢いで地面を蹴って駆けだした。

「さあ、弥吉、おまえもいけ」

儀三がいった。

「傷は、肩は大丈夫ですか？」

弥吉は訊いた。

「案ずるな、浅手だ」

これのおかげでな、と儀三は胴丸の皮の肩当をひとさすりして、

「さあ、いって、望む道を歩んでこい。おまえの命ひとつで、いくつの命を救えるか、楽しみにしているぞ」

「………」

「いけ、馬鹿！」

弥吉は深々と頭をさげた。すると、もう顔を起こせなかった。

首筋に日射しが照りつけていた。儀三が具足を鳴らして背をむけ、歩み去っていく。弥吉もその音に背をむけた。唇を噛んで走りだした。顔を伏せたまま、木立を抜ける。足元にぼとぼとと涙が落ちた。眼から、鼻から、口からも滴り落ちる。境内を出ると、わずかに顔を起こして、濡れた瞼をこすった。

北にそびえる山なみを弥吉はめざした。桜井寺から遠ざかるにつれて、引き返したい思いが焼くように胸を熱く満たした。眼のまえに仲間の顔がくっきりと浮かぶ。儀三の顔。昇之助や八兵衛の顔。水郡親子、とりわけ英太郎の顔。またもや視界を塞ぐほど涙があふれてきた。力まかせに瞼をこすった。

岡八幡宮を過ぎて、河内につづく峠越えの道にかかると、弥吉は「やあっ」と短く気合をかけて顔をあげ、強く坂を踏んだ。道は郷里の村を経て、大坂にも、京にも、遠く江戸にも通じている。あるいは、いずこともしれない土地の町なみにも、村はずれにもつづいている。

その道をどこまで歩いていくのか、弥吉はまだ決めていない。いや、わからない。そういうしかない。ただもはや安易に足をとめられないことだけは知っている。坂が険しくなってきた。左右に深い森が迫ってくる。その木々の合間に低く声がこだました。

医の世に生活するは、ひとのためのみ。安逸を思わず、名利を顧みず、ただおのれを捨てて、ひとを救わんことを希うべし。

弥吉は口ずさみながら、坂を踏みつづけた。

参考文献

『緒方洪庵と適塾』梅溪昇　大阪大学出版会
『実録　天誅組の変』舟久保藍　淡交社

解説

末國善己

大阪の中之島、北浜周辺には、有名な近代建築が多い。まず中之島には、辰野金吾《たつのきんご》が設計した日銀大阪支店旧館（一九〇三年竣工《しゅんこう》）、大阪府立中之島図書館（一九〇四年竣工。重要文化財）、大阪市中央公会堂（一九一八年竣工。重要文化財）が並ぶ。モダンな淀屋橋（一九三五年完成。重要文化財）を渡ると、西側に石原ビルディング（一九三九年竣工）、住友ビルディング（第一期一九二六年、第二期一九三〇年竣工）、東側には日本生命本店（一九三九年竣工）、ヴォーリズ建築の日本基督教団浪花教会（一九三〇年竣工）など歴史的に貴重な建造物が続いている。

ビジネスの中心地である北浜はビル街だが、その中に時計の針が止まったかのように木造建築で占められた一角がある。その一つは一八八〇年創立で、一九〇一年に竣工した木造平屋の園舎が今も現役で使われている大阪市立愛珠《あいしゅ》幼稚園（現存する木造の幼稚園舎としては日本最古。重要文化財）である。この愛珠幼稚園と隣接しているのが、幕末の医師で蘭学者の緒方洪庵が、一八三八年に開き、一八四五年に商家を購入して現在の地に移転した蘭学の私塾・適塾（重要文化財）である。

適塾は、長州藩に西洋式の学問をもたらした久坂玄機《くさかげんき》（吉田松陰門下の玄瑞の兄）、やはり長州藩士で兵学者として戊辰戦争を勝利に導いた大村益次郎（村田蔵六。適塾時代は村田良庵）、咸臨丸《かんりんまる》でアメリカに渡り、明治に入ると啓蒙家、教育者となり慶應義塾大学を創立した福沢諭吉ら、錚々《そうそう》たる人物を輩出している。

この適塾を舞台にした本書『青藍の峠』だが、主人公は歴史を動かした有名人でも、最新の知識を学んで社会に役立つ人間になろうという青雲の志を抱いている人物でもない。著者は、誰もが尊王か攘夷か、倒幕か佐幕かを熱く語り、捨て石になる覚悟で政治に奔走した時代にあって、何が正しいのかも、進むべき道はどこかも分からず迷い苦しむ主人公を通して、現代人も共感できる物語を紡いでみせたのである。

宮本武蔵に敗れた吉岡家の末裔を主人公にした『吉岡清三郎貸腕帳』、尾張藩江戸下屋敷に実在した宿場を模した町「御町屋《おまちや》」で連続殺人事件が起きる時代ミステリ『蛻《もぬけ》』など、一筋縄ではいかない時代小説を発表している著者だが、本書は、囲碁が得意な少女の成長を描く『囲碁小町　嫁入り七番勝負』以来ともいえる直球の青春小説となっている。ただ学園ものを思わせる展開の中に主人公の悩みを織り込んだ前半が一転、後半になると幕末を騒がせた実際の大事件と思わぬ形でリンクするなど意外な方向に転がっていくので、著者らしい変化球も楽しめるだろう。

物語は、河内国錦部郡長野村から適塾に入門するため大坂に出てきた弥吉が、道に迷う場面から始まる。スリの被害に遭うなどの紆余曲折《うよきょくせつ》を経て何とか過書町の適塾にたどり着いた弥吉は、話を聞いてくれた塾頭の柏原学介に、同郷で適塾出身の吉井儀三の紹介状を見せるが、予想もしなかった答えが返ってくる。吉井に紹介を頼んだのは、塾生ではなく下男だというのだ。しかも洪庵は旅行中で、適塾には弥吉の扱いを判断できる人間がいなかった。弥吉は下男として働きながら、洪庵の帰りを待つことになる。

ここから弥吉の目から見た、塾生たちの生活が描かれる。適塾は全国からエリートが集まる蘭学の最高峰であり、完全実力主義で序列が決まるだけに、塾生は一冊しかない蘭日辞書を奪い合うなど本当に真面目に勉学に励んでいる。その一方で、私生活は無軌道そのもの。夏になると塾生は、暑さをしのぐため全裸で過ごしていた。食堂が狭く塾生が立ったまま食べるので、所構わずこぼし、床は川底のようになっていた。この現状を知る古株は、上草履を履いて食事をしていたという。

笑いがこみ上げてくる塾生たちのエピソードは、著者が物語を面白くするために創作したように思えるが、すべて史実である。福沢諭吉『福翁自伝』には、適塾時代は「夏は真実の裸体、褌《ふんどし》も襦袢《じゆばん》も何もない真裸体」であり、食事も「座つて喰《く》ふなんと云ふことは出来」ず、板敷だったので「皆上草履を穿て立て喰」っていたとある。福沢にいわせると、適塾の「塾風」は「不規則」「不整頓」「乱暴狼藉」であり、「無頓着の極」

は世間でいうところの「不潔汚い」につきたようだ。「暑中など何処からか素麵を貰ふと其素麵を奥の台所で湯煮」て、「毎朝顔を洗ふ洗手盥を持て来て其中で冷素麵」にして食べたというのだから、なかなか壮絶である。

粗野で身なりに頓着しない適塾の塾生たちのバンカラぶりは、牛肉屋や楊弓《ようきゅう》店で遊ぶ明治中期の書生たちを活写した坪内逍遥『当世書生気質《とうせいしょせいかたぎ》』、戦中から戦後の混乱期に旧制松本高校で出会った個性的な教師や生徒が描かれる北杜夫『どくとるマンボウ青春記』にも見受けられるので、若者たちが世間の迷惑をかえりみず馬鹿なことをやるのは、いつの時代も変わらないのかもしれない。

ちなみに、適塾は医師、建築家、実業家、軍人など様々な分野で有意な人材を送り出したが、その中には福井藩主の松平春嶽《しゅんがく》の側近になるも、安政の大獄で処刑された橋本左内もいた。作中で、左内との比較で「すんなり医者になった」と紹介されている「手塚某」は、〝漫画の神様〟手塚治虫の曽祖父・良庵（良仙）のことである。良庵の生涯については、手塚の漫画『陽だまりの樹』に詳しい。

弥吉が生まれ育った長野村は、黒船来航以来、尊王攘夷の機運が高まり、村を訪れた勤王の志士から社会の動向や日本の将来について聞く機会も増えていた。自身も熱烈な尊王攘夷の活動家になった弥吉は、夷狄《いてき》の学問である蘭学を教える洪庵の暗殺を志願し、同志の吉井を介して適塾に入門しようとしたのだ。目的が洪庵の暗殺なのだから、塾生でも下男でも構わないので、弥吉は適塾に残ったのである。

勤王の志士といえば、倒幕と明治維新を成し遂げた薩摩藩、長州藩、土佐藩などの下級武士が頭に浮かぶのではないだろうか。ただ長野村のような比較的豊かな農村部の若者が、勤王の志士になることも珍しくなかった。これは幕末の豪農は、武士に金を貸すほど財力を持っていたのに、封建的な身分制度の下では武士に頭があがらないことから、社会改革を望んだためとされる。武蔵国の豪農の家に生まれ、若い頃は過激な尊王論者だった渋沢栄一も、弥吉と似た立場だった。その意味で弥吉は、当時の地方出身の若者の等身大の姿だったといえる。

やがて洪庵が戻ってくる。ようやく暗殺の機会が訪れたと喜ぶ弥吉だったが、病人がいれば、診察を断る家であっても、貧しい人たちが暮らす治安がよくない場所であっても治療を行おうとし、名医でありながら自分の診断が正しいのか常に悩んでいるやさしく謙虚な洪庵と接するうち、洪庵を殺すのは果たして正しいのかと考えるようになる。だが同志からは早く洪庵の暗殺を実行するよう催促され、洪庵が幕府からの招聘《しょうへい》を受け江戸へ向かうとの話が持ち上がり、それまでに暗殺しなければならないタイムリミットも加わるので、洪庵を殺すべきか否かの岐路に立たされた弥吉の苦悩は、そのままサスペンスを盛り上げる役割ともリンクしているのである。

さらにいえば、洪庵は江戸での役宅で突然、喀血《かっけつ》して亡くなっている。一般には急病とされるが、江戸時代は不名誉な形で死んだ場合、病死と届け出ることも珍しくなかったので、洪庵が暗殺された可能性も残されているのだ。史実を逆手に取って先の展開を読みにくくし、後半の伏線にも利用する巧みな構成は、『騙し絵』『神渡し』などトリッキーな時代小説も多い著者の面目躍如といえる。

弥吉は、誰も尊王攘夷に異を唱えない長野村という小さなコミュニティーで思想を純化させ、テロリストへと変貌したが、これは決して過去の特殊な状況ではなく、ネット上にレイシズムを煽《あお》る過激な言葉が溢《あふ》れる理由と同じなのだ。

ネットの検索サイトは、ユーザーが求める情報を優先し、見たくない情報は遮断するフィルターバブルという機能を有している。外国人排斥に関する検索をしていると、いつの間にかレイシズムは正しいと主張するサイトばかりが表示され、間違いを指摘するサイトは目にしなくなっていくのである。またレイシズムに興味を持っている人たちがSNSなどを通じて接触すると、情報が誇張され自分に戻ってくることでより過激化するエコーチェンバーという現象が起きるとされている。いってみればフィルターバブルやエコーチェンバーは、ネット上に幾つもの長野村を作っているのと同じなのである。

暗殺者として大坂に乗り込んだ弥吉だったが、どんな人間であっても「本質」は変わらないという信念を持っている洪庵に接したり、現在の日本の科学技術では黒船を追い払うことはできず、それを前提に外交政策を立てる必要があると語る先輩の現実論に触れたりすることで、自分が尊王攘夷という歪んだレンズを通して社会を見ていたことに気付き、少しずつ変わっていく。ネット上にタコ壺化した言論空間が出現し、それがレイシストやテロリストの温床になっている現代に、著者がタコ壺を出て異なる意見を聞き、思考の柔軟性を取り戻す弥吉を描いたのは、ネット上に現代版長野村が生まれ、そこで幕末と同じ攘夷論が醸成されている状況に警鐘を鳴らし、その視野狭窄《しやきようさく》と誤謬《ごびゆう》を知らしめるためだったように思えてならない。

洪庵はいう。「ひとの命を軽んじることこそ、国の罹《かか》るもっとも重い病なのです。国の病を治そうとこころざすほどのひとならば、どれほど困難なときでも人命を尊ぶことをやめない、そういうひとであってほしい」と。弥吉が適塾を訪れた時に塾頭だった柏原学介はいう。「愛国とは、この国の成し遂げたことに健全なる誇りを抱くこと。決して無批判に自国を称揚することや、他国を中傷することではない」と。

ネット上に、他国を貶《おとし》め日本を無条件に褒め称えるサイトも、外国人への差別、排斥、殺人までを教唆する書き込みも増えている時代だからこそ、それとは別の価値観を突きつけた本書のメッセージは、真摯に受け止める必要がある。

（すえくに・よしみ　文芸評論家）

本書は、二〇一六年七月、集英社より刊行されました。

初出「青春と読書」
二〇一三年八月号〜二〇一四年一〇月号、
二〇一五年三月号〜九月号

集英社文庫

青藍《せいらん》の峠《とうげ》 幕末疾走録《ばくまつしっそうろく》

2018年12月25日　第1刷　　定価はカバーに表示してあります。

著　者　犬飼六岐《いぬかいろっき》

発行者　徳永　真

発行所　株式会社　集英社
東京都千代田区一ツ橋2-5-10　〒101-8050
電話　【編集部】03-3230-6095
【読者係】03-3230-6080
【販売部】03-3230-6393(書店専用)

印　刷　大日本印刷株式会社

製　本　大日本印刷株式会社

フォーマットデザイン　アリヤマデザインストア　　マークデザイン　居山浩二

ISBN978-4-08-745819-0 C0193